U0163970

兒童文學論集（二）

林文寶　著

張晏瑞　主編

自序

　　二〇一〇年結集單篇論述，由於時間匆促，再加上篇幅有限，於是只能部分擱置。今借授課需要，再次收錄編輯為《兒童文學論集（二）》，目次仍以發展時間先後為序。其中有三篇略加說明如下：

　　其一，〈臺東師範學院兒童文學讀物研究中心介紹〉，個人自一九七一年任教以來，一直與書為伍、其間更以書放牧。每學期開學之初，即展示假期已閱讀與選購之書，而後有了系、所閱覽室，幾經折騰有了教育部核定實施的中心。因此兒童文學讀物研究中心與兒童文學研究所的成立，其實息息相關，也可見兒童文學研究所的成立，並非一朝一夕之事。

　　其二，〈附錄〉三篇，是我與助理蔡淑娟整理的三篇有關臺灣圖畫書的資料，它是二〇〇三年兒童文學研究所「臺灣兒童圖畫書學術研討會」論文集的附錄。這是臺灣最早的「臺灣圖畫書」的研討會。是以收錄作為歷史的見證。

　　其三，〈臺東大學兒童文學資訊網的建構〉，當時是應成功大學文學院「文學數位製作與教學學術研討會」之邀而寫的文章。兒童文學數位化一直是個人與兒文所的努力方向，而所裡亦有數位化專案在執行，我是計畫負責人，數位媒體與文教產業學系的蔡東鐘是協同主持，負責數位建置部分，嚴淑女是專案助理。全案雖然成效不彰，但

幸運的是兒童文學特藏室已成立，而現任圖館謝明哲館長，將「兒童文學」列入臺東大學特色發展，並已著手「虛擬書庫」的建置。

　　以上三篇或許不是兒童文學論述，卻與臺東大學兒童文學所的發展有密切的關聯，因此特別收錄於論集，並借以喚起我們的歷史與記憶。

目次

試論我國兒童文學史料之研究

一　前言

　　我們現在的兒童文學，是從日本與西洋移植過來的；而「兒童文學」一詞的使用，也是民國建立以後的事。因此，有人說中國沒有兒童文學，查看目前的兒童文學用書，我們似乎沒有兒童文學。

　　就理論而言，兒童讀物的產生，可說是肇始於教育兒童的需要；我們相信任何民族與國家，皆有其兒童讀物；只是隨著兒童教育觀念的改變，兒童讀物的編寫態度，往往也隨著改變。但無論教育觀念如何的改變，所謂「中國的兒童文學」卻是我們不可改變的情結。林良先生在《一九八〇年中華民國文學年鑑》裡說：

> 縈繞在兒童文學工作者心目中，是一個「中國兒童文學」的建設問題。我們應該怎麼創作？怎麼發展民族文化的特色？怎麼從過去的「讓兒童去適應西方的兒童文學」走到「讓兒童文學適應中國的兒童？」我們的努力方向是什麼？
> 這確實是一個發展的瓶頸，等待著兒童文學工作者運用智慧去突破。（見時報文化公司，1982年11月，頁58。）

　　如何走出自己的民族文化風格，並不簡單；但我們相信兒童文學無論在教育上、文學上皆應有其功能。兒童文學是應具有相當明顯的地位，尤其從社會功能的層次來分析兒童文學的功能，更能顯示其重

要性。兒童文學的社會功能，楊孝濚先生認為至少能從下三個層次來分析：

>1 兒童文學的社會化功能。
>2 兒童文學的教育功能。
>3 兒童文學的娛樂功能（見《認識兒童文學》，頁5）。

而今，兒童文學的社會功能未能發揮，楊孝濚先生認為：

>兒童文學未能有效發揮其社會功能，主要原因是在於家長和學校教師在於兒童文學作品的消極態度上，家庭每年花費在兒童文學作品的費用是極為有限的。這種客觀環境的限制，自然會影響我國兒童文學創作的速率。但兒童文學無法發揮其實質之社會功能，主要仍然受環境的限制上，現存之問題可分成以下三項：
>1 兒童文學的外來傾向。
>2 兒童文學的成人傾向。
>3 兒童文學的非專業傾向（同上，頁6）。

楊先生這種不落俗套的說法，無疑是有相當見地的。然而，他談到客觀環境的限制，似乎只注意到家長和教師對兒童讀物的消費行為。事實上，我國圖書館不發達，才是最大的客觀環境限制。又關於主、客觀環境限制的解析，只偏重在社會現存現象的說明，而未能論及這些主、客觀環境限制的成因。個人認為社會未能重視兒童文學，乃是形成主、客觀環境限制最大的肇因。基本上這是社會價值觀念的問題。社會普遍對兒童文學缺乏正確認識，加上升學主義的壓力，課外讀物常被家長、老師認為無關緊要。因而，正本清源，如要發揮兒童文學

的實質社會功能，首先要扭轉社會存在對兒童文學偏頗的價值觀。這方面除了政府應採取有關措施，並積極獎勵兒童圖書出版業外；兒童文學從業人員，尤其需要進行自我肯定的心理建設。

所謂從業人員自我肯定的心理建設，或許溫士敦先生在「對國內兒童文學研習會大專院校兒童文學課程的建議」一文，可略見其端倪，該文認為：

> 筆者認為課程規畫與師資培養，事實上是國內兒童文學發展所面臨最嚴重的問題。要使兒童文學研習會或討論會，不致淪為只是市場需要下的「廣告秀」。我們唯有著手提升師資，促使兒童文學普遍在學術界中生根，才是正途。（見《國語日報》714期〈兒童文學週刊〉，1986年2月16日）

兒童文學目前在國內有似顯學，可是在學術界並未受到應有的重視。究其原因，從業人員亦當負其責任。有的作者不太讀書，生活層面狹窄，缺乏人生視界，作品多半靠天賦才情和一些文學訓練，不能透顯生命存在的意義。而作家沒有清楚的自覺，更屬嚴重。於是，所謂的作品，流於語言流暢，故事完整，題材新鮮的偽文學危機之中。所謂兒童文學工作者，更有「文壇逃兵」之譏，似乎成為一小撮從事者的無意義活動；不被理解、贊同與接受。而深居高等學堂的「兒童文學」課程，非但不受重視，有時且流為「配課」性質。甚少有專業從事者，且其所謂的研究，大皆僅止於概說性的層次而已。

個人認為兒童文學想在學術界受到重視，理當有專業研究者。而目前，我們非但缺乏專業研究者，且亦無研究導向可言。是以僅就個人所知，略述有關兒童文學史料的研究導向於一、二。又本文所稱史料，係指民國初期以前而言。

二　兒童文學的研究

　　兒童文學之所以不受重視，或許可說是源於本身缺乏學術性之研究。有識之士曾開始關切如何加強研究以突破瓶頸。其中，以洪文瓊先生鼓吹最力，曾有「兒童圖書與教育」雜誌之發行，並且參與策畫「慈恩兒童文學研習」。其可見有關論述之文章如下：

　　　〈獻給關心國內兒童讀物的朋友〉　見一九七九年十二日慈恩
　　　　版《我國兒童讀物市場之調查分析》，頁1-7
　　　〈兒童文學研究的新趨向〉　見一九八二年六月《兒童圖書與
　　　　教育》十三期，頁18-24
　　　〈國內外兒童讀物發展概況〉　見一九八五年四月《慈恩兒童
　　　　文學論叢（一）》，頁1-5

甚且集合一群朋友做國內兒童讀物研究。在〈兒童文學研究的新趨向〉一文中，則把兒童文學的研究分為八個範疇：

　　　兒童文學史。
　　　兒童文學理論。
　　　兒童文學美學。
　　　兒童文學批評理論。
　　　兒童讀物插畫研究。
　　　兒童讀物功能研究。
　　　兒童讀物應用研究。
　　　市場調查研究。

　　綜觀三十多年來，國內兒童文學的學術研究，平心而論，仍有不少人在默默耕耘，也有不少研究論文發表；可惜這些研究專文泰半是屬於概說性，學術性不足；而洪文瓊先生等人的研究，至目前為止，多集中在功能與應用性的研究；對於史料的研究則付之闕如。講到史料，似乎不是浩瀚的典籍所能涵蓋，或許從俗文學會是較為可行的途徑。

三　雅俗之爭

　　一般論中國文化的人，大都著重在於它的上層結構。但是我們認為詢問一個理想的倫理社會，除了它的道德、它的常態，以及秩序的安頓和道德的實踐之外，更重要的是：落實到一個現實的、活生生的中國農業社會，是否成功？

　　我們認為關懷人的起點應是他的「生活」、他的「境遇」，「倉廩實而後知禮儀，衣食足而後知榮辱」。「存天理，去私欲」，是在衣食足之下方可以談的。所謂文化，其層次：第一層是為了維持自然生命的基本需求，所創造出來的物質文明。第二層是因人類社會為一營群體生活的互助團體，個人不能遺世而獨立。個人一走出自我，便是人群社會；唯有與大眾和樂相處，才能解決生活上的難題；如此自然而然的便創造了人類關係的文化。這一層的目的，主要是在建設一個和諧的環境。第三層是在追求心靈的自我安頓與調適，如皈依宗教和提高道德的情操，便是屬於這一層。它的工夫乃在於不斷的自我提升，以臻於崇高的人生理想境界。就個人而言，這些層次正似馬斯洛（H. Maslow, 1908-1970）的人類需求層次。其層次有生理、安全、愛與歸屬、自尊、自我實現之不同。而所謂的文化自當是三層並重，內外一體，物我圓融。這些文化有的是可以看得見，有的只能體會，有些是

見存於歷史典籍上，有些則是見於日常生活之中；想要了解中華文化
的精神與特質，只能全面觀照。而這種所謂的層次之分，本身則存有
雅俗之分；因此，雅俗之分乃是不可避免的。外加中國古代，幅員遼
潤，國土方言不通，語言文字的分離，語言附於土俗，文字方臻於大
雅；城鎮與鄉野的相差，君子與小人之區別；勞心者食於人，勞力者
食人的認定等，皆可歸屬於「雅俗」之分。可知雅俗之分，其源頗早。

　　就音樂而言，孔子時代就有雅俗之爭，《論語・衞靈公篇》裡曾
說：

　　　顏淵問為邦，子曰：「行夏之時，承殷之輅，服周之冕，樂則
　　　韶樂，放鄭聲，遠佞人；鄭聲淫，佞人殆。」

又〈陽貨篇〉：

　　　子曰：惡紫之奪朱也，惡鄭聲，亂雅樂也，惡利口之覆邦家者。

我們相信文化似一頭巨象，瞎子摸象，其感受皆為事實；但只是部分
正確。我們也相信，凡存在的必有價值，鄭聲屬不雅，亦自有價值存
在。申言之，何謂鄭聲？左傳昭公元年：

　　　煩手淫聲，慆湮心耳，乃忘平和，君子弗聽也。（見《十三經
　　　注疏本》，藝文出版社，頁708。）

杜預注云：

　　　五降而不息，則雜聲並奏，所謂鄭衞之聲。（同上）

孔穎達正義云：

> 五降不息，則非復正聲。手煩不已，則雜聲並奏。記傳所謂鄭
> 衛之聲，謂此也。樂記云：鄭衛之音，亂世之音也。又曰：鄭
> 音好濫淫志，衛音趨數煩志，是言鄭衛之聲煩手雜聲也。（同
> 上）

又《白虎通義》卷二有云：

> 孔子曰：鄭聲淫何？鄭國土地民人，山居谷浴，男女錯雜，為
> 鄭聲以相誘悅懌，故邪僻。聲皆淫色之聲也（見中國子學名著
> 集成編印基金會影印光緒元年春淮南書局刊《白虎通疏證》卷
> 二，頁116。）

可是，這種淫色之聲卻有人為之披靡，《禮記·樂記》篇云：

> 魏文侯問於子夏曰：吾端冕而聽古樂，則唯恐臥；聽鄭衛之
> 音，則不知倦。敢問古樂之如彼，何也？新樂之如此，何也？
> （見《禮記集說》，世界書局，頁215。）

而我們的古聖讓「風雅頌」並存，這種包容之心，直叫人景仰不已。

　　就儒家而言，雅俗之分，是在於載道與否，亦即是緣於文質與正
變之相對立；如就文學而言，從其為客觀的事實看來，只是一種語言
現象。所以有「文質」、「正變」這些相對的意見，也都是關於語言表
現或表達上的問題。

　　廣義的文質，泛指整個文化生活的模式。狹義的文質，乃指語言

構造體;「文」是指加工的語言,又包括有兩層意義:一是改變口語為文字之「文」;一是特加增飾的文字之「文」。至於語言的質,也有兩種意義,一為語言之自然本質;一為實用的性質。而「文質」是指其體;「正變」則是指其用。郭紹虞曾有〈中國文字型與語言型的文字演變〉一文(詳見其《語文通論》正編),從語言文字角度來看文學,也可以見其「雅俗」之分。

從文質與正變相對立之間衍生的雅俗觀念,用在語言方面,卻構成了文學基本的評價標準。所謂雅,實即「正」的觀念之延伸,它具有「正」與「文」之不可少的條件在;至於俗,就恰好具備著與「雅」相反的性質。前者與書寫的記號關係密切,大體看來是屬於讀書人的語言;後者接近口說的記號系統,是屬於大眾的語言;包括讀書人在內。讀書人尊重「雅言」,首要的條件在於那語言都有「古代書本」的根據;而大眾語言卻不免摻雜有無數鄙野的言詞字彙;不過,從語言演進的實現看來,當如下圖:

(1)活的語言　(2)活的語言　(3)活的語言……俗
(A)記錄文字　(B)記錄文字　(C)記錄文字……雅
(引自王夢鷗《古典文學論探索》,正中書局,頁18。)

其中所謂雅俗,實際上只是記錄的文字與活語言之區別。「活的語言」為生活需要而被記錄為「文字」,遂存在於書本中。因此,活的語言,既非一成不變,故記錄的文字亦隨時代而略有不同。其所以不同的原因雖非一端,但記錄文字受活語言的浸潤與活語言受記錄文字的浸潤,二者之間僅有程度之差,而其事實則一。「雅」言生於「俗」言,而後起的「俗」語亦雜有「雅」言。就語言的演進情形看來,實際只有口語與書寫的區別。

據此可知，雅俗雖有文質與正變之相對立，但亦有相生相成之效。然而，古今中外卻視「俗」為低俗不入流。美國哥倫比亞大學社會學教授 Herbert J. Gans 認為凡存在的必有價值，在《雅俗之間》一書序裡說：

> 我相信兩者都是文化，因此我以同一概念架構，來分析這兩種文化。這個架構本身是社會學的，但以兩項價值判斷為基礎。一、通俗文化反映並表達了許多人在美感及其他方面的需求；（這是它所以成為文化，而不僅是商業威脅的理由。）二、任何人有權接觸他所喜好的文化，無論此文化屬於上層，抑或通俗。因此，本書在結論中主張文化的民主，並反對只有文化專家才知道何種文化有益於人民和社會。最後，本書是一本研究文化政策的著作，因為它最後把本身的價值觀和發現轉變成若干政策擬議，以促成文化的多元論。（詳見韓玉蘭等譯本《雅俗之間》原著序，允晨文化公司，1984年4月）

我們可以說，雅俗之分，自古有之；而雅俗並存，亦是自古有之。就中華文化而言，不論雅俗，其精神，具體的說，是在於肯定人生的價值與重視道德的生命而已。雅者「存天理，去私慾」，追求道德生命；而俗者落實於生活層面；但要皆以人生的價值為起點。從文化的內涵來看，是以家庭為中心，以人為本，厚生的科技觀、天人合德的情操、執兩用中的人生。

影響所及，中國文學乃由實際需要而來，錢穆於〈讀詩經〉一文裡，曾說明中國文學之原始特點所在，他說：

> 然則中國文學開始，乃由一種實際社會應用之需要而來，乃必

與當時之政治教化有關聯。此一傳統，影響及於後來文學之繼起，因此中國文學史上之純文學觀念乃出現特遲。抑且文學正統，必以有關人羣、有關政教、有關實際應用與事效者為主；因此凡屬如神話、小說、戲劇之類，在中國文學史上均屬後起，且均不被目為文學之正統。此乃研治中國文學史者所必需注意之大綱領、大節目，此乃不爭之事實。抑且不獨文學為然，即藝術與音樂亦莫不然，甚至如哲學思想乃亦復然；一切興起，皆與民生實用相關。此乃我中華民族歷史文化體系如此，固非文學一項為獨然也。故凡研治文學史者，必聯屬於此民族之全史而研治之，必聯屬於此民族文化之全體系；必於瞭解此民族之全史進程及其文化之全體系所關而研治之。必求能著眼於此民族全史之文化大體系之特有貌相，與其特有精神；乃可把握此民族之個性與特點，而後對於其全部文學史過程乃能有真知灼見，以確實發揮其獨特內在之真相。而豈掊摭其他民族之不同進展，皮毛比附，或為出主入奴之偏見，以輕肆譏彈者之所能勝任乎？（見《中國學術思想史論叢（一）》，東大圖書公司，頁150-151。）

申言之，儒者需要在於載道；而俗者在於緣情娛樂，其間之差異，自有文質、正變之分。

　　作為緣於教育兒童之需要而產生的兒童讀物，在雅俗之間自亦有其不同的取捨。就兒童的發展與藝術的起源而論，兒童文學無疑是源自於「俗」，因此，探討兒童文學有關史料，不能只從典籍中尋求。

四　典籍中的兒童文學

　　記錄成書的「雅」的書面典籍，是屬於讀書人的世界，也是所謂

的上層結構；其被記錄成書乃是緣於載道言志。而對於流傳於大眾之間，由口頭傳承保存下來的，以歌謠或民間故事為中心的俗文學，從正統的文學史來看，它是文學史上的孤兒。作者的姓名不知，內容滑稽而且被歪曲，長時期間不為正統自認的文人或文學史家所重視。但緣於雅俗之間的相互影響，其資料並非完全的散佚，我們相信古代人民的口頭創作，有一些仍然保存在現在人民的口碑上；而保存在文獻中的資料，似乎也不貧乏。問題是如何去發掘。

綜觀我國歷代的文學，《詩經》裡的國風，漢代的樂府和五言詩，南北朝的新樂府，唐五代的詞，宋金的諸宮調唱賺，元明的曲，以及唐變文、宋陶真、話本，明清彈詞小說，無不出自庶民之手，流播大眾之口；於是浸假而為士大夫所習染喜悅，進而為之模仿修飾，甚而粉妝玉琢於其間，於是乃成為我們現在所說的，一代有一代的文學：唐詩、宋詞、元曲、明清小說。所以原是不登大雅之堂的俗文學，其實是正統文學之母。因此，我們的文學，兩千年來原是「雅」、「俗」兩主流並進，「雅」是屬於有修養的知識者所專有；「俗」則自由生長於民間。而「雅」則又孕育於「俗」，如詩、詞、曲、小說皆是先有民間的自由形式，漸被有修養的知識者所接受，一經有修養的知識者之手，便成精品，即今所謂的古典文學作品。

在古代中國農業社會裡的記錄典籍，都是偏向「雅」的表現；「俗」雖坎坷，卻根深柢固地綿延於民眾之間。是以先秦以來，有關「俗」文學仍有文獻可徵，它被記錄的理由，雖非重視所致，但卻留下了「俗」文學的痕跡，後來也因此有蛛絲可尋。

唐宋以前的俗文學，主要寄存於諸子、神話、筆記小說與史書等書中；尤其在不帶有作者創作意識等實錄中，可看到很多類似俗文學所自出的作品。如晉朝干寶的《搜神記》，據他在序文中所說，乃「採訪近世之事」，錄「一耳一目之所親聞睹」而成書，他說他的著

述「足以發明神道之不誣」（詳見《歷代小說序跋選注》，文鏡文化事業有限公司，頁10。），正是民間故事的代表作品。

　　而唐宋以後，由於封建貴族門第社會的破壞，而導致一個較為平民化的社會。尤其是宋代，長期和平穩定的政治社會，繁榮的商業貿易，人口密集，物產叢集，國內大都市四處昌榮，是中古史的黃金時代，於是民間的「俗」文明出現，並由此而走入歷史的記錄典籍中。這種的記錄典籍，有文人的著作，亦有無名氏的坊間粗劣成品。

　　因此，所謂的典籍，除經典外，更有歷代以來的詩文、方志、地方文獻、筆記、雜著、小說、戲曲等。這些書取材較為廣泛，容易保存著先民的口頭文學；它不僅比較容易反映各個時代的客觀現實，而且也比較能代表人民的思想、感情和他們的願望。

　　一般說來，典籍的文獻，有失零散。其間如果與兒童有關，則其記載方式，更不離識字型、百科全書型、倫理教育型。

　　而回顧我們的兒童文學史料研究，似乎對典籍的史料亦不甚重視。

　　檢視目前兒童文學用書，於史料部分皆有失簡陋，其間以吳鼎先生編著的《兒童文學研究》最為詳實，其餘各書或皆以此書為藍本。《兒童文學研究》一書初版於一九六五年三月，第四章為〈中國兒童文學摭要〉，其各節如下：

　　　　第一節：中國有沒有兒童文學
　　　　第二節：古籍中的兒童故事
　　　　第三節：史前的兒童神話
　　　　第四節：諸子中的兒童寓言
　　　　第五節：歷代淺近的兒童詩歌
　　　　第六節：宋元明清的白話小說（臺灣教育輔導月刊社，頁50-78）

又吳鼎先生另有《國民教育》（正中書局，1974年7月）一書，其第七章第二節〈我國國民中小學教材的演進〉，亦論及教材用書。

綜觀吳氏所述，可說是具體而微，但缺乏系統。就目前而言，較能用心於啟蒙教材之研究者，首推蘇尚耀先生，其論述皆發表於《國語日報》〈兒童文學〉週刊。除外，拙著〈兒童詩歌研究〉有〈歷代韻文教材的簡史〉（見《東師學報》第九期，1981年4月，頁321-332。）、〈歷代啟蒙教育地位之研究〉（見《東師學報》第十期，1981年4月，頁227-254。）、〈歷代啟蒙教材初探〉（見《東師學報》第十一期，1983年4月，頁1-122。），亦可聊補此方面研究之不足。尤其是〈歷代啟蒙教材初探〉一文，以歷代啟蒙教材為經，而輔以登堂入室的書目為緯，更可了解其流變。

又見大陸有張志公《傳統語文教育初探》一書（上海教育出版社，1964年），附有〈蒙學書目錄〉（頁148-181），分為二十一類：

一、古佚蒙書
二、急就篇
三、千字文（附開蒙要訓）
四、百家姓
五、三字經
六、雜字
七、小學和類小學
八、韻語知識讀物：訓誡類
九、兔園冊
十、蒙求和類蒙求：掌故類
十一、蒙求和類蒙求：歷史類
十二、詠史詩
十三、蒙求和類蒙求：各科知識類

十四、蒙求和類蒙求：其他

十五、散文故事

十六、千家詩、神童詩及其他

十七、對類及其他

十八、蒙用文字、聲韻、語法書

十九、蒙用工具書

二十、古文選本

廿一、叢書

計收書目五八四種，可謂詳盡。

　　總之，在浩瀚如海的古籍中，的確蘊含著極豐富、極可貴的兒童文學玉璞，有心於兒童文學史料者，自當去開採、去雕琢。

五　俗文學裡的兒童文學

　　「雅」是知識主流；但事實上，由於教育不普及，過去百分之八、九十以上的中國人，都生活在民間的文化傳統之中；而民間自有其思想和娛樂。

　　民間的思想見諸於民間的科學、民間的習俗、民間的信仰、民間的傳說、民間表現出來的符號、民間的文學、小說、歌謠等。廣大的民間有它的表達方式，表現的內涵，也有它的思想淵源，絕不是偶然的。中國的民間向來保存有很好的中國古代傳統，事實上在春秋戰國時期，民間保留著極大的中國神話傳統；而這個神話系統可能在北邊、南方的各個地方都保存著。尤其關於陰陽五行的看法，關於山川河流的認識與了解，關於風水和氣運的信仰方面，都流傳在民間；甚至於用歌賦與文學的形式，被完全保留著。所以到了漢朝，方士的流行與對讖緯的興趣也不是偶然的，可能跟民間的傳統都有關係。

　　民間雖然有思想傳統，但是民間思想不一定在開始的時候有文字記錄下來。文字所扮演的角色自然非常重要，但文字是後起的，沒有文字時已先有語言，沒有語言前，已先有感受與體驗。所以民間保持了最原始、最基層的生活層面的感受和體驗。

　　因此，研尋中國傳統文化，不當專從記錄書本中尋求，乃當於行為中求。中國傳統文化，乃包藏孕蘊於行為中、包藏孕育於廣大群眾之行為中，包藏孕蘊於往古相沿之歷史傳統、社會習俗之陳陳相因中。此行為而成為廣大群眾之行為，而成為歷史社會悠久因襲之行為。

　　所謂廣大群眾之行為，通常是包括一般民間通行的衣、食、住、行、婚、喪、祭、信仰、歌謠、娛樂，以及其他生活的習慣等等，一般通稱為民俗。而民俗的研究，無論在目的或方法上，都與人類學（Anthropology）相關聯。

　　人類學的起源，是緣於人有好奇喜異的心理；與異族接觸，發現他們有特別的體格和文化，喜而傳述記錄。上古的文學歷史就有許多這類的記載，可作為人類學的材料。這一學名是一五○一年，始由德國 Magnus Hundt 用它稱其所著研究人類解剖和生理的書為「人類學」。考其成立近因，我們知道現代的歷史，可以說是蒙古帝國成立開始，東西文化直接接觸，海陸交通同時發展；蒙古帝國瓦解後，陸路杜塞，而海上交通更為繁榮，造成歐洲民族向外發展探險的局面。他們發現地球是圓的，世界各地有許多新奇的物產、民族和文化。經過幾百年的觀察，思索研究，到了十九世紀，許多新的科學乃漸次成立，並直接間接地促進人類學的研究。生物學方面，達爾文提出自然選擇的進化論，奠定人類學在自然界及生物演化上的地位。地質學與考古學的田野工作發現遠古的人類留下許多牙骨遺跡，證明人類文化演進有段長久的史前時期。

　　初期的人類學是博物學的一分科；其後範圍擴大，分科複雜，概

括而言，可分為三類。第一類是材料的搜求與整理，這一類的工作重事實，具體敘述關於人類以往及現在的一切活動。如史前學、民族誌。第二類是根據事實，綜括推定關於人類演進發展的一般原理，這一類注重倫理的研究。以體質為對象的叫「體質人類學」，以文化為對象的叫「文化人類學」，而文化人類學則包括有民俗學、民族學、語言學等。第三類則是利用前兩類研究的成果，加以選擇，分別用作處理社會的、政治的、和經濟的問題，如殖民地的行政、軍事的政府等。

民俗學，德文作 Volkskunde，這名詞是在一八〇六至一八〇八年間創造出來的。是指歐洲地方的民族學及民俗學，而英文的民俗 Folklore 一詞，是指民眾智識。這是一八四六年英國學者湯姆斯 W. J. Thams 所立，它顯然是取樣自德文的 Volkskunde，用以代替舊名「民間舊俗」（Popular antiquities）這個名詞，又用以兼指研究民俗資料的科學，所以又可譯為民俗學。

民俗是民間的精神傳統。其內容包含傳統的信仰（Beliefs）、習慣（customs）、故事（stories）、歌謠（songs）、俚語（sayings）等流行於文化較低的民族或保留於文明民族中的無學問階級裡面的東西。簡言之，民俗包括民眾的心理方面的事物，與工藝上的技術無關；民俗實是蒙昧人心理方面的事物。其表現方面極多，有哲學、宗教、科學、醫術、社會組織、民間儀式，以至於更為嚴密的智識區域中的歷史、文學等都有。

　　　　至於其分類，林惠祥在《民俗學》一書裡，則包括三部分：
　　（甲）信仰及其行為
　　（乙）慣習
　　（丙）故事、歌謠及成語（詳見臺灣商務印書館人人文庫本，頁8-10。）

雖然，由於對民俗學這一名詞的不同解釋，及不同的興趣和方法等緣故，民俗學有許多派別；而其中「故事、歌謠及成語」類者，則是所謂流傳在大眾之中的俗文學。

俗文學在文化人類學上是指口傳文學。俗文學是正統雅文學之母，這是治文學史的人無不肯定的事實。

俗文學的名稱歧異，有稱民間文學、民眾文學、平民文學、通俗文學、民俗文學、大眾文學、口耳文學、口碑文學、鄉土文學、大眾語文學、講唱文學、口語文學、口傳文學。一般說來，俗文學的名稱較為恰當與平實。

民國初年，俗文學始引起我國學者的重視，而西諦可以說是研究俗文學的開山祖。自民國七年二月起，北京大學開始徵集歌謠。從這年五月底起，劉復的〈歌謠選〉，陸續在《北大月刊》上發表。隨後北京大學研究院文科研究所歌謠研究會，於民國九年冬成立。十一年十二月十七日，北京大學二十五週年紀念日，《歌謠週刊》創刊。而後俗文學的研究，有如雨後春筍般的滋長。

雅俗之分，乃是既存的事實。古代中國農業社會，如果沒有雅俗之分，並不表示著和諧；而正是指出識字與不識字的，做官的和小民，其間完全沒有溝通的地方；文化中僅有「雅」的表現。唐宋以來，民間的俗文明出現，乃產生明顯的雅俗之分。自敦煌窟的發掘，寫本面世，我們見到大批唐、五代流行的變文、俗講、佛曲、雜曲子等等。我們了解，這種俗文學所以跟民間的關係特別密切，固然由於他們的內容通俗，文句淺顯，甚至造語鄙陋，見識卑下；即使帶有「說教」味道，也僅限於一個現世的平凡的倫理社會，與士大夫的儒家體系大異其趣；尤其是它的形式更與雅文學不同。就以戲劇為例，唐文標認為其可重視的形式有：

（甲）這些作品大半以「腳本」方式出現的。

（乙）它的存在，依附著廣大「聽者」群眾的現場。

（丙）它與當時文士無關，寫作對象也不是文士，根本它恐怕不是為「閱讀」而寫的。

（丁）它有「演唱」的園地，且有大量的聽眾。

（戊）固然有佛教經文為底本，但主題仍是「消閒」性居多。因而以後演變到史事英雄的變文了。

（己）更重要的是，它的流變由單純講唱到有背景，已漸近戲劇的形式了。（見《中國古代戲劇史初稿》，聯經出版公司，1984年5月，頁76-77。）

總之，變文、俗講等，在唐代已存在，且長安一帶有多處戲場開講，相信跟當時的民間娛樂大有關係。

由於唐宋以後，俗文學走入歷史的記錄之中，是以自明萬曆間公安諸人即已開始重視俗文學。並有人開始從古籍中收輯。它們雖不是直接從人民口頭上採集的，但亦可提供部分資料，如楊慎的《古今風謠》、馮性訥的《詩紀》、郭子章的《六語》。同時，也有人直接從人民口頭採集，如馮夢龍的《山歌》、吳淇的《粵風續》、鄭旭旦的《天籟集》。

俗文學的價值，婁子匡、朱介凡兩先生在《五十年來的中國俗文學》裡認為有：

一、民族精神所據以表現。
二、擴展了文學的領域。
三、雅俗共賞，達到文學的普遍效用。
四、老百姓從俗文學接受教育，而構成人格。
五、俗文學永伴人生。
六、俗文學是各科學術的上等資料。
七、方言古語的寶庫。（見正中書局，頁18-21）

俗文學之所以可貴，尤其俗文學是各科學術研究的上等資料，更為學者所共同體認，因為他是反映全民心聲的第一手資料。

　　神話、傳說、故事、歌謠以及諺語與曲藝，不管我們把它放在民俗學、人類學、文化學或是文化史、社會史的那一個範疇，它的本質總是不變的；而民俗學、人類學以及文化史、社會史之對待和處理它們，各有其立場，且能收相輔相成之效，是我們更樂於見到的。

　　兒童文學裡的神話、寓言、故事、歌謠、笑話、謎語皆是源出於俗文學。而我們今日研究史料，如不從俗文學著手，豈非怪事。這種怪事的產生，不知是否由於學術斷層所形成，或是緣於不學所致。

　　民國初年的民俗旋風，始於北京大學的徵集歌謠。而後於北京大學二十五週年紀念日，《歌謠週刊》創刊。出了九十六號（實際上是出了九十七號），民國十四年六月二十八日停刊，此為《歌謠週刊》的前一階段。後一階段，二十五年四月四日復刊，為第二卷，出刊四十期。二十六年四月三日起為第三卷，出到第十二期，時為二十六年六月二十六日，照《歌謠週刊》往例，暑假停刊。原預定九月四日繼續出刊，由於蘆溝橋事變，而永遠的停刊了。

　　《歌謠週刊》雖曾中斷，並已停刊，但其影響力則已擴展，朱介凡先生於《五十年來的中國俗文學》裡曾指出：

> 《歌謠週刊》，雖中斷了十年，其影響力的擴展，則從不曾休止。在學術領域上，且從歌謠推展到整個俗文學以及民俗學的範疇，而有各地歌謠集出版，在文學的研究與創作上，使大家重視歌謠的價值。（見《五十年來的中國俗文學》，頁116）

文中所說推展，是指廣東中山大學民俗學會和杭州民俗學會的成立，以及東南、西北地區各少數民族的歌謠集。再者，凡是民國十年以後編刊的各地方志，都特別注意到集錄當地歌謠。

　　北京大學的《歌謠週刊》，中山大學的《民俗週刊》（後改季刊），婁子匡主編的《孟姜女月刊》，是當時俗文學研究的據點。楊堃在〈我國民俗學運動史略〉裡曾肯定它們的重要性。他說：

> 北大的歌謠、中山的民俗，與杭州的孟姜女，這不僅是三個發表機構，而且亦是三個有組織的研究機關。在我國民俗運動的陣營中，這是三大據點。《歌謠週刊》的勢力在於華中。而且此三組織，彼此亦有聯繫。並各有分會或學術集團與叢書等。且勢力可謂遍於全國。蓬蓬勃勃，頗極一時之盛。如無阻力，可以繼續下去，則三、五年後，一定大有可觀。不幸七七事變突然爆發，全國學術界均受一致命的打擊。這個民俗學運動，自亦不能例外。（據《五十年來的中國俗文學》，頁21-22引）

中國民俗學運動，導源於一九一八年北京大學歌謠研究會及風俗調查會，此為發動時間。及至一九二七年中山大學語言歷史學研究所的民俗學會成立後，可算是努力傳播的時期。由於民俗學會的影響，各地對民俗學具興趣者，繼起有廈門、福州、汕頭、揭陽、浙江、鄞縣民俗學會的分設及杭州中國民俗學會的建立；這十年來，就民俗學而言，可說在中國學術上樹起一根新旗幟的時期。這三時期當中，以中大的民俗學會較為重要，因為這是承上期而展下期的總樞紐。

　　早期的民俗學運動，其成績在於收集與整理。《五十年來的中國俗文學》一書導論裡曾例舉重要書目，其中並分：俗文學研究的目錄、俗文學的綜合集錦、俗文學的專刊等三種（詳見該書，頁23-26），又譚達先《中國民間文學概論》附錄有〈參考資料選抄和主要理論、作品參考書目〉（詳見木鐸出版社，頁447-487，頗為詳實，可自行取閱。）

　　總之，早期的民俗搜集、研究成果，頗為可觀。《五十年來的中國俗文學》於導論裡曾例舉五十年來俗文學研究上的重要成果如下：

一、俗文學中所見的民族形式，對於我們新文學發展的道路，有極重要的指引。我們不必像五四初期的方向迷惑了。

二、敦煌文獻研究的成績，有如前述。（詳見原書，頁28-46）

三、神話方面

1　史學和文學觀點，對於神話的考證。

2　楚辭、山海經、水經之文學的科學的研究。

3　神話研究的領域，由古籍進展到口碑傳說。

4　八仙、二郎、天后、水神、竈神、洪聖王、牛郎織女之個別的考證。

5　中國古代創世神話的研究。

四、傳說方面

1　體認到方志與筆記書本，是有關地方傳說、人物傳說、事物傳說的守護點。

2　由歌謠研究推進到傳說的研究。

3　國民革命軍北伐期間，南北各地蒐錄民間傳說的熱潮。

4　中國地方傳說類型的提出。

5　臺灣山地傳說與中國大陸關係之探討。

五、故事方面

1　故事類別的探討。

2　孟姜女故事的深刻研究。

3　一九二七年以來，民俗學和俗文學上對於民間故事的廣泛採集，系統整理。

4　老虎外婆故事的調查研究。

5　閩臺地區陳三、五娘故事的研究。

　　6 中國民間故事的英譯，以加強國際研究的比證。

六、笑話方面

　　1 歷代古籍中笑話的認定。

　　2 笑話的記載，不再僅只認為是文人筆下的消遣。

　　3 笑話哲理的評價。

　　4 古今笑話的採集。

　　5 中國笑話型式的提出。

　　6 同系、同型、同式的笑話之比較研究。

　　7 縱深的整理與國際研究上橫寬的開拓。

七、歌謠方面

　　1 北京大學歌謠研究會對於俗文學研究的啟導作用。

　　2 歌謠研究，對於現代中國新文藝創作，發生了本土文
　　　化的影響。

　　3 同一母題歌謠的匯集與研究。

　　4 使歌謠的研究，關聯於文史、語言、社會、教育。

　　5 邊野地區與少數民族歌謠的調查研究。

　　6 時代歌謠的歷史貶責。

　　7 臺灣歌謠之興致。

　　8 赤色大陸假造歌謠的指證。

八、諺語方面

　　1 謠諺之並重。

　　2 增廣賢文的常見。

　　3 文字與教育上的應用。

　　4 農諺與科學新知的印證。

　　5 俏皮話在修辭學上的見重。

　　6 諺語的採集、整理和研究，超乎前代。

九、謎語方面

　　1 廋辭以來的歷史淵源。

　　2 謎語雅俗的分際。

　　3 謎語詩趣的欣賞。

　　4 字謎遊戲。

　　5 故事謎的採集。

　　6 臺灣謎學的民族精神。

十、俗曲方面

　　1 全國俗曲的總收集。

　　2 敦煌時代以來的「歎五更」，見出俗文學古今傳承的活例。

　　3 俗曲屬類的判定。

　　4 現代演唱俗曲情態的分析。

　　5 北方俗曲與廣州唱本的對比。

　　6 臺灣俗曲的祖國情分與其在異族割據下不屈不辱的忠義風致。

十一、說書方面

1　說書藝術，保持著柳敬亭以來忠義豪俠的優良傳統，予社會教育以潛在的影響。

　　2 說書藝術的描摹。

　　3 山東快書「魯達除霸」與揚州評話「武松打虎」的活例。

　　4 「宣講」的道德價值與文學價值。

　　5 專講時事斥責敵偽的甘松筠。

十二、鼓詞方面

　　1 名色、源變、種類的辨識。

　　2 鼓詞藝人的技藝與德行。

　　3 鼓詞的現代研究。

　　4 傳統鼓詞的民間情趣、鄉土氣息與人生悲苦的控訴。

5 文雅鼓詞的韻味。

6 鼓詞服役於時代的苦難。

十三、彈詞方面：

1 彈詞乃是被忽略了的史詩。

2 彈詞與鼓詞的關聯。

3 吳韻色調的欣賞。

4 發現了一部四百八十三萬餘字最鉅篇幅的彈詞：「榴花夢」。

5 廣東的木魚書。

十四、寶卷方面

1 唐代俗講以來的淵源考證。

2 現代南北各地宣講寶卷的實況。

3 寶卷與俗曲、鼓詞、彈詞的關聯。

4 寶卷旁枝之文學的、宗教的功能。

5 別於西洋文學男女之情的親子之情——「目蓮救母」的中國「孝」文化特質。

6 近代寶卷書本。

7 「先天原始土地寶卷」的奇特構想。（頁47-52）

　　從上述例舉的成果中，我想對兒童文學的史料研究定會有所助益，捨此而想了解中國兒童文學，無異是緣木求魚。

　　七七事變，全國學術界均受一致的打擊，而民俗運動更是首當其衝。蓋俗文學有許多係存在於口耳相傳之間，它還沒有寫成書本，必須從書本以外去發揮與收集；而七七事變發生，採集工作亦告中斷。

　　中樞遷臺初期，百事待興，學術研究亦告中斷。而所謂的俗文學研究，與民國初期的過分重視，恰成強烈的對比。雖然，婁子匡先生

於民國四十年即創刊發行《東方文叢》，該文叢乃應第二十四屆劍橋
舉行之國際學會漢學學者們之建議而成立，旨在供應中國民俗資料，
遍及早期民俗叢書與期刊，亦即以影印早期北京大學、中山大學與孟
姜女月刊之有關書籍為主。這是臺灣民俗學術研究的重要據點，衹
是，由於售價不低，且又以外售國外為主；雖然，該叢書已出一千二
百餘冊種，而知之者似乎不多。

其次，敦煌卷子，尤其是變文的整理和研究，更是引人興趣的主
題之一。新文豐出版公司印行有《敦煌寶藏》（由黃永武先生主編）
及《敦煌叢刊》，可說是集敦煌資料的總彙。又文化大學有《敦煌
學》之刊行。

另外，有史語所傅斯年圖書館收藏的俗文學資料。論冊數有八千
餘本，論篇題有一萬四千八百餘目，是目前世界上收藏中國俗文學資
料最豐富的地方。這批資料所屬的地域，包括河北、江蘇、廣東、四
川、福建、山東、河南、雲南、湖北、江西、浙江、甘肅、臺灣等十
四省，其時代自清乾隆間以迄抗日軍興。民國七年，劉復開始徵集歌
謠；一九二八年十一月，他主持的中央研究院史語所「民間文藝
組」，又連同雜曲、戲曲、說唱鼓書、彈詞等也一併搜集。迄民國二
十一年五月出版《中國俗曲總目稿》，前後不滿十五年，這是這一批
資料的主要來源。由於抗日戰爭和共黨叛亂的緣故，中央研究院輾轉
遷移；因此這批裝滿六大箱的資料，也由北平而南京、四川，又由四
川而南京，最後由南京而臺灣。

《中國俗曲總目稿》是對於這批資料初步整理所得的成績，由劉
復和他的學生李家瑞所完成的。共收錄「俗曲」六千多種，按照標題
的字數和筆畫排列，每曲抄錄開首二行，以見內容之一斑，並註明版
本和出版者。但是，這樣的總目和資料之間毫無聯繫；也就是資料照
樣保持原始面目的凌亂，但知其目而無從覓其書，所以對學者的用處
不大。

　　這批資料搬到臺灣後，因限於人力和財力，一直封存在史語所傅斯年圖書館，甚少動用。直到一九七三年春，屈萬里接任史語所所長，方請曾永義先生擬定計畫，向美國哈佛燕京社申請補助，重新整理這一批俗文學資料。於是，在哈佛燕京社資助之下，成立了「分類編目中研究史語所所藏俗文學資料工作小組」。

　　現存史語所所藏的俗文學資料比劉復等所收集的要多出一部分。因為它又包括了抗戰前後的一些作品，和曾永義先生所收集的臺灣歌謠三百九十四種。

　　這批資料從一九七三年七月至一九七五年六月卡片製作完成，並重新與書籍核對，且在卡片與書籍上蓋印註明分類之號碼，同時抄為目錄二份。其整理編目分為戲劇、說唱、雜耍、徒歌、雜著等六大部屬，每一部屬又分若干類，總計六屬，一百三十七類，一萬〇八百零一種，一萬四千八百六十目；較之劉復、李家瑞二氏之五屬六十二類六千餘種，可謂多矣。（見曾永義《說俗文學》，聯經出版＼公司〈中央研究院所所藏俗文學資料的分類整理和編目〉一文，頁1-10）為了使學者便於利用目錄和資料，除撰寫各類屬之分類編目例言之外，又比照李家瑞「北平俗曲略」，撰寫各類之敘論，說明其來源、流行、體制、內容等等，凡二十餘萬言。

　　這批資料的分類編目雖已完成，有利於從事研究；但並未刊行，效用未能發揮；其間僅有少數工作人員，藉此資料而獲博士、碩士學位。（見《說俗文學》曾永義自敘）

　　一般說來，俗文學在臺灣雖能以一種學問的姿態出現，但進展卻不大；或謂繼起無人，更罕有終身廝守諺謠如朱介凡先生者。若論其研究成果，則以臺灣和山地原住民民俗為主，此蓋拜地緣之賜。至於能從俗文學的角度來看兒童文學者，更是微乎其微。除朱介凡先生編著的《中國兒歌》之外，則僅見雷僑雲的《敦煌兒童文學》一書（臺灣學生書局，1985年9月）

　　至於大陸學者研究，由於資料來源不易，所知有限，但從譚達先《中國民間文學概述》所述，亦可見他們對俗文學的研究情況。目前木鐸出版社印有譚達先俗文學研究叢書八種，可作為我們的借鏡。

　　環顧我們的兒童文學史料研究，不禁使人悵然。民國初期的學者已著手收集整理，我們相信，在時代洪流裡，往日的俗文學不會再是口傳教育、口傳文學。因此，重要的是在收集整理後，加以研究，使之系統化，而加以保存。如此，所謂的「中國的兒童文學」，或能於焉產生。又個人認為，有志於我國兒童文學史料研究者，自當以《五十年來的中國俗文學》一書為入門書。

六　結論

　　兒童文學研究的範疇雖廣，但仍以史料為先；而我們竟然置史料於不顧。今日做史料研究，可能已經太遲；但再不做，就會後悔。環視有限的史料研究，其研究導向又有偏差，果真如此繼續下去，則所謂展現民族文化，似乎是不可求之事。所以略述有關史料方面的研究方向，尤其寄望能對俗文學多加整理與研究。使其能確實促使兒童文學的茁莊。眼見收集不易的俗文學作品，竟淪為秘本，且慘遭腰斬，據為己有，無視於民國初期學者的收集之辛勞，實令人痛心疾首。

　　目前，中華民國兒童文學會已成立，且師專亦臨改制之際。師專教育目標乃在培養優秀之小學教師，在師資養成教育階段，宜多涉獵有關兒童書籍，是以盼望能把兒童文學寫作列為共同必修科目，各校並籌設兒童讀物研究室，進而建立完整資料中心。如此，則所謂的「中國兒童文學」自能出現。（1986年2月）

參考書目

一

《兒童文學》　林守為編　自印本　1964年3月

《兒童文學研究》　吳鼎編著　臺北市：臺灣教育輔導月刊社　1965
　　　年3月　1980年改由遠流出版社出版

《兒童讀物的寫作》　林守為著　自印本　1969年4月

《談兒童文學》　鄭蕤著　臺北市：光啟出版社　1969年7月

《兒童讀物研究一、二輯》　臺北市：小學生雜誌社　1965年4月

《國語及兒童文學研究》　臺中市：臺中師範專科學校　1966年12月

《兒童文學研究一、二集》　臺北市：中國語文月刊社　1974年11
　　　月、12月

《淺語的藝術》　林良著　臺北市：國語日報　1976年7月

《兒童文學論》　許義宗著　臺北市：臺北師範專科學校　1977年

《兒童的文學教育》　王萬清著　屏東縣：東益出版社　1977年10月

《兒童文學的認識與鑑賞》　傅林統著　臺北市：作文出版社　1979
　　　年10月

《兒童文學──創作與欣賞》　葛琳著　臺北市：康橋出版社　1980
　　　年7月

《兒童文學與兒童圖書館》　高錦雪著　臺北市：學藝出版社　1981
　　　年9月

《中國兒童文學》　王秀芝編著　臺北市：雙葉書廊　1983年8月

《兒童文學綜論》　李慕如著　臺南市：復文圖書出版社　1983年9月

《我國兒童文學的演進與展望》　許義宗著　臺北市：臺北師範專科
　　　學校　1976年12月

《西洋兒童文學史》　許義宗著　臺北市：臺北師範專科學校　1978
　　年6月

《西洋兒童文學史》　葉詠琍著　臺北市：東大圖書公司　1982年12月

《兒童文學論著索引》　馬景賢編著　臺北市：書評書目出版社
　　1975年1月

《文藝書簡》　趙友培著　臺北市：重光文藝出版社　1976年2月增
　　九版

《文學與生活（一、二）》　李辰冬著　臺北市：水牛出版社　1971年
　　1月

《文學概論》　王夢鷗著　臺北市：帕米爾出版社　1964年9月

《思想與語文》　趙友培著　臺北市：中國語文月刊社　1985年9月

二

《初民心理與各種社會制度起源》　崔載陽著　臺北市：東方文化書
　　局　影印中山大學民俗叢書第一種　1969年秋季

《迷信與傳說》　容肇祖著　同上第二種

《民間文藝叢話》　鍾敬文著　同上第三種

《民俗學問題格》　楊成吉譯　同上第十五種

《動物寓言及植物傳說》　江介石著　臺北市：東方文化書局影印
　　北大民俗叢書第十二種　1970年春秋

《神話與傳說》　婁子匡著　同上第十三種

《神話叢話》　婁子匡著　同上第十五種

《民間文學專號》　鍾敬文著　同上第十六種

《民俗學集鐫》　顧頡剛著　同上第十七種

《民間月刊》　鍾敬文著　同上第十八至二十二種

《半農俗文學選集》　劉復著　同上第六十一種　六十一年春季

《民俗學》　林惠祥著　臺北市：臺灣商務印書館　1968年乙臺一版

《人類學（雲五社會科學大辭典第十冊）》　芮逸夫主編　臺北市：
　　　　臺灣商務印書館　1971年9月

《中國文化人類學》　鄭德坤著　臺北市：國史研究室　1973年3月

《中國俗文學史》　西諦著　臺北市：明倫出版社　1974年1月

《中國俗文學概論》　楊蔭深著　臺北市：世界書局　1981年10月
　　　　五版

《五十年來的中國俗文學》　婁子匡、朱介凡合著　臺北市：正中書
　　　　局　1967年3月二版

《北平俗曲略》　李家瑞著　臺北市：文史哲出版社影印　1974年2月

《中國民間文學概論》　譚達先著　臺北市：木鐸出版社　1982年6月

《中國思想通俗講話》　錢穆著　自印本　1955年3月初版

《雅俗之間 Herbert F. Gans》　韓玉蘭等譯　臺北市：允晨文化公司
　　　　1984年4月

《中國文化精神的探索》　李威熊著　臺北市：黎明文化公司　1985
　　　　年11月

《說俗文學》　曾永義著　臺北市：聯經出版公司　1980年4月

《中國古代戲劇史初稿》　唐文標著　臺北市：聯經出版公司　1984
　　　　年5月

《俗文學論集》　朱介凡著　臺北市：聯經出版公司　1984年11月

《石窟裡的老傳說──敦煌變文》　羅宗濤著　臺北市：時報文化公
　　　　司　1981年3月

《敦煌俗文學研究》　林聰明著　臺北市：東吳大學　1984年7月

《中國歌謠論》　朱介凡著　臺北市：臺灣中華書局　1974年2月

《中國兒歌》　朱介凡編著　臺北市：純文學出版社　1977年12月

《我國兒童讀物市場之調查分析》　　楊孝濚著　臺北市：慈恩出版社
　　　1979年12月

《卅年來我國兒童讀物出版量的分析》　余淑姬著　臺北市：啟元文
　　　化公司　1981年8月修訂初版

《傳統語文教育初探》　張志公著　上海市：上海教育出版社　1964
　　　年8月二版

《中國民間寓言研究》　譚達先著　臺北市：木鐸出版社　1982年6
　　　月

《中國民間童話研究》　譚達先著　臺北市：木鐸出版社　1982年6月

《中國民間謎語研究》　譚達先著　臺北市：木鐸出版社　1983年6月

《中國民間戲劇研究》　譚達先著　臺北市：木鐸出版社　1984年9月

《中國神話研究》　譚達先著　臺北市：木鐸出版社　1982年6月

《中國書評（評話）研究》　譚達先著　臺北市：木鐸出版社　1983
　　　年6月

《中國動物故事研究》　譚達先著　臺北市：木鐸出版社　1982年6月

《認識兒童文學》　林良等　臺北市：中華民國兒童文學會　1985年
　　　12月

《敦煌兒童文學》　雷僑雲著　臺北市：臺灣學生書局　1985年9月

《歷代小說序跋選注》　文鏡文化公司　1984年6月

《歷代筆記概述》　劉葉秋著　臺北市：木鐸出版社　日期不詳

三

〈雅俗樂之論戰〉　黃友隸　見1965年11月樂友書房《中國音樂思想
　　　批判》第二部　頁53-106

〈口語文學的採集〉　唐美君　見1974年1月食貨出版社《文化人類
　　　學選讀》　頁176-192

〈我國國民教育的演進〉　吳鼎　見1974年7月正中書局《國民教育》第二章第一節　頁24-44

〈我國國民小學教材的演進〉　吳鼎　見正中書局《國民教育》第七章第二節　頁317-336

〈讀詩經〉　錢穆　見1976年6月東大圖書公司《中國文學思想史論叢（一）》　頁99-152

〈臺灣民俗工作的發展〉　王詩琅　見1979年11月德馨室出版社《王詩琅全集》卷九〈臺灣文教——臺灣文學重建的問題〉　頁185-190

〈民間文學〉　竹松一彌　見1980年9月成文出版社　洪順隆譯《中國文學概論》　頁335-361

〈兒童研究的新趨向〉　洪文瓊　見1982年6月《兒童圖書與教育》第十二期　頁18-24

〈歷代啟蒙教育地位之研究〉　林文寶　見1982年4月《臺東師專學報》第十一期　頁227-254

〈歷代啟蒙教材初探〉　林文寶　見1983年4月《臺東師專學報》第十一期　頁1-122

〈古人論文對「語言」之基本態度〉　王夢鷗　見1984年2月正中書局《古代文學論探索》　頁11-25

〈國內外兒童讀物發展概況〉　洪文瓊　見1985年4月慈恩出版社《慈恩兒童文學論叢（一）》　頁1-5

〈臺灣民俗研究的過去與未來〉　阮昌銳　見1985年《臺灣文獻》三十六卷三、四合刊　頁25-51

〈從「見林不見樹」與「見樹不見林」說起——兼論文化內涵之層次與文化創造之目標〉　成中英　見1985年9月聯經出版公司《中國哲學的現代化與世界化》　頁141-162

〈對國內兒童文學研習會大專院校兒童文學課程的建議〉　　溫士敦
　　　見1986年2月16日《國語日報》第七一四期〈兒童文學周刊〉
〈「認識兒童文學」評介〉　　溫士敦　見1986年2月《文訊》二十二期
　　　頁189-198

　　——本文原載《東師語文學刊》創刊號（1988年6月），頁1-40。

王詩琅與兒童文學

一　前言

王詩琅於一九〇八年二月廿六日生於艋舺「德豐號」布莊之家。一九八四年十一月六日晚十時病逝於臺北馬偕醫院，享年七十六。

在他七十六年的人生旅程中，六年為孩童年代，唸書九年，幫助父親經營布莊十年，坐牢三年，淪陷區大陸生活九年，報紙雜誌編輯十八年，文獻工作十七年，最後五年為悠閒與臥病歲月。也可以說他從五十三歲以後，生活漸趨安定，著作亦以鄉土文獻之整理與研究為主。但是，他一生扮演過許多角色，是位無政府主義者、文學創作者、兒童文學作家、鄉土史學家、記者和雜誌編輯。由於他所經歷的不同工作與角色中，反映出他一生的理想、興趣與熱誠，以及對歷史、鄉土的關懷。

他逝世後，有許多人寫過感懷、紀念的文章。這些文章，對王詩琅有下列的稱許或贊語：

稱他為陋巷的老人，雖居萬華陋巷，卻是出污泥而不染的一位清士。

稱他是臺灣文獻家，臺灣鄉土史家。

稱他為臺灣新文學的活字典。

稱他為臺灣的大老，臺灣的一塊寶玉。

稱他為「黑色青年」，無政府主義者。

稱他為臺灣的安徒生。

　　這些說法，大多從王詩琅先生的性格、文學作品、歷史作品以及思想談起。雖語多讚美，但也可看出王詩琅一生被人所欽佩之處，及其風格特質。

　　雖然，後人皆認為王詩琅最大的貢獻是對臺灣歷史文獻的整理和傳承，也就是〈王詩琅遺族答謝辭〉裡所說：

　　　由於一九四八年任職於臺北市文獻會，一九六一年任職於臺灣
　　　省文獻會，退休後又擔任臺灣風物社編輯，故其作品偏重於鄉
　　　土文獻之整理與研究。（見《陋巷清士》，臺北市：弘文館出版
　　　社，1986年11月，頁378。）

　　但本文擬考王詩琅在兒童文學方面的活動，以見其不為人所深知的一面。

　　王詩琅的兒童文學活動，時間雖然不長，也非情願，但它絕對不是孤立的行為，想要了解他的兒童文學活動，仍需從當時整個時代背景和他的有關作品去研究，而後，循序走入他的兒童文學世界。

　　本文研究資料，要皆以王詩琅的著作為主，尤其是以張良澤編輯的《王詩琅全集》為據。另外，張炎憲、翁佳音合編的《陋巷清士》，收錄全集與其他單行本未收錄，且比較能代表王詩琅的作品。其中〈後人評論〉、〈近思錄〉兩部分，對本文之研究可說助益匪淺。

　　在研究過程中，有關兒童文學之文獻不足以徵信，實在令人擲筆興嘆，盼望兒童文學從業者能重視文獻之搜集與保留，進而加以研究。

　　由於文獻不足，不易加以研判，因此，將《王詩琅全集》與張炎憲、翁佳音合編〈王詩琅先生年譜〉中，有關兒童文學作品部分，列表說明附錄於文後。

　　本文以研究王詩琅的兒童文學活動為主，為明白其活動過程，又附有〈王詩琅生平簡譜與兒童文學作品繫年〉。其間，並參考張良澤〈王詩琅先生事略年譜〉（見1974年3月《大高雄》革新八期，頁118-120。），及張炎憲、翁佳音合編〈王詩琅先生年譜〉，未敢掠美，並此說明。

二　王詩琅的時代背景

　　王詩琅的兒童文學活動時期，時間雖然不長，但並非單一與孤立的行為，所以想了解其活動全貌，仍得從當時整個思潮和他的有關作品去研究。是以本節擬描述他的時代成長背景，以及他的因應之道。

（一）王詩琅的成長時代背景

　　王詩琅生於日據時代的臺灣。

　　日本對臺灣的統治，是根據一八九五年，清、日兩國所簽訂的馬關條約，臺灣、澎湖島的「割讓」而開始的。到了一九四五年，在第二次世界大戰中落敗的日本接受了波茨坦宣言，最後一任的總督安藤利吉在臺北簽署投降文書（同年10月25日）而終結統治。前後日本據臺共五十年又四個月。

　　先進各國，如英、法、美、荷等在亞洲據有殖民地的國家都各有其統治的方式，可是日本初擠入帝國主義之列，沒有經驗，所以當其進行所謂「領臺」之初，對於新殖民地具有悠久文化傳統的居民，究竟應採取何種統治方式，初時難免有所徬徨，茫然不知所措，幾經努力，他們終於摸出要走的路徑來，並確立了統治方針，大力開始經營。

　　王詩琅在〈日據時期統治政策的演變〉一文裡，認為日人據臺的

五十年間，其統治方針及策略頗多變化，不過大體可以分為三個時期：

第一期：自一八九五年據臺至一九一八、九年之間，除了以武
力鎮壓各地義民風起雲湧的反抗之外，一方面部署其「統治」
機構，建立開發基礎，另一方面則設法「安撫」居民，對於臺
胞原有風俗習慣，無暇干涉，美其名曰「尊重」，一切措施寬
猛應作適度運用，以臺灣殖民地基礎的樹立為首要。可以稱為
綏撫時期。

第二期：自一九一八、九年至九一八瀋陽事變後，一九三七、
八年七七蘆溝橋事變前止，這一時期之初，正承第一次世界大
戰之後，民主自由及民族思潮瀰漫，日本急速發展，列入世界
五大強國之一，躊躇滿志，臺灣的經營亦大有進展，臺人則隨
教育之普及時勢之變遷，已漸作民族覺醒，日人為籠絡臺人，
「統治」順利計，轉取「同化政策」，高倡內地延長主義。

第三期：蘆溝橋侵華戰爭之後，日本進入所謂戰時體制，繼而
發動太平洋戰爭，國力在鉅大的消耗之下，人力物力羅掘俱
窮，需要臺人全面協助，供出人力物力，以供其驅使和挹注，
可是要臺人「真誠」跟他們「同心協力」，更要臺人完全「日
本人」化，因此，才由同化政策跨進一步，積極消滅臺人的漢
民族式生活樣式和色彩，全力推行所謂「皇民化運動」，一直
到臺灣光復為止。這一時期通稱為「皇民化時期」。(見《日本
殖民地體制下的臺灣》，眾文圖書公司，頁11)。

本節擬就王詩琅的分期為據，試說明王詩琅的成長時代背景。

1 綏撫時期

自荷蘭人被趕出臺灣以後，似乎看不到中國人以外的外來民族對臺灣進行殖民地化的具體行動的形跡。是以清朝承認臺灣的割讓後，臺灣官民大為憤怒。一八九五年五月宣布成立臺灣民主國，打出反對把臺灣割讓給日本的行動。於是有了武力抗爭。

在綏撫期間，綜計臺灣人武力抗日，前後垂二十年之久，最後以一九一五年八月之「西來庵事件」為結束。

2 同化政策

此一時期，日本人的殖民地統治和建設，基礎已告穩固，其統治已普遍到每一個角落，而由於社會進步，近代思想的影響，臺灣人的民族覺醒也普遍，抵抗乃由武力轉而採取文化啟蒙、政治等多種多樣的非武力抗爭。

這種非武力的抗爭，即是臺灣近代的民族運動，它是始於一九一四年的臺中中學的創立為起點。它實際上即是殖民地的解放運動。葉榮鐘於《臺灣民族運動史》一書序裡有云：

> 臺灣近代的民族運動，自民國三年（1914）濫觴於臺中中學的創設，而以民國廿三年（1934）停止臺灣議會設置運動而告一段落，為時亦恰為二十年。綜觀在此二十年的運動過程中，臺灣同胞對日本人爭取自由民權，範圍廣闊、名目繁多，就中有兩種欲求最為熱切，爭取最力，用心最苦。其一是對祖國眷戀的心情，其二是對同胞進步的願望。第一點的具體表現是恢復漢文教學與渡華旅券制度撤廢的要求。第二點是義務教育的實施與教育機會均等的要求。但是這些要求恰與日本的統治政策

形成尖銳的對立。日人處心積慮是要使臺人忘卻祖國，所採取
的是臺灣與中國的離間政策。其次是便利其勞役與搾取而推行
的愚民政策。這是日人統治臺灣五十年間始終不變的根本方
針。緣此臺胞的要求，雖然自始至終努力匪懈，鍥而不捨，但
是日人則堅拒到底，不加顧慮。（見《自立晚報》社1983年10
月三版）。

　　申言之，這種非武力的抗日民族運動，可分兩方面來說明。首
先，遠在日本東京留學的臺灣人，在民主、自由、自決等近代思想衝
擊之下，深作民族覺醒：同時一九一九年日本的善選運動，同年三月
的朝鮮的萬歲事件，五月中國大陸的五四運動也給他們以很大的影響
和信心。是年底，他們便以林獻堂為中心，組織「啟發會」、「新民
會」、「東京臺灣青年會」，首先展開文化啟蒙運動，創辦雜誌：一方
面由「六三法撤廢運動」轉而為「臺灣議會設置請願運動」，進行政
治運動。先此，日本自由民權運動指導者板垣退助於一九一四年來臺
設立「臺灣同化會」，後被臺灣總督府解散，對臺灣知識份子的民族
覺醒也是有很大的刺激。

　　另一方面，在臺灣島內，受了留日學生反臺灣議會設置請願運動
的刺激，於一九二一年十月在臺北成立「臺灣文化協會」，展開文化
啟蒙運動，普遍喚醒臺灣人的民族自覺，掀起了民族運動的高潮。

　　概言之，「臺灣議會設置運動」、「臺灣文化協會」與「臺灣青年
雜誌」是當時臺灣非武力抗日民族運動的三大主力。若用戰爭的形式
來比喻，臺灣議會設置運動是外交攻勢，臺灣青年雜誌（包括以後的
《臺灣》雜誌，《「臺灣民報」》以至於日刊《臺灣新民報》）是宣傳
戰，而文化協會則是短兵相接的陣地戰。

　　一九二七年二月「臺灣文化協會」左右派分裂，右派退出另行創

立「臺灣民眾黨」。不久，民眾黨內右派又退出，組織以改革地方自治為目標的「臺灣地方自治聯盟」。而後，這種非武力的抗爭愈形蛻化與分裂，但要皆民族覺醒有關。

3 皇民化時期

七七事變以後，所有對日本抵抗運動在戰時體制非常時期的口號下，完全被扼殺。

隨著武官總督制的恢復，正式的皇民化運動開始推行。從一九三七年四月一日起，臺灣人母語的使用受到限制，報紙的漢文欄也廢止了。連民眾娛樂的傳統戲劇、音樂、武術，也禁止上演和傳授。甚至連傳統的宗教儀式以及祭祀年中行事，也加以限制和禁止。取而代之的是日語的強制使用，「天昭天神」的奉祀與向日式姓名的改姓改名運動，一直強制到戰敗的前夕。無論任何一項，都不外是為了因應原本的侵略戰爭，希望把臺灣人民改造成日本皇民。

上述三個時期，不但每個時期都在反映動盪的國際局潮和潮流，也在反映日本的國情，而臺灣的政治、經濟、社會、文化等，也都在各時期的政策下，不斷地發生變化。

申言之，前述各時期的抗日運動，要皆與民眾之覺醒有關，這是我們對王詩琅當時成長的時代背景應有的認識。王詩琅曾於〈臺灣抗日運動應強調資料〉一文裡說：

臺灣抗日運動份子不論左右均初發自民族覺醒，不滿日人之統治。（見《陋巷清士》，頁76）

又於口述回憶錄裡說：

提起我們當年的這些文藝青年，大家可以說都是萬事通，也是
萬事不通，又不單純只是文藝青年，和思想也牽扯一些關係。
因此，臺灣的文藝青年和思想青年，我覺得事實上是很難區分
的。（見《陋巷清士》，頁231）

　　我一再強調，臺灣文學與抗日行動是有著牢不可分的關係。其證
據就是臺灣文學幾乎都是擔任抗議運動的文化工作，這就是最佳明
證。（同上，頁237）
　　又於〈臺灣抗日運動的新探討〉一文裡，更有沈痛的「代結
語」，試引錄全文如下：

　　臺灣做了歷時半世紀的日本殖民地，臺灣人無端橫被宰割，做
了甲午戰爭的犧牲品，誠如〈臺灣近代民族運動史〉序中所
說：「臺灣同胞作為祖國替罪的羔羊」，其間所受欺凌壓迫的苦
痛，無從訴苦的悲哀，也自非局外人所能想像，其傷痕是深且
鉅的。因此，抵抗運動的猛烈、所流鮮血的多都不在任何地方
民族革命運動之下，這是歷史斑斑的陳跡可以證之而有餘的。
我們今日冷靜地從這段期間日人的臺灣統治整個過程來看，民
族反抗運動對日人統治的影響是深鉅的，不斷也絆住他們進行
統治的腳，成為他們統治上的「癌」，使他們不敢暢所欲為，
在進行統治時不得不有所顧忌，也因此，他們時或施些小惠，
時或假裝順從民意，設法誑騙臺人。
　　臺灣的抗日運動，除了深具民族意義外，從整個臺灣殖民地統
治史而言是更重要的。事實上，我們今天倘若要研究日人的臺
灣統治建設問題，若不了解臺人抗日問題，則無從把握問題的
核心及其全貌；換句話說，我們若要知道抗日運動的發展，也

非從異族的殖民地建設過程去理解不可，簡言之，兩者是相輔並行的。研究者絕不能作單面的看法。

抗日問題中，我們還應該了解最重要的一點，就是無論是初期武裝游擊戰的戰士、武力蜂起事件的志士，或後期受過近代思想衝擊後的文化啟蒙、政治運動的右派、左派，其原始反抗意識的萌芽，可以說都是出自對日人統治及日民族的反感，然後再挑起民族意識發展起來的。當時，每個人自幼處在異族統治的鐵蹄下，日人喊臺人是毫不客氣地叫「你呀」（含有歧視之意），動輒就罵臺人為「清國奴」，兩眼所見的是日人生活悠遊自在，臺人相形之下則窘迫萬分，日人的「役人」（作官的）、「警察」凡事作威作福，臺人只有吞聲忍氣，聽從他們。再者，日人和臺人的待遇無一沒有差別。在這日人的天下，臺人滿腹冤屈無處申訴，民族思想由此產生；至於這思想發展為「右」或「左」，是後來的事。

記得筆者年幼時，與一班小朋友常要經過日人的聚居地，日人小孩常故意以輕蔑的口氣罵我們為「清國奴」，我們被罵時內心感到莫大的恥辱和憤怒，便和他們打起架來，我們那班小朋友雖然不是好勇鬥狠的孩子，可是在那種場合，苟非麻木不仁，有點血性的，誰都會挺身而出的。在異族的統治下，凡是眼看耳聞，內心都會憤憤不平。

抗日問題牽連著民族精神，是日據時期臺人精神生活的重要部分。我們今天應該重新來估計這個問題才是。（見《日本殖民地體制下的臺灣》，眾文圖書公司，頁64-65）

是以《臺灣總督府警察沿革誌》第二編中卷〈序說〉裡，認為臺灣社會運動的基礎觀念：

臺灣的住民，倘若依其民族區分來作一個籠統的區別，則昭和十一年底人口總數五、四五一、八六三人中有五、○四二、九四一人，換言之，就是總數之百分的九十二點餘是屬於閩、粵兩省的移民及其後裔的臺灣人；而日人二八二、○五○人，土著高山族八八、三六六人，華僑五八、五九二人依序次之，不過總數還不滿總人口百分之八，然而臺灣人以外的這些各民族中，高山族在我統治下近來其文化雖然已有長足的進步，但其程度較之臺灣人相差仍遠，所以在臺灣社會運動有所活動的，只是限於臺灣人、日本人及侷限範圍內的華僑之運動。至於日人及華僑的運動，因人口少數，各在臺灣的地位特殊，因此，在臺灣社會運動上的地位，僅是屬於旁觀立場，擔任根本角色都是占總人口的百分之九十二強的臺灣人。所以臺灣社會運動，大體可以視為係在我統治下的被統治民族之臺灣人的社會運動。

我們站在上面的看法，並以之作為觀察臺灣社會運動的基礎觀念，首先願就臺灣人的民族意識問題，或是其在統治上的地位問題，以及臺灣社會運動根本的特殊傾向，提出一言。

……

上面所說的民族意識、民族偏見及有關革命運動的特殊信念問題，是在整個臺灣社會運動上，形成最顯著且重大特徵的要素，要之，這些傾向歸結起來，不外是臺灣人原是屬於漢民族系統，還極濃厚地保持著他們原有的語言、思想、信仰，至於風俗習慣的末端不變有關。所以倘要觀察臺灣社會運動，首先為具備其基礎觀念來說，對於臺灣人，或推而廣之，對於整個漢民族的思想、信仰以及一般社會傳統、習慣，或關於民族性，必須具有某種程度的理解和研究，自毋須贅言。（詳見王詩琅譯《臺灣社會運動史》，稻鄉出版社，頁1-5。）

至於臺灣光復後的時代背景，擬列入下節一併敘述。

（二）王詩琅的個人因應之道

王詩琅，祖籍福建省泉州晉江，在臺灣淪為日本殖民地的第十四年（1908年2月26日），生於臺北艋舺（今之萬華）。他的父親王國琛，母親廖燕，都是忠厚殷實的商人，在艋舺開有老布莊德豐號，經營布匹批發生意。

在王詩琅七十六年的人生旅程中，六年為孩童年代，唸書九年，幫助父業十年，坐牢三年，淪陷區大陸生活九年，報章雜誌編輯十年，文獻工作十七年，最後五年為悠閒與臥病歲月。因此，我們可以知道，王詩琅一開始便承繼了殖民地亟求民族自決的反抗傳統。他是日據時期臺灣民族社會運動的重要人物；也是臺灣新文學運動的主要角色。從他的生平資料，我們可以看出在日本帝國主義強權的統治下，一個文學青年如何由認知、掙扎，乃至自我覺醒的歷程，並且隨著時局之演變及日趨緊張，他又如何自理念走向實際行動，在困躓的悶局中永不懈怠地覓尋出路。

張炎憲先生於《陋巷清士》一書的〈編後語──試論王詩琅先生〉一文裡，曾將王詩琅的一生分成五個階段。（詳見弘文館出版社，頁412-414）而本節擬就張炎憲的分期，以見王詩琅在人生旅程上，如何因應時代的變局以及如何設法來調適自己、修正自己。

1 一九○八至一九二七年

從出生至「臺灣黑色青年聯盟」發生為止，是王詩琅童年、少年時代。這一時期，是他廣涉各類書籍的時候。

王詩琅家經營布莊，父親也打算要他繼承事業，是以從小就教導他認識漢字。他十歲才進公學校讀書，其實，在他入公學校就讀之

前，曾經在秀才王采甫的私塾裡讀了一、二年的漢文，從那個時候起就已經開始對稗史小說發生興趣了，也因此有了民族之意識。在〈我的早年文學生活〉一文有云：

> 到後來，我就由這些小說世界逐漸走進了稗史世界。不過，小說仍舊沒有放棄，繼續看著。稗史如：《唐朝演義》、《隋唐演義》、《宋朝演義》、《西太后秘史》等都看過；尤其是《神州光復志》，對我的影響最大，我不但喜歡它的內容，更感謝它們對我民族意識的警醒發生的作用。這些大約是在我十五歲左右的事。在那之後，我對日本在臺灣的措施，逐漸有了認識，就是在學業上也發生了變化。在課堂，我寫文章時用的語句時常被老師寫在黑板上，讓同學們來讀，老師還說：
>
> 　　「王詩琅，人雖小，文章寫起來卻像大人一般。」
> 　　在我的印象中，這些事都還很鮮明地在腦子裡。
>
> 本來我是很晚才入公學校的，父親這樣說：
>
> 　　「做生意人不用什麼學問，也用不著學什麼日語。」
> 我偏違了他的意思，走入了另一個世界裡，這到底是幸福還是不幸福誰又說得上來。在這段時期裡，家裡生意做得很好，家中的人個個忙碌終日，而我卻整天抱著書看。到了十四歲那年，家兄因賭輸錢，虧了大空，便私自繞道日本回到福建家鄉，然後轉赴南洋檳榔嶼去了。父親便有意要我退學從商。可是親友，及鄰近的人都替我反對，這才沒走入商途，而得以畢業。
> ……
> 因為讀了很多書，對日本統治臺灣，異加憎恨，也抱了不平。況且兒童時代，常被日本小孩罵是「清國奴」，更加深了民族

意識，所以年輕時，就是在這種強烈的民族意識中生活著。
日本人的統治臺灣很巧妙，他們巧奪豪取，亂地壓榨，及硬地
掠奪，使臺灣人只顧得三餐，並沒儲蓄的餘地。我們做生意的
人，何嘗不也是這樣。大正十二年，東京大震災發生，日本人
在東京慘殺朝鮮人；而大杉榮、伊藤野枝及他們的外甥所掀起
的運動，更挑起了我的民族意識，於是我對當時的社會主義也
發生了興趣。（見《陋巷清士》，頁208-210）

　　公學校畢業以後（1923年），家人無意讓他繼續升學，然時值世
界性民族自決的思潮澎湃，臺灣本土之民族解放運動正普遍覺醒，由
於時勢鼓舞，以及求知心切，王詩琅便與同學組成「勵學會」，雖遭
到日本警察的干涉，卻也持續了三、四年，到「臺灣黑色青年聯盟」
事件發生為止。「勵學會」成員不到十人，以中學生為多，且清一色
是臺灣人。在「勵學會」時期，他們專看一些中學、大學的講義錄，
和中日文名著新刊，範圍包括文學、政治、社會、思想等。他潛修苦
學，並關心時事，民族意識乃漸萌芽，對日本帝國的統治也益感不
滿。這一少年時期之閱歷和經驗，薰養了他嫉惡如仇與多愁善感的性
格，且反映在日後的文學風格上。

　　特別值得注意的是，一九二三年發生兩件大事，改變了王詩琅
命運。

　　一件是九月一日，日本本土發生關東大地震，該國無政府主義大
師大杉榮，在災禍紊亂中，被憲兵大尉甘粕正彥非法地逮捕，十六日
和他的妻子及八歲幼甥被絞死。這一罔顧人道的政治迫害，震驚了全
世界，此時年僅十六歲的王詩琅深感憤慨，乃由同情大杉榮之立場，
開始接觸無政府主義書籍，且頗受影響。

　　另外，便是同年十二月十六日，臺灣總督府忽以違反治安警察法

的口實，對蔣渭水、蔡培火等人所成立之「臺灣議會期成同盟會」，進行大檢舉，造成轟動全臺的「治警事件」。結果蔣渭水等十八人被起訴，其中十三人且被判有罪。此一事件，強化了王詩琅為殖民地奮鬥的決志，從而服膺無政府主義，為其抗日民族社會運動之思想主軸。

一九二六年王詩琅加入日本人小澤一所倡導的「黑色青年聯盟」，為當時的黑色青年（黑色象徵死亡，表示誓死之覺悟）。一九二七年「臺灣黑色青年聯盟事件」，王詩琅與小澤一、吳滄洲、吳松谷等四人，被日本警部以違反治安維持法秘密結社的名義付諸公判，王詩琅被判懲役一年六個月。

2 一九二七至一九三六年

這段時期，臺灣發生了各種類型政治社會運動，如臺灣文化協會、臺灣議會設置請願運動、臺灣民眾黨、農民組合、勞動組合、無政府主義、社會主義和共產主義等運動。

一九二七年，是臺灣政治運動的轉變關鍵，以聯合戰線為主的文化協會發生左右分裂，左派掌握了主導權，而溫和派退出，另行組成臺灣民眾黨、臺灣地方自治聯盟。

二〇、三〇年代的臺灣正是一個思潮波濤洶湧的時期，當時的知識青年，很少不受其影響。王詩琅在這風潮之中，是為當時的黑色青年，曾多次被補入獄，其中較大者有三件：除「臺灣黑色青年聯盟事件」。一是一九三一年「臺灣勞動互助社事件」，坐牢十個月；另外一件是一九三五年，值「臺灣始政四十週年紀念」，由於受到日本本土無政府共產黨大搜捕的波及，王詩琅又被拘禁三個月，這三次的牢獄之災，都與無政府主義有關，而事實上王詩琅的無政府主義者，只是為了追求某種理想，在感情上受到無政府思想迷惑而已。所以在減刑出獄之後，開始轉向，努力從事於文學創作，而關懷社會運動者的受

難靈魂，便成為其作品中反覆出現的主題，至於日本帝國強權下的資本主義，也是他屢次所欲批判的對象，王詩琅文學創作也主要地反映這一階段的生命體驗與社會經驗。

　　王詩琅憑著年輕熱情，和理想的追求，參加無政府主義，但在現實底下，不得不從中急退，而轉向詩與小說的文學創作。且曾於一九三一年加入「臺灣文藝作家協會」（日本人平山勳、上清哉等人創辦）、一九三四年加入「臺灣文藝協會」（郭秋生、廖毓文等人創辦），並於一九三七年八月至一九三八年五月，代編過《臺灣新文學》一卷八期至二卷四期（楊逵、葉陶夫婦創辦），然而在作品中，卻流露出了他在無可奈何之下的抗議。可是文學創作並非他的最愛。在他的〈口述回憶錄〉裡曾說：

> 我最初之所以不曾積極致力於文學，是因為覺得自己的才能有問題，並且也從沒有打算成為作家。當時，我是民族主義者，反對日本統治，心中充滿了英雄式的氣魄。認為反正文學作品讀得懂就行了，中、日文的程度能夠寫書信就可以了，所以一直和文學不太有關聯，而且我也對自己文學的才華抱著懷疑的態度，這就是我不曾積極從事文學工作的原因。（見《陋巷清士》，頁227）

　　而後幾經掙扎，他又復歸於民族主義，張恒豪先生於〈黑色青年的悲劇──王詩琅及其小說意識〉一文裡說：

> 七七事變前後，日本當局為發動大東亞戰爭，總督小林躋造提出了「皇民化」、「工業化」、「南進基地化」的響亮口號，將臺島納入決戰總體制，進而雷厲風行地推展皇民化運動，強徵臺

灣青年遠赴南洋充當炮灰。處此變局，王詩琅深感到國家沒有主權，民族便不能獨立，則一切的思想和理想難免都要落空，因此在一九三六年，曾洞察機先，義正辭嚴地披露，〈一個試評——以『臺灣新文學』為中心〉與，〈賴懶雲論〉二文，再三地強調漢文在臺灣的現實性，以及賴和文學的民族地位，不容被抹煞，以駁斥日本政客企圖消毀漢族文化的陰謀，此為其無政府主義的轉向，民族主義的復歸，這一醒悟，完全是歷史大勢所使然。（見《陋巷清士》，頁262-263）

在中日戰雲密布之際，王詩琅的重返民族本位，雖是歷史轉折下的趨勢，但勿寧是有良知、有擔當、有遠見之知識份子的必然抉擇。

3　一九三七至一九四五年

中日戰爭全面爆發以後，王詩琅曾兩度被徵調到大陸。一次在上海（1937年），擔任日本陸軍特務部（宣慰班）的工作，數月後由於臺灣總督府警務局之通報，辭職回臺灣，一九三八年再赴廣州。任職於廣州迅報社，擔任編輯工作。

這一段時期，王詩琅生前似乎不願多談，但我們仍可以從他的晚年的回憶錄，訪問錄裡得知一、二，試摘錄可見記載者如下：

之一：

筆者一輩子都是在筆桿下討活的，在廣州就是其起點。自卅一歲被徵調在那裡的報社工作，到卅九歲返鄉為止，前後歷時計達九年，人生中的最重要的青春都埋葬在那裡，本來，筆者自幼就有一種狂妄的空想，甚至視拿筆桿做文章過活的是一種賣弄筆墨彫蟲小技的人，以為大丈夫在世當轟轟烈烈幹一番，能

夠看得懂文章，寫幾個字便可以了。不料，後來初被裨史小說
所迷，漸大竟墜入文學之宮，耽溺於文學作品，改變了初衷，
不但喜愛詩、小說、隨筆等文藝作品，甚至古今東西的名作均
拚命涉獵，對文學漸有較高的認識。到廣州不敢做作家的夢
想，但曾看過的郁達夫所說的要做個作家，應該看得懂秦漢以
前的古典才行的話始終啃著心田，因此，除了條練一些做個報
人應具的知識技術之外；《昭明文選》、《十三經註疏》、《詩
經》、《資治通鑑》、《史記》……等聞名古典之外，如《浮生六
記》，憶語、元曲，蘇曼殊全集……等近人的名作也都看過，
意在充實自己而已，可是越看得多，越覺得好的文學作品產生
之不易，因此對文學作品的試作不敢動手，只有應人要求，勉
強翻譯一些和自己的文學傾向不同的橫光利一、志賀直哉的日
文小說一篇而已，如今回想起來，不覺地就要赧顏，無地自
容。（見〈往事的回憶〉，《陋巷清士》，頁67）。

之二：

筆者在全集的「序」言中也曾說過，早年參加反日之後，到了
九一八瀋陽事變前後，日本全國法西斯勢力瀰漫囂張，臺灣也
籠罩在這種空氣之中，所有具有組織的民族運動及進步力量都
被摧毀，壓得粉碎。因此，從事這些工作的人們都苦無出路，
紛紛或以全心力從商、從農，或高飛海外，另謀發展。能夠以
文筆作為工作的武器，都向報館擠，擠敗的，大都藉文學寫些
詩或小說等作品來發洩胸中的苦悶。筆者或者就是其中的一
人。（見〈初領報酬的喜悅〉，《陋巷清士》，頁189）

之三：

到上海那年，正是日本佔領上海時期，當年歲末，我轉往廣州。在廣州的工作是做一個報館的編輯，報館是日人辦的。在這時候，正是日本右派大抬頭的時期，也就是癲狂侵華時期。這時候的廣州市內，滿目瘡痍。我閒暇便到那時新成立的攤販市場看書，因為知道時代氣氛，所以儘量自修、吸收舊文學的精華。喜歡看的書有《蘇曼殊全集》、《憶語》、《世界美文學專集》、《浮生六記》等很多書，現在數來也數不全了。

廣州時期，我幾乎沒有文學活動和作品。硬拿起來充數的話，就是幾個臺灣同好所編的一個雜誌，要我翻譯橫光利一的小說《機械》而已。

這段時間內，古文學看得不少，前記的《紅樓夢》之外，《水滸傳》、《三國演義》、《西遊記》都是百看不厭的書。《水滸傳》中梁山泊及各路英雄的行徑；《三國演義》中的劉、關、張都是我心儀的人物、情節。這時期雖然沒什麼文學作品及活動，但是關係電影公司的事做得不少，這或者可說和文學有點關係吧。文學活動和作品，所以少，完全和時代氣氛有關。（見〈我的早年文學生活〉，《陋巷清士》，頁213）

之四：

有一次平山勳來我家拿我的履歷表去，說要介紹我去大陸辦報紙，哪裡知道，後來竟還要參加考試，那時正是七七事變後不久，大陸方面派來了華南軍少佐中村作主考，加上總督府的翻譯官太幸村共同主持，我本不欲參加，平山勳一直激勵我，說

難道你會考輸別人嗎？試題是中文作文，日文作文，這我最拿手了，不管政治、文化，我都在行。考生一百多名中，有大學生、小學教師，發表後，我卻以第一名錄取。錄取後，許丙曾在蓬萊閣席開十桌，宴請總督府的官員，我和家人都去了，席中許丙問起我的學歷，我說只是公學校畢業，他狀甚感嘆。那時我的薪水和京都、帝大、或者早稻田的畢業生一樣多。

在這之前，我也到過上海，在情報課宣撫班，到那裡不久，即有一曾參加日共者宴請我時說，因為黑色事件的關係，總督府警察局，已向上海中央特務部通牒，我及另一黃先生須先觀察，暫勿派用，要我自己當心，我聽後快快不快，就不幹了，轉回臺灣，那時正是一‧二八上海事件的隔年（1933年）（見王麗華〈訪王詩琅先生〉，《臺灣文藝》九一期，1984年11月，頁16）

之五：

我是在上海被日軍攻占（1937年七七事變之後）之後才前往中國大陸的，也就是在日本軍攻打上海之後，才抵達上海的。當時我和張維賢一同在特務部第一班（宣撫班）工作。剛好，當時蘇州的宣撫班當中，有一位黃姓男子，他與我們有很好的交情，是張維賢的童年好友，經他介紹給我認識的。

我們從基隆登船，搭乘二等艙到楊樹浦上岸，搭上公家派來的車子，到捷斯菲爾路⋯⋯。當時經過位於北四川路的內山書店。但是聽說臺灣總督府的臺北警務局通知上海總領事館，說我們兩人的思想尚未轉向，要多加注意。當我們抵達上海時，宣撫班正要解散，而我們所報到的特務第一班當中，幾乎都是共產黨員，當時，有一位林某告訴我上述總督府傳來的小報告，在講我們的壞話，但是用不著擔心。我聽了之後，開始討

厭這個地方，於是表示，那麼我回去好了！後來，在上海停留不到半年就束裝返臺了。

回來不到半年，日軍進攻廣東，我們又被再度徵調。由於當時人材不足，只好開始起用左派的人材。我會再度前往廣東，是因為當時平山勳在總督府任職。關於他的事，文後再敘述。平山勳在擔任公職時，曾對我說，喂！老王，你要去大陸嗎？還是去比較好吧。他並威脅道，如果你不答應去的話，就會被強行徵調，他又說履歷書已經送上去且決定了。同時，郭秋生也來向我說了相同的話。我想，也好，就到廣東去吧。郭秋生當時不知要被派往南支軍（南中國部隊），又，當時是臺北的民選議員，有名的自由主義者的唐澤信夫，他也來告訴我說，在廣東剛成立一個報社，急需記者，你去最適合了。由於平山勳也有過相同的表示，因此我向雙方都提出履歷書，結果，二封都流到同一個地方去了，換言之，給平山勳的，以及透過郭秋生經由臺北放送（廣播）協會所提出的二封履歷書都到同一單位去了。

於是，大約經過一個星期左右，收到一個通知要我去參加考試，我就質問平山勳為什麼要撒謊？你不是說決定了嗎？還要考什麼試呢？他煽動我說，去吧，去吧！你怎會會輸給別人呢？後來，我就抱著半開玩笑的心情去應試。到場之後才知道應考的居然有二百人之多，大半是學生，所幸當時不考英語或是自然科學，只有日文漢譯、漢文日譯，以及日文和漢文作文而已，這種程度正好是我所在行的。於是放榜時我名列第一。上榜之後就不得了了，臺北的御用商人就在許丙經營的蓬萊閣舉行了盛大的歡送會，席開十桌，約有百餘人參加，因為商人們將此視為巴結官員的絕佳良機，而大獻殷勤。在臨行前，又

到臺灣神社（原註：圓山大飯店原址）參拜：十餘名通過考試
的人員，每人都獲贈三十圓的送別金，所以家母問我要不要多
帶些錢去，我說不用了，有三十圓就夠了。當時的三十圓是筆
大數目，因此，我就帶著這三十圓到廣東去。最初是以報導部
（採訪）人員的名義在報社上班，而報社是脫離軍部的管轄，
屬於臺灣總督府經營的「善鄰協會」，因此，我們就成了報社
的專屬人員。

由於我是被派往大陸從事新聞工作的，與文學完全沒有關係，
原有的關係也就脫離了。雖然我對大陸的文學十分關心，但是
卻扯不上關係。當時在日軍的占領區中，所做的報導都只是敷
衍、湊合的回憶式文章，或是廣東傳奇之類的。因此與文學乃
日漸疏遠，對純文學，不用說更是遙不可及，而且與思想也無
關聯。

在這一段長約十年的時間內，幾乎是偏離文學創作，只沉浸於
舊書古籍中，像《蘇曼殊全集》、《資治通鑑》、《昭明太子文
選》、「世界美文學小說選」之類書中所選錄的《浮生六記》、
《憶語》等。我個人認為《憶語》比《浮生六記》還好。如
此，一直沉迷於自己想讀的舊文獻中，從三十到三十九歲之
間，大約十年的光陰都在廣東渡過，直到戰到的第二年才再度
回到臺灣。

回到臺灣之後，剛開始也和大陸來的許多與文學有關的人士見
面，並且開始重新動筆，寫了不少文章，如《南方週報》刊登
的〈臺灣新文學運動史稿〉（原註：第三期，1948年2月10
日），或是在《中學生文藝》雜誌中也發表了〈臺灣文學的重
建問題〉（原註：創刊號，1952年3月1日）等文章。現在回想
起來，也已經是好幾十年前的往事了，一些細微末節的事幾乎

都已不復記憶。（見〈王詩琅先生口述回憶錄〉，《陋巷清士》，
頁232-234）

　　在長約十年的時間內，他幾乎是偏離文學創作，只沈浸於舊書古
籍中。後來於一九八〇年寫了一篇〈沙基路上的永別〉，追憶這一時
期的一個戀愛故事。雖然是篇象徵性的小說，描寫在敵我對峙下的矛
盾，這種困境也許不僅是王詩琅個人的感受而已，可能普遍存在於當
時臺灣知識青年心中。「永別」在王詩琅內心深層，可說創傷極深，
才會在一九八〇年又回憶提出，道出當時中國經驗的心酸，也道出了
訣別的痛苦。

　　這一時期是王詩琅最沈默與無奈的年代，然而王昶雄於〈陋巷出
清士──哀悼王詩琅兄〉一文裡，卻認為有兩大收穫，他說：

他旅居大陸前後九年當中，最大的收穫有二：第一是在廣州結
識了後來的賢慧另一半，開始生命第二個春天；第二是利用工
作空閒，蒐集資料，廣涉古今群書。（見《陋巷清士》，頁
337）

4 一九四五至一九七三年

　　王詩琅自一九四五年中廣州返臺，至一九七三年退休為止。這段
期間，任職國民黨省黨部幹事，後轉任臺北市文獻會，又兼任「臺灣
通訊社編輯主任」、「和平日報主筆」；一九五五年轉任《學友》主編，
一九五七年辭《學友》主編再轉任臺北市文獻會編纂；一九六一年轉
任「臺灣省文獻委會編纂組長」。一九六六年任《臺灣風物》編輯。

　　這段期間，他與文獻會、文獻刊物和兒童刊物脫不了關係。所以
才被稱為文藝學家、鄉土史家，以及臺灣的安徒生。

　　這一時期可稱得上是王詩琅較為安定且專心寫作的時期。但我們仍然可以從他的一再的轉換職位之中，以見其微妙與端倪。這段時間大皆在公家機關服務，可說潛沈內斂，轉向於文獻、編纂，和出版的工作上，留下了許多極為珍貴的資料。這段時期和他退休後的煥發朝氣相比，則可窺知退休之前，他的堅忍何等不易，而退休之後，其早年的英氣，理想和熱情彷彿又再重現，似乎晚年的王詩琅，再度銜接上自己青年時期的率真與熱情。

5 一九七三至一九八四年

　　退休後，除主編《臺灣風物》外，更常在《臺灣政論》、《夏潮》、《美麗島》、《八十年代》等雜誌發表文章。

　　這一時期，王詩琅的思想反而更明朗、更率直，道出了前一時期所不敢道出的問題。同時也熱情地提攜後進，所以贏得許多年輕後進的喜愛和敬佩，在年輕人的心目中，他是鄉土文化的活字典。

　　自一九八一年以還，他相繼榮獲聯合報小說獎之推薦獎、國家文藝獎、臺美基金會人文科學獎等三項大獎，確是實至名歸，是生前最感快慰的喜訊。

　　總結王詩琅的一生，似多巧合，早年雖曾左傾與叛道，而其作品要皆用中文寫作，是基於民族感情與國家民族的熱愛，則是無可懷疑的事實。個人認為終其一生，其因應之道的根本，則端賴本身的自學不輟。他在〈我的苦讀〉一文裡說：

　　　　總之，我雖然沒有輝煌的學歷，但對於讀書是有偏好的，也加
　　　　倍用功的，對不對，我不敢說，但我一輩子幾乎都是在書堆中
　　　　打滾過來的。（見《陋巷清士》，頁197）

又王昶雄於〈陋巷出清士——哀悼王詩琅兄〉一文裡，有云：

曾經席豐履厚，也曾落拓天涯，終於落腳汕頭街，過著被譽為「顏子再世」的生活。祖籍為福建泉州晉江，出身於艋舺的老布莊「德豐」號，父親國琛是一位略通經典的生意人。詩琅是本名，筆名有錦江、一剛，有時候也用過王剛、嗣郎等別號，但概以本名行世。他雖是商賈子弟，卻自小就有文人氣息，終究能以「鄉土文史」為正業，數十年這方面的寫作生涯，也成了人生的寄託。

他體質虛弱，但年輕時是屬於多血型，除了木訥、老實外，還有一個上進問學的心願。六歲便開始從其父發蒙讀書，七歲時就讀於前清秀才王采甫的私塾，十歲才進入老松公學校。十六歲畢業後，理當要應考，可是父親怎麼也不准他升學，理由很簡單，布莊裡不但需要一個得力的幫手，而且將來擬將「頭家」的職位讓給他。

沒有指望的事趕快死了心，只好遵從父命，再也不想升學了。但是，他立刻下定決心——自修，硬是憑死讀的功夫，一味用功下去。白天抽空看書，夜間更是屬於自己的時間，就這樣，無師承自行研讀，終於遍讀中學和大學的講義錄，以及世界思想全集，吸收古今中外的進步思想。學歷只及小學的他，學問全靠自修苦讀點滴得來的。早歲跟王秀才唸書打下的漢文基礎，也可以說竟能生衍出今日的繁花綠葉。

另一方面，他自小除了喜讀稗史、小說類之外，在他的記憶深處，常想起曾聽過父親屢述前清遺事、掌故，便確立了未來從事探討鄉土歷史民俗的志趣。小學時代，對「古書」一看再看，連不合邏輯的神怪說書也看。跟已故方豪教授一樣，一連

串的巧合，使他走向文史領域的道路，他曾說：如果不是自小就喜聽「講古」、喜讀「古書」；如果不是早時得到王老師的鼓勵；如果不是生長在閩南情調最濃的艋舺；如果不是讀日本民俗學權威柳田泉的著述令他對民俗著迷等等，這些「如果不是」加上他自學不輟的精神，使他成為一位蠻了不起的市井學人。（見〈陋巷出清士——哀悼王詩琅兄〉，《陋巷清士》，頁335-336。）

王詩琅賴本身自學不輟，所以有立足之處，是以其歷程雖悲痛，卻比同時代的文人幸運，有遲來的榮譽，葉石濤先生於〈王詩琅的悲痛生涯〉裡說：

在日據時代的臺灣新文學作家中晚年境遇舒適的寥寥無幾。大多數作家在窮苦潦倒中結束了他們奉獻的一生。我實在不忍舉出顯著的個案；不過，只要想到新文學之父——賴和先生之去世和生前備受摧殘的事跡也足夠叫人領悟。如果，容我再說下去，我就有欲哭無淚的感覺。呂赫若之死，至今仍是個謎，簡國賢瘦死獄中，其餘作家不是被放逐就是流亡海外，望斷天涯路，不得回鄉，在原鄉鬱鬱於終。

在這些作家中也許王詩琅是較幸運的一位。他在一九八四年十一月六日享壽七十六歲而去世的時候，剛好聽到榮獲第二屆臺美基金會人文科學獎的好消息。他晚年的幾年中頗有斬獲；如民國七十三年他所寫的六千字短篇〈沙基路上的永別〉獲聯合報短篇小說推薦獎，民國七十四年獲國家文藝獎，民國七十五年獲鹽分地帶臺灣新文學特別獎等。這情形跟楊逵相似，都是遲來的獎。還有好多日據時代的老作家就沒這麼幸運，他們在

未嘗享受勝利的果實之前，就撒手人寰了。對王詩琅而言，這些眾多的獎也許給他帶來暫時的快樂和舒鬆，但對他一生的顛沛流離而言，補償不了什麼。（見《臺灣文學的悲情》，派色文化出版社，1990年1月，頁81-82）

三　步入兒童文學的行列

王詩琅走入兒童文學的行列，雖然不是自願，卻也努力經營。而後，找到了最愛的歸宿，又毅然地走出兒童文學。本節擬就王詩琅的兒童文學活動，走入兒童文學行列的理由，以及離開兒童文學等三方面說明之。

（一）王詩琅的兒童文學活動

一九四五年八月日本無條件投降之際，王詩琅被日本當局徵用於廣州迅報社。最初是以報導部（採訪）人員的名義在報社上班，而報社是脫離軍部的管轄，屬於臺灣總督府經營的「善鄰協會」。

王詩琅曾有〈往事的回憶〉一文，記述光復之時，在廣州報社臺灣人的心情。他說：

……臺人呢？心緒是很沈重的，都是抱著一喜一憂的心情。喜的是根據早已知道的開羅宣言，自己已獲解放，此後可以擺脫異族的統治，做個主人翁，回到祖國懷抱；憂的是自己現在身在他鄉，如今猝然被推出生活圈外，而且又不知什麼時候才能返回故鄉？這漫長的歲月要怎樣來支撐，況且物價又如奔馬飛騰不已。這些想來，都令人夠寒心。不過此事大家都心照不宣，沒有人說出口而已。

散會後，筆者跟幾個粵籍的同事到附近的茶樓吃些點心充飢，
呷了幾杯酒解愁鎮靜，可是情緒仍然不能平靜下來。

這些問題後來在筆者腦中縈繞了很久，到了筆者去臺籍官兵集
訓總隊當政訓員才告消失。（見《陋巷清士》，頁185-186）

　　十日，由於丘念臺的引薦，任國民政府軍事委員會廣州行營臺籍
官兵總隊的政治教官，即是對許多海南島來的臺籍官兵眷屬及護士作
再教育。

　　一九四六年四月，返臺。六月，任民報編輯，然而薪金不敷家
用。十月，丘念臺又介紹他到國民黨省黨部兼任幹事。工作是整理黨
議、資料和三民主義理論體系，把蔣公的言論資料譯成日文，並兼校
對，還有《民間知識》、《婦女雜誌》等中日文對照的雜誌也是他編
的。後來，並兼任臺灣通訊社編輯主任。

　　臺灣通訊社編輯任務，旨在提倡大眾教育，為適應民間普遍的需
要，不論在內容及文字上都力求通俗淺顯，且在每一段節，插圖一
幅，使字與圖畫，兩相配合，借以引發讀者的興趣。因此，自王詩琅
兼任臺灣通訊社編輯主任始，可說已踏上兒童文學的行列。

　　一九四七年五月，民報社解散，去職。約於此時，陸續發表有關
臺灣文化、民俗方面的文章。

　　一九四八年任臺灣和平報兼任主筆，撰寫該報社論。並因黨部一
位總幹事，未經同意要將他調至他組，於是憤而辭兼職。後應黃啟瑞
之邀，參與臺北市文獻委員會籌備工作，一九五二年成立後，乃任職
該會。纂修臺北市志及主編「臺北文物」季刊雜誌。而後便以搜集資
料為首要工作。

　　一九四九年又兼臺灣通訊社編輯主任。並於十二月由該社出版民
族英雄圖畫故事——《鄭成功》一書，又於一九五〇年元月刊行《文
天祥》一書。

　　而後，曾有兒童雜誌向他拉稿。就目前可見資料言，最早的兒童文學作品似乎是：〈黃蘗寺的奇僧〉，刊行日期是一九五二年十二月《學伴》一卷六期。

　　至一九五五年年初，始辭臺北市文獻委員會職，轉任「學友」雜誌主編。後並主編大眾雜誌《大眾之友》。《學友》雜誌規模不小，李南衡先生於〈王詩琅先生，我們實在感謝您！〉一文裡，曾描述其盛況如下：

> 四〇年代末，五〇年代初的臺灣，文學創作園地極小，作品也相當貧乏，兒童讀物更是一片真空。有識之士認為應該從播種著手，從兒童讀物做起，以求長遠將來的收穫，志同道合的朋友約集在一起，由學友書局老闆白善先生出資，創辦了一份可說是空前絕後的兒童刊物《學友》。當時作者不僅網羅了許多臺灣文藝界的前輩，像廖漢臣、郭雪湖、林玉山、陳光熙……諸先生，也發掘了許多年輕一輩的作家畫家，像洪晁明、蔡烈輝……諸先生。內容有世界文學名著改編，臺灣民間故事改寫，創作的兒童文學與漫畫、科學新知……內容非常充實，當時能在臺灣欣欣向榮，每期銷售高達四、五萬本，可說是文化沙漠上的一大奇蹟，而創造出這項奇蹟的，就是學友雜誌出版幾期即繼彭震球先生之後，接下主編棒子的王詩琅先生。（見《文季》文學雙月刊二卷四期，1984年12月，頁69）。

　　一九五七年年初，辭《學友》雜誌社，再任臺北市文獻委員會編纂。

　　一九六一年，辭臺北市文獻會職，應臺灣省文獻會長李庭嶽之邀，轉任臺灣省文獻會編纂組長，纂修臺灣省通志，並編輯《臺灣文獻》季刊，直到退休。

而他的兒童文學活動記錄，似乎止於轉任省文獻會的這一年。他最後一篇兒童文學作品是〈孝子尋母記〉，是一篇在《學伴》連載的小說，連載時間是從一九六一年十一月到一九六三年七月，亦即是《學伴》卅五期至四八期，連載時間長達一年，以王詩琅的個性而言，不可能是邊寫邊載。

從上述可知，王詩琅的兒童文學活動期間，概言之，可說始於一九四六年十月後兼任臺灣省通訊社編輯主任時；而止於一九六一年底。如就實際的活動時間，則始於一九四九年再兼任臺灣通訊社編輯主任之時，而結束的時間，則可延至一九六三年七月。

（二）走入兒童文學的理由

王詩琅因為《學友》雜誌向他拉稿而走進兒童文學的行列，更因為主編《學友》而一頭栽進去。一切看來似乎是因緣巧合。在走進兒童文學之前，曾於一九三六年寫過一篇臺灣民間故事〈陳太戀〉，又於一九四六年、一九四九年兩度兼任臺灣省通訊社編輯主任，並出版《鄭成功》（1949年12月）、《文天祥》（1950年1月）等兩本通俗淺顯的大眾讀物。除外，並未與兒童文學界有多少關係。他為兒童刊物寫的第一篇文章是〈黃檗寺的奇僧〉，發表於一九五二年十二月《學伴》一卷六期；而為《學友》寫的第一篇文章是〈鄭成功拒降記〉，發表時間是一九五四年八月《學友》二卷九期。總之，在主編《學友》之前，並沒有寫過多少的兒童讀物作品（參見附錄作品繫年。）

又當時著名的兒童雜誌，尚有《小學生》（1951年3月20日創刊）、《東方少年》（1953年11月創刊）、《新學友》（1953年7月創刊），而王詩琅獨鍾情於《學友》，真似因緣巧合。一九七九年王麗華在〈史話與童話──訪王詩琅談文獻工作與兒童文學〉的訪問裡，曾問「有一陣子，您曾從事兒童文學，請問您怎麼會對兒童文學有興趣？」他說：

當我還在臺北文獻會工作時，有一本兒童刊物《學友》雜誌，就常要我為他們寫稿，那時編這本雜誌的是一個師大教授，他出國後，無人接替，《學友》負責人的先生，便推薦我，一再來懇求我，我當時以為作公務人員要學歷，我無學歷，再怎麼幹，也是不能高升，便答應他。（見1979年3月《大高雄》革新八期，頁116）

又張良澤於《四十五自述》裡云：

後我沒有工作，又喜歡兒童文學，所以主編了《良友》、《學友》雜誌好多年，從創刊到終刊（見1988年9月前衛出版社，頁288）

又於《王詩琅全集》自序云：

筆者在上面也已說過，人生在世，走的路大都是環境迫出來的。筆者也是如此。而且正業都是與「編」字有關的，編輯、編輯主任、主編、編纂、編纂組長等，幾乎佔了全部生涯。至於副業的寫作，差不多也都是被迫寫出來的，這一面的時間更久，因此，範圍很廣泛。日據時期的詩、小說、論說、文學評論等固不消說，光復以還的社論、鄉土史、史論、誌書、風俗資料、考據、兒童文學、報告、民間故事等莫不如此。

自古，在臺灣文字工作不受重視，這當然是這地方的客觀環境使然的，然而筆者不敏，一輩子竟然在這劣惡的環境中打滾討活，與文字結了不了緣，縱然與自己的興趣不無關係，可是或者是「命該如此」。

如此的答覆，「無學歷、不能高升」，「走的路大都是環境迫出來的」，簡單扼要，而事實上是否如此，值得懷疑，否則兩年後又何必再回原單位任原職。

申言之，個人認為王詩琅走入兒童文學之列，除了因緣巧合之外，似乎應有其他的理由，試分述如下：

1 鄉土的情懷

王詩琅的作品偏重於鄉土文獻之整理與研究，也就是說他的著書立說，無一不跟鄉土有關，他具有濃烈的鄉土意識和臺灣精神，他畢生為鄉土文獻耗盡生命。他最偉大的貢獻是對臺灣歷史文獻的整理與傳承，尤其對於日據時期文化，社會運動的人物，舉凡其私交、公誼無不如數家珍。因此他對日據時期的臺灣史有精通的研究和造詣，更由此而有「臺灣活字典」的雅稱。

王詩琅在中日戰爭期間曾赴中國大陸，至戰爭結束後再回到臺灣。由於時代的變換，他的角色也隨之發生變化；光復前的王詩琅是一個實踐者、創作者；光復後的王詩琅，則與其他大部分先行代的臺灣文化人一樣，成為一個整理者、注釋者和傳承者。

光復初期短暫的報人生活之後，王詩琅進入了臺北市文獻委員會，從此結下他後半輩子與臺灣歷史、民俗纂述工作的不解之緣。

一九四八年，王詩琅辭黨部幹事兼職後，隨即應黃啟瑞之邀參加臺北市文獻委員會籌備會。而後，一九五二年六月成立臺北市文獻委員會，成立後乃任職該會，纂修臺北市志及《臺北文物》季刊雜誌。

就目前可見著作中考查，王詩琅約於一九四七年五月有與民俗相關文章。如果往前推，或以一九三六年所寫的〈陳大戇〉為起點，而真正與臺灣歷史、文化結下不解之緣，則始於進入臺北市文獻委員會。

　　至於，王詩琅何以走上臺灣歷史與民俗研究之途，個人認為他在廣州的那一段時期，似乎很值得我們去探索，或許可以從其中得到合理的解釋。王詩琅在中日戰雲密布之際，重返民族本位，並且從此一輩子都是在筆桿下討生活。

　　王詩琅走入兒童文學之列，雖然有各種理由，但鄉土情懷的呼喚，則是不爭的事實。在兒童文學裡有鄉土的氣息。在〈初領稿酬的喜悅──王詩琅全集的紀念〉裡有云：

> 筆者原是以寫臺灣「歷史」小說的心情踏入臺灣研究，後來本省光復又側身臺灣文獻界，臺灣研究竟成了職業。（見《陋巷清士》，頁192）。

又吳密察先生於〈臺灣新文學的活字典──懷念王詩琅先生〉一文裡云：

> 民國四十四、五年間，王先生曾出任兒童雜誌《學友》主編，充分地以臺灣歷史、文物為素材，從事本土兒童文學之創作，造成轟動，被譽為「臺灣的安徒生」。（同上，頁369-370）

又鍾麗慧女士於〈王詩琅印象記〉裡云：

> 四十四年，離開臺北市文獻會，主編兒童雜誌《學友》，轉而從事兒童文學創作，改寫神話、民間故事、歷史故事，主張趣味性與教育性並重。成為國內兒童雜誌的先驅。（同上，頁315）

又王昶雄先生於〈陋室出清士——哀悼王詩琅兄〉一文裡云：

> 至於兒童文學作品，他曾任「學友」編輯時，有寫過以寶島文
> 物為題材的作品十多篇，雖以革命性與新鮮味著稱，但讚揚他
> 為「臺灣的安徒生」，恐有過獎之嫌。他創作的本色是以鄉土
> 文獻為樞軸，以文學為附庸，因此，我們與其稱他為文學家，
> 倒不如稱他為鄉土文史家。（同上，頁337）

2 悵然不得志

臺灣光復後，王詩琅本民族主義純樸愛國心的流露，與單純而又
美麗的重歸祖國心願，於是從廣州束裝回國。而回國以後，並非事事
如意，我們知道由日據時代到戰後這兩個時代對臺灣各有其不可磨滅
的影響。日據時代所留下的仍然繼續影響著臺灣。可惜由於中華民國
和日本曾發生過戰爭對決，使得兩國之間在歷史感情上和處理事情的
著眼點，存在著矛盾和衝突。這種錯綜複雜的微妙情形，連帶地波及
到土生土長的臺灣人身上，使得臺灣人在時代的變局中很難適應，有
的不得不自我放逐於海外；有的潛聲匿跡，改行維生；有的則迎合新
的時代，在新的價值系統中求發展。因此有很多日據時代政治運動上
的老前輩、文學界的先進，多在時代變局中消沈、封筆了。

王詩琅可說是這種情況中，少數的例外。可是他並不得志，正是
「本待將心託明月，誰知明月照溝渠」。其悵然不平之心，自是未
免。我們可以從前述的「王詩琅的個人因應之道」一節得知其不平之
心路歷程。以下試引錄他人為王詩琅發出的不平之鳴：
之一：徐曙整理之〈黑色青年王詩琅〉：

> 張燦庭：光復後的臺灣社會，有個怪現象，許多日據時代的知

識人都投身到文獻工作。眾人不願意做的事，他們願意做，精神實在令人欽佩！所以，我必須說：臺灣文獻界的香火，正是王詩琅這批人留下來的。

張恆豪：其實，在光復後發生的一次不幸事件後，一些早期的、優秀的知識分子，幾乎「銷聲匿跡」了。尚能留下來的人，有部分被安排在臺灣文獻會工作。這些人或許沒有像現今學院派的學者那樣，受過精密的史學訓練，但他們卻把文獻工作給普及化、生活化了。唯一遺憾的，由於當局的某些禁忌，使他們在歷史問題的探討上，有了一定的限制。

張燦庭：這幾年來，王詩琅的生活情況不太好，他的身體一直很差，又有眼疾，連腳也摔傷了。每次當他聽到老朋友一個一個走了，他總是感嘆不已，情緒陷於低潮。我常常這樣想，我們的社會或政府，對像王詩琅這種人的關心程度不夠，根本沒有保障他們的生活條件，讓他們好好發揮所長。老實講，現在要研究日據時代「黑色青年聯盟」這一段歷史，「警察沿革誌」是一部很重要的資料，但它的寫法正確與否，除了王詩琅以外，幾乎沒有人能夠去作檢證。（見《陋巷清士》，頁306-308）

之二：楊雲萍〈王詩琅先生追憶〉：

知道王詩琅先生逝世的消息，為之悽然良久。他的一生實在太辛苦了。早年為理想、為主義，被日本政府囚禁多年，可是他不太談這些事情。（見《陋巷清士》，頁327）

之三：王昶雄〈陋室出清士──哀悼王詩琅兄〉：

> 一個有民族血性的臺灣人，在精神上認同的是中國，但在日帝
> 統治下，曾經體驗過無可奈何的煎熬。這漫長的煎熬，不但沒
> 有磨損他們的志氣，反而激發了更為堅忍不拔的奮鬥精神。有
> 些有心的青年評論家，對於詩琅兄的評價極高。他們說：那些
> 為了抗日而付出過血淚代價的上一代的知識人，光復後並不是
> 個個被當抗日英雄看待，有的已經作古，有的被遺忘在社會的
> 小角落，默默地傳遞著歷史的見證，王詩琅是具有代表性的一
> 位。「從他的身上，我們可以看到那個年代知識人命運的縮
> 影，也可以看出他們目前不大受到社會重視的遭遇。」（同
> 上，頁343-344）

這種悵然不得志的不平，又可分三點說明之。

（1）時代背景的限制。王詩琅跨越兩個時代，由日據時代到戰
後。這兩個時代對臺灣各有其不可磨滅的影響。而光復後的臺灣，可
以說是國共鬥爭的圈外之地，似乎並沒有被列為接收的重點地區。事
實上，國府主流的袞袞諸公甚至還有認為臺灣無關緊要的跡象。

而接收後的臺灣，通貨膨脹的猛進，由於相繼的復員而更加惡化
的失業痛苦，接收部隊紀律的鬆弛，接收官警的橫暴和貪污，已然成
了抨擊的目標。

而後，終因芝麻小事引發了「二二八事件」。戴國煇於《臺灣總
體相》一書裡，對該事件有如下的看法：

> 由於談論和研究二二八事件都是觸犯禁忌，所以它的實情和真
> 相，至今還是根本弄不清楚。儘管鎮壓的機構錯綜複雜，現在

大部分的臺省人還是只把自己看成受害人，而痛斥國府、國民黨、外省人為加害人，把事情單純化，並加以咒咀。甚至於時常對外省人流露出厭惡的情緒。

當時的國府也罷，國民黨也罷，都絕對不是一個整體。特務機構的軍統也好，CC 也好，都有臺灣人的有力特工，他們簡直是在「趁火打劫」，拿事件做藉口，恐嚇別人，勒索錢財。到了事件後，他們又多半以經濟界的要人身分，君臨臺灣的財界和企業界。據說，有一部分人為了防止自己以對日合作為中心的積惡被揭發，正好利用這次好機會，以密告和假借憲警之手進行暗鬥和暗殺，以「借刀殺人」的方式根除對手。這種案例自屬不少。（見魏廷朝譯本，遠流出版公司，頁115）

自一九四九年八月五日，美國發表「對華白皮書」以來，國府人士越來越心惶意亂。

一九四九年五月一日，自零時實施全省戶口總檢查。這是逼出可疑人物的初期作業。五月二十日，全省宣告戒嚴令，直至一九八七年七月解除。當時除進行「掃紅」之外，並於八月二十日，在臺北設立了「政治行動委員會」。該委員會是相當於國府中央政治保衛局的秘密組織。

同年十二月七日國府中央遷都臺北。由於緊急狀態持續下去，掃紅一直持續到一九五三年。戴國煇在《臺灣總體相》一書裡，對掃紅有如下的看法：

在這段期間，假借掃紅名義而排擠對手，報復私怨等等卑鄙的行徑層出不窮，因而造成的冤獄也不少；民間至今仍然存有這種耳語。

掃紅的真相，並不明確。唯一明確的是：人性被扭曲，互不信
任的人際關係和陽奉陰違的社會風氣，很快地蔓延到臺灣整個
社會；另一方面，奉承和追隨得志的權貴的人則越來越多。在
少數的知識分子中，也有試圖標榜「君子不近危」，而作沈默
與隱遁式的消極抵抗的人士之出現。（同上，頁129）

　　而後，有一九五三年五月二十日吳國楨亡命美國案、一九五五年
八月二十日孫立人案、一九六〇年九月四日雷震案，以及一九六一年
三月李萬居的《公論報》被迫停刊。

　　以上的重大政治案件，更是時代背景的產物，是以王詩琅悵然。
然而，相對於他退休後（1972年），無視於「中壢事件」（1977年11月
19日）、「美麗島事件」（1979年12月10日），竟常在《臺灣政論》、《夏
潮》、《美麗島》、《八十年代》等雜誌上發表文章，這種煥發朝氣的神
勇，如與在公家機構服務時相比，可見他的堅忍，更可知其潛沈內
斂，是以轉向鄉土文獻，以求立足。

　　（2）個人的思想背景與經歷。王詩琅個人的思想背景與經歷，
在當時國共緊急狀態持續不已的大時代背景之下，實在不為國府所
認同。

　　王詩琅在當時算是個非常激進的青年，他自公學校畢業後，即與
同學組成「勵學會」，他的朋友私下互稱為「文學少年」，意指年紀輕
輕、喜歡追求時髦。日人小澤一來臺後，才把他們集合起來，成立
「黑色青年聯盟」。所謂黑色，是當時無政府主義者的世界性用語，
在當時是象徵「死亡」，代表為追求理想、正義、真理，抱著必死之
心，勇往直前。當時，他雖然具有民族意識，卻也對社會主義產生了
興趣，思想也因此轉向左翼。從二十歲到三十歲之間，有三次牢獄之
災，大約有三分之一的光陰就這樣被消耗掉。而這三次的入獄，都與
無政府主義有關。

在當時，臺灣陸續辦了很多雜誌：如以民族運動為主流的，由黃白成枝與謝春木所辦的《風水報》；由王萬得、周合源合辦的，有共產主義傾向的《任人報》；由黃天海辦的，有無政府主義色彩的《明日》等，所謂三大思想鼎立之時代，成為臺灣文壇的熱潮。而王詩琅和這些人都是朋友，每個雜誌他都寫稿，如〈悼魯迅〉有云：

> 在蔣介石統治之下，他和他所領導的一群進步作家，處於今日永無止息的壓迫下，要走過苦難的荆棘道路，其中之艱辛程度，也是我們可以預料得到的。（見《陋巷清士》，頁148）

又他在廣州的九年，是被日本當局徵用，並任職於迅報社編輯。

（3）學歷限制。王詩琅的正式學歷，只有三年的私塾，六年公學校畢業。雖然有人驚奇為異數，如葉石濤先生於〈悼王詩琅先生〉裡云：

> 在這些臺灣作家群之中譬如楊雲萍先生、黃得時先生都是中、日文俱佳的優秀作家。此外，王詩琅先生也是佼佼者之一。楊雲萍、黃得時兩位先生出身於書香世家，又受過頂尖的高等教育，其中、日文造詣之高，自是意料之中。然而王詩琅先生出生於臺北艋舺的商賈之家，為商人之子，並且所受教育僅只是公學校，而仍能一生孜孜不倦地為臺灣新文學運動的推展而鞠躬盡瘁，真是個異數。儘管他的中文小說為數不多，大部分作品都屬於臺灣文獻的整理和詮釋，但仍能在新文學運動中留下巨大的足跡。（見《陋巷清士》，頁348）

而事實上，學歷的限制，亦是他悵然不得志的原因之一。從下列的引錄裡可見一斑：

〈我的苦讀〉一文裡云：

> 總之，我雖然沒有輝煌的學歷，但對於讀者是有偏好的，對不
> 對，我不敢說，但我一輩子幾乎都是在書堆中打滾過來的。
> （見《陋室出清士》，頁197。）

又林子侯先生於〈我所親炙的詩琅先生〉一文裡云：

> 先生對名利極為淡泊，翻查先生的經歷，沒有顯達的功名，又
> 是個一身之外無長的窮書生，終其生窮居於陋巷。固然在這個
> 學歷、文憑第一的社會限制了一個人的成就，但以先生的才
> 學，早年累積的資歷和人際關係，不可能如此晚境堪憐。從長
> 期的接觸，深深的體會，先生是一位真正的讀書人。他不懂得
> 拿文章作進身的階梯，不屑於為名位與人勾心鬥角，由於這種
> 志節操守，使他沒有飛黃騰達的機會。他給這一代讀書人樹立
> 了「正其義不謀其利，明其道不計其功」的風範。（見《陋巷
> 清士》，頁356）

吳密察先生於〈臺灣新文學的活字典——悼念王詩琅先生〉裡云：

> 他一再謙稱：「我只是一個公學士，沒有受過學院的訓練，只
> 能把自己所知道的告訴你們，當你們年輕人的肥料……。」
> （同上，頁365-366）

又李南衡先生於〈王詩琅先生，我們實在感謝您！〉一文裡云：

王先生失業一段時期之後，被延聘進入臺北市文獻委員會擔任
編纂。只因為他是「公學士」（日據時期差別教育體制下，日人
子弟唸的叫小學校，臺人子弟唸的叫公學校，王先生所受的正
式教育僅止公學校，其淵博深厚的學養，都是憑他自修得來的。
他經常自嘲是「公學士」，以別於文學士、法學士⋯⋯。）因
此他不得擔任編纂組長，但卻又實際從事編纂組長的工作。
（見《文季》雙月刊第十期，1984年12月，頁70）

綜結上述可知，王詩琅於現狀之中悵然不得志。再加上一九五四
年十二月十日《臺北文物》三卷三期〈新文學新運動專號續集〉被查
禁，又由於因緣，且兒童文學亦不離鄉土，是以辭臺北市文獻委員會
編纂之職，而毅然走入兒童文學的行列。

（三）走出兒童文學的行列

王詩琅於一九五七年年初辭《學友》雜誌職，再任臺北市文獻委
員會編纂，纂修臺北市志，主編《臺北文物》季刊雜誌。

辭學友雜誌職後，仍然為《學友》、《學伴》、《新學友》、《正聲兒
童》等兒童雜誌寫稿，而最後的記錄是一九六三年七月《學伴》四十
八期。此後未再見有兒童文學的活動記錄。

王詩琅是什麼理由辭《學友》雜誌職，未見有記載。個人則認為
鄉土情懷的呼喚，以及公務員生活的安定，使他再度回到原職。就可
見資料言，《臺北文物》五卷一期於一九五六年四月三十日出版後，
直至一九五七年一月十五日五卷二、三期才合刊出版，且於〈編後
記〉裡云：

本刊自去年四月底發行第五卷第一期以來，已閱九個月，因工
作和經費的關係，此間一直停刊。

　　回到原職後，由於文獻鄉土研究的專注，使得他不能再旁騖於兒童文學。

　　終究臺灣文獻、民俗的研究才是他的最愛。

　　王詩琅約於民國一九四七年五月之後，開始發表有關臺灣、歷史、文化方面的文章。而後參與臺北市文獻委員會籌備工作。成立後（1952年）並任職該會。

　　王詩琅一入文獻會，便以蒐集資料為首要工作，且從此結下他後半輩子與臺灣歷史、民俗纂述工作的不解之緣。

　　王詩琅雖不是學院派，卻肯邊作邊學，他在王麗華〈史話與童話──訪王詩琅談文獻工作與兒童文學〉裡說：

> 搜集資料外，也辦了一本《臺北文物》，又作了《臺北市志》工作，首要之務便是範例、鑑目，這也是我確立的，我亦戰亦走，一面吸取文獻學、方志學的知識，這在當時臺灣是一門新學問。一向我從事文化工作都是這樣，凡從事某項新工作，便徹底從基本學起。
>
> 自己無學歷，只好以勞力來彌補。（見《大高雄》革新八期，1979年3月，頁114）

並且進一步地落實於田野之觀察與訪談。他說：

> 文獻工作主要是補文字之不足，所以必須稽考，稽考就要從地方耆老去探索。當然，不是每一個耆老的話都可信，故我在臺北分區舉行耆老座談會，紀錄下來，作為參考。另外我的朋友很多，互相提供資料，可以補缺憾。
>
> 日據時代雖無有官修的臺灣史料，但他們不重視地方志，因此光復後的文獻工作，可補日修之不足。（同上，頁115）

又王昶雄於〈陋室出清士──哀悼王詩琅兄〉亦云：

> 研究文史是沒有一定的步驟，撞來撞去，總會撞出門路。畢竟
> 他並非學院派，所以對治學的方法是不按牌理出牌的，只憑挺
> 好的記憶力著述的居多。他中年時，時常隨著採訪隊走遍各
> 地，這種遍歷各處所看到的，所聞的風土民情的感受，必須建
> 立在一步一腳印的基礎上。
> 他擅長收集文史資料，又喜歡出席很多有關的聚會，以便找尋
> 人事掌故。日後，他只是從那紛亂的資料堆中，加以掌握和分
> 析。寫作寫久了，資料也越來越多，但在咀嚼消化中，若非憑
> 藉深厚功力是無以為功的，幹這行要有的是恒心和耐心。（見
> 《陋巷清士》，頁338）

　　雖然，王詩琅投身到文獻工作，可以說是時代背景與個人的思想
經歷使然，也可能是出之於有意的安排。而事實上，王詩琅正是個
「大雜家」，也是個歷史見證者，尤其對於日據時期文化、社會運動
的人物，舉凡其私交、公誼無不如數家珍。是以他能利用他日據時期
積下來關於臺灣文化、社會運動的見聞和經驗，在其主編的文獻刊物
中，有計畫地製作有關日據時文化運動的專輯，替後來的研究者留下
重要的資料。況且在田野考察訪談中，時常能以文獻會友。在臺灣歷
史與民俗的研究中，他找到了立足處。

　　雖然，王詩琅性情耿直，重行誼、尚氣節，從不講違心的話，想
說的也不瞞。年輕時代難免氣粗得罪人，但年紀大了，經過環境歷
練，氣勢已經收斂了許多。所以他不再悵然不得志，於是他走出兒童
文學，投向鄉土的懷抱，他淡於名利，安於清貧，只因與臺灣鄉土文
化有後半輩子的不解之緣，他有濃烈的鄉土感與歷史感，他永不止息

地想傳遞歷史薪火的身體力行上。王昶雄於〈陋巷出清士——哀悼王詩琅兄〉裡曾有描述：

> 詩琅兄夫妻由大陸返臺以後，選定此地一住就是四十年。他退休後，過著深居簡出的生活，但以前為了公務，在這條巷子不知跑了多少行程。晚年由於多病，健康日漸衰退，再也打不起精神來。自知已是有氣無力，天下事只好不聞不問了。
>
> 在這四十年當中，過的是清苦生活，也許他命中受窮，也許是由不得他不安貧，不管如何，他只是靠著一些克制工夫，不止熬得住窮，就是窮得不濫。他之所以窮，因為有骨氣，不逢迎，不肯翻舞長袖，就這樣，也只有清貧一世，和「窮酸」神交一生了。古詩他不能作，卻很喜歡吟，常常在斗室吟起陳古漁的「雨昏陋巷燈無焰，風過貧家壁有聲」，或是徐蘭剛的「可憐最是牽衣女，哭訴鄰家午飯香」等詩句。古人所謂「不忮不求」，一切隨緣，自我滿足。人家吃不消那簞食瓢飲的生活，他卻吃得消，真是好一幅「在陋巷不改其樂」的寫照。他一派樂天知命的作風，頗得顏回當年安貧樂道精神的真傳呢！
> （見《陋巷清士》，頁333-334）

又林子侯於〈我所親炙的詩琅先生〉裡云：

> 認識先生十多年中，有幾件事給我的印象很深。一、學問好的人，往往盛氣凌人，有不近人情的怪脾氣。先生待人卻古道熱腸，滿面春風，從不擺架子，平易近人。與他談話，如坐春風，忘記時間的流逝。他對任何人都很親切，很有禮貌，因為這樣，汕頭街那條彎曲窄巷，只容一人行走的小徑，那棟紅磚

瓦的古老平房，那擁擠不堪又幽暗的房間，才能吸引海外及國
內研究臺灣史、關心臺灣文學的研究者，去拜訪他，請教他，
探問他。這些人當中有年輕的研究生、報社的記者、著名的作
家、國內幾所大學的教授，還有外籍人士，可見先生受人敬愛
的情形。……三、先生對名利極為淡泊，翻查先生的經歷，沒
有顯達的功名，又是個一身之外無長的窮書生，終其生窮居於
陋巷。固然在這個學歷、文憑第一的社會限制了一個人的成
就，但以先生的才學，早年累積的資歷和人際關係，不可能如
此晚境堪憐。從長期的接觸，深深的體會，先生是一位真正的
讀書人。他不懂得拿文章作進身的階梯，不屑於為名位與人勾
心鬥角，由於這種志節操守，使他沒有飛黃騰達的機會。他給
這一代讀書人樹立了「正其義不謀其利，明其道不計其功」的
風範。四、先生對日據時期的臺灣史有精通的研究和造詣。先
生成為此一時期歷史的權威學者絕非偶然。（見《陋巷清士》，
頁355-356）

　　而回首前塵，兒童文學已是在歷史之外了。如果人生再來一次，
鄉土文獻與文學仍會堅持。

四　兒童文學的果

　　王詩琅的兒童文學活動時間，雖然不長，成果卻可觀，試以編輯
和著作兩部分說明之。

（一）《學友》主編

　　一九三五年，適值「臺灣始政四十年紀念」，由於受日本本土政

府對共產黨大搜捕的波及，王詩琅被株連入獄，拘禁約兩個月才釋放。而後他發現社會運動這條路走不通，才轉進文學活動的領域。

自轉進文學活動的領域後，即與報章雜誌編輯結下不解之緣。

一九三五年十二月二十八日至一九三七年六月十五日止，主編《臺灣新文學》。

一九三八年再赴廣州，任廣東迅報社編輯。一九四五年八月，日本無條件投降，迅報社解散。

一九四六年四月，返臺。六月，任民報編輯。十月，兼任省黨部幹會；後並兼臺灣通訊社編輯主任。一九四七年五月，民報社解散。

一九四八年，任臺灣和平日報兼任主筆，撰寫該報社論。後辭省黨部幹事，參加臺北市文獻委員會籌備工作。

一九四九年，再兼臺灣通訊社編輯主任。

一九五二年，臺北市文獻會成立，任該會編纂職，纂修臺北市志及主編「臺北文物」季刊雜誌。

一九五五年，辭臺北文獻委員會職，任《學友》兒童雜誌主編。後並主編大眾雜誌《大眾之友》。

一九五七年，辭《學友》雜誌職，再任臺北市文獻委員會編纂，纂修臺北市志，主編《臺北文物》季刊雜誌。

一九六一年，辭臺北文獻委員會職，任臺灣省文獻委員會編纂組長，纂修臺灣省通誌，編輯《臺灣文獻》季刊。

一九六六至一九六七年間，兼任《臺灣風物》雜誌社編輯。

一九七三年，奉令退休。再兼《臺灣風物》雜誌社編輯委員，但似乎已不再負責實際編輯事務。

總計王詩琅的報章雜誌編輯之生涯，似乎與他的一生息息相關，正如全集自序裡云：

人生在世，走的路大都是環境迫出來的。筆者也是如此。而且
正業都是與「編」字有關的，編輯、編輯主任、主編、編纂、
編纂組長等，幾乎佔了全部生涯。

　　至於他任《學友》兒童雜誌主編的時間，與他全部的編輯生涯相
比，雖然不成比例，但卻不可忽視。任職《學友》主編這一段時期，
王詩琅生前很少談到，所以我們所能知道的也不多。於王麗華女士訪
問裡〈史話與童話──訪王詩琅談文獻工作與兒童文學〉有云：

　　當我還在臺北文獻工作時，有一本兒童刊物《學友》雜誌，就
　　常要我為他們寫稿，那時編這本雜誌的是一個師大教授，他出
　　國後，無人接替，《學友》負責人的先生，便推薦我，一再懇
　　求我，我當時以為作公務人員要學歷，我無學歷，再怎麼幹，
　　也是不能高升，便答應他。（見《大高雄》革新八期，1979年3
　　月，頁116）

事實上，王詩琅的談話語焉不詳。又李南衡先生於〈王詩琅先生，我
們實在感謝您！〉裡說：

　　四十年代末，……由學友書局老闆白善先生出資，創辦了一份
　　可說是空前絕後的兒童刊物《學友》。……每期銷售高達四、
　　五萬本，可說是文化沙漠上的一大奇蹟，而創造出這項奇蹟
　　的，就是學友雜誌社出版幾期即繼彭震球先生之後，接下棒子
　　的王詩琅先生。（見《文季》文學雙月刊十期，1984年12月，
　　頁69）

而李南衡的話更屬天馬行空，不著邊際。依張良澤「王詩琅先生事略年譜」（詳見《大高雄》革新八期，1979年3月，頁118-120）、張炎憲、翁佳音合編〈王詩琅先生年譜〉（詳見《陋巷清士》，頁381-407），皆謂於四十四年，辭臺北市文獻委員會編纂。又從張、翁合編年譜的排列方式，可知其任職與辭職時間皆在年初。是以吳密察先生於〈臺灣新文學的活字典──懷念王詩琅先生〉一文裡說：

> 民國四十四、五年間，王先生曾出任兒童雜誌《學友》主編。
> （見《陋巷清士》，頁369）

至於張良澤先生在《四十五自述》說：

> 他追懷青春似地說：「戰後我沒工作，又喜歡兒童文學，所以主編了《良友》、《學友》雜誌好多年，從創刊到終刊。（見前衛出版社，頁288）

該書雖是自傳，且又引王詩琅自己的話，而事實上卻是錯得離譜。從目前可見的王詩琅著作裡，並未見有編過《良友》的記載，更未見有任何文章在《良友》發表過。

　　考《學友》雜誌，創刊於一九五三年二月，發行人陳光熙，社長白善，總編輯彭震球，是以國小高年級、初中學生為對象，旨發揚民族精神，灌輸科學知識，涵養德性，輔導小學生敦品勵學。該刊據《中華民國兒童圖書目錄》附錄裡介紹云：

> 本刊讀者以國民學校高年級及初中學生為對象，旨在發揚民族精神，灌輸科學知識，涵養德性，輔導小學生敦品勵學。所以

創刊以還，均以時代知識的研討，品格修養的講求，科學新知的供給，文學名作的介紹，有益故事的發掘等方式為中心內容。務期讀者在興趣盎然之中，潛移默化並養成喜歡讀書的習慣，調劑其學校生活，作為課外讀物。

本刊於民國四十一年，正當自由中國從動盪不安的局勢之中安定下來，各種復興建設事業突飛猛進，舉國正走上反攻復國大道的時候，雜誌界也呈現蓬勃的氣象，各種新創的刊物，如雨後春筍般的相繼出現，五花八門，大有令人目不暇接之感。到了四十一年，經過了長期準備，終於四十二年二月，創刊號出版了。果然，上天不負苦心人，初版一萬冊不脛而走，頃刻間，便銷售一空，再版一萬部不久也賣完了。這個新型雜誌就這樣轟動了一時。可是該刊不斷增加頁數，現在頁數已由一百首左右增加到二百三十頁左右，讀者也一直增加。創刊以來至四十六年九月止，共已發行五十期。少年讀者們每月屆指期待著《學友》出版的熱切的心情，這是眾所周知的；而且它已成為每一家庭搶購的讀物，也是眾所目睹的；其影響力之大，殊非淺顯，其對國家文化的貢獻是很大的。

本刊發行之初，即以作風新穎，文筆輕鬆，插圖豐富，印刷精美，為少年讀者所歡迎，風靡一世，然而本社不但力圖增加頁數，一面還不斷求質的改進，務以日新月異的姿態，以應廣大讀者的要求。現在每期的內容有七彩扉頁、七彩世界名作、五彩小說、加色故事、加色漫畫、名人箴言、傳記、名人軼事、急智奇談、童話、短篇小說、漫畫、最新科學、常識、幽默天地、讀者世界、學友樂園。(見正中書局，1957年11月，頁82)

至於《學友》停刊的時間當是在一九五九年八月三十一日以後，

因為王詩琅有篇〈桑下餓人〉，即發表於一九五九年八月三十一日
《學友》七卷五期。

　　王詩琅主編《學友》的時間是一九五五、一九五六年，由於文獻
不足，個人認為：王詩琅因為《臺北文物》三卷三期（1954年12月10
日）〈新文學新劇運動專號續集〉被查禁，憤而辭職，即於年底辭職，
而於一九五五年元月任《學友》雜誌主編，因此，他真正主編的《學
友》，當始於二月，亦即是三卷二期。至於，辭《學友》主編，亦當
是一九五六年十二月，而於一九五七年元月再任職臺北市文獻會。

　　總之，王詩琅主編《學友》雜誌兩年，以卷數而言，是三卷、四
卷。亦即是《學友》的第三年與第四年。

（二）王詩琅的著作

　　王詩琅於全集自序云：

> 至於副業的寫作，差不多也都是被迫寫出來的，這一面的時間
> 更久，因此範圍很廣泛。日據時期的詩、小說、論說、文學評
> 論等固不消說，光復以還的社論、鄉土史、史論、誌書、風俗
> 資料、考據、兒童文學、報告、民間故事等等莫不如此。

王詩琅由於興趣涉及多方面，再加上他有正業的「編輯」職業，所以
副業的寫作可說五花八門。因此，筆名也不少，除常用的王錦江與原
姓名外，筆名計有：王剛、王一剛、嗣郎、及其子女姓名王榮峰、榮
峰、王貴美、王佩芬、王禮謙、廖全泰等。本文擬分：編輯成書的著
作、兒童文學的著作與兒童文學作品所發表刊物等三部分說明之：

1 王詩琅的著作

　　王詩琅的著作，有收輯成書，亦有和他人合編。與他人合編的書，主要皆屬省文獻會出版的叢書，可見者有：

臺灣史　第八章〈日據時期之臺灣〉

臺灣省通志　其中〈禮俗篇〉

臺灣史話　執筆者有毛一波、陳漢光、陳澤、廖漢臣、王詩琅

巴達維亞城日記　郭輝譯，王詩琅、王世慶校訂

臺灣省開闢資料彙編　盛清沂、王詩琅編，王世慶校訂

臺灣史要　盛清沂、王詩琅編，毛一波校訂

至於，收輯成書的著作有：

鄭成功　臺灣通訊社　一九四九年十二月

文天祥　臺灣通訊社　一九五〇年一月

臺灣社會生活　東方文化書局　一九七四年

日本殖民地體制下的臺灣　臺灣風物雜誌社　一九七八年，另
　　一九八〇年十二月有眾文圖書公司印行本

王詩琅全集　張良澤主編，一九七九年六月由德馨室出版社印
　　行，計十一卷：
　第一卷　鴨母王
　第二卷　孝子尋母記
　第三卷　艋舺歲時記
　第四卷　清廷臺灣棄留之議
　第五卷　余清芳事件全貌

第六卷　三年小叛五年大亂

第七卷　臺灣人物誌

第八卷　臺灣人物表論　（上、下）

第九卷　臺灣文學重建的問題

第十卷　夜雨

第十一卷　喪服的遺臣

陋巷清士（王詩琅選集）　張炎憲、翁佳音合編　弘文館出版
　　社，一九八六年十一月

臺灣社會運動史——文化運動　王詩琅譯　稻鄉出版社，一九
　　八八年五月

其中，張良澤主編的《王詩琅全集》，可說工程浩大。張良澤以收輯
保存臺灣文學為己任。他於一九七五年元月，於內湖金龍寺參加「吳
濁流文學獎」頒獎典禮時認識王詩琅。一九七八年八月，初訪王詩
琅。有關張良澤編輯全集的動機，可見全集裡張良澤總序：

　　記得早年參加吳濁流的《臺灣文藝》年會時，常見到一位白髮
　　蒼蒼的老者坐於前，走路時，撐著拐杖一跛一拐的樣子，便覺
　　得這位老者精神真可嘉，大熱天還趕來參加開會。可是當時我
　　年事尚輕，正勇於衝破傳統，對於老先生們無多大興趣，也就
　　未多加理會。以後，我從反傳統的階段漸漸鑽入傳統尋求自己
　　的根時，發現了無窮無盡的民族文化遺產，我決心要把這塊歷
　　盡滄桑的泥土裡所淹埋的前輩作家一個個挖掘出來，讓他們重
　　曬太陽，發出燦光。當然個人力量有限，而當時又沒有志同道
　　合的人，所以只能就較方便之處著手，慢慢地挖、慢慢地整
　　理。每當我挖到一個，就有一種新的喜悅；為了讓更多人分享

我的喜悅，常誇大渲染我的歡呼。因此難免叫其他還沒有被我
挖到的人說我評價有欠公允。王詩琅先生就是其中的一位。

當我間接地聽到王詩琅先生對我有些微言之後，我就決心鑽入
他的世界，看看他到底有哪些東西。

果然，我發現他是光復後第一個有系統劃分臺灣文學史期的文
學史家，第一個有系統整理臺灣文獻的文獻學家；且是比楊
逵、吳澤流、鍾理和更早，而與賴和同時期的臺灣文學創作
家。最令我感到意外的是：他竟是我少年時期最崇拜的童話作
家。

至於出書經過，張良澤於《四十五自述》裡有云：

> 同時，高雄有一家出版社名叫德馨室出版社，名不見經傳，但
> 有一天派了年輕的詩人編輯來找我，問我手頭上有無現成的全
> 集資料。正好遠行出版社因王詩琅的文章多屬史論類，無意出
> 版，我便把它交給德馨室。德馨室的年輕老闆很豪爽，照我的
> 要求，以每卷一萬元的稿酬計算，寄了十一萬元給王詩琅。王
> 詩琅的獨子在當兵，老夫妻靠退休金生活，得此鉅款當可解決
> 一時之困難。為此，我很感激德馨室。可是我為了出國手續不
> 順利，實無心把全集原稿細心分類、調整，和做人名索引，就
> 叫出版社趕快付梓，打算於初校時再做調整。（見前衛出版
> 室，頁291）。

王詩琅的作品已如上述，但我們相信一定還有作品尚未發表，或
已發表而未收集的，目前已有《陋巷清士》編輯成書，或許來日仍會
有其他遺作編輯成書。

2 兒童文學的著作

　　王詩琅的兒童文學作品，要皆收錄於《王詩琅全集》裡。其中第一卷、第二卷、第十一卷、第十卷下篇皆屬兒童文學作品。

　　第一卷《鴨母王》。計收臺灣民間故事二十二篇。張良澤於全集總序有云：

> 第一卷《鴨母王》——集臺灣民間故事為一冊。這些故事已傳誦民間百年以上，溶入臺灣人血液中，膾炙人口。但現代的孩子們已很少再從大人口中傳聞。王詩琅多年蒐集民間故事，除了他個人的愛鄉愛土的感情之外，最大用意，想他是用來潛移默化民族的幼苗，濡濕幼小心靈。

　　第二卷《孝子尋母記》。收臺灣民間歷史故事十二篇，張良澤於全集總序有云：

> 第二卷《孝子尋母記》——集臺灣歷史故事為一冊卷。此頗類似第一卷，同樣以幼少年為對象，然大人讀之，亦不免興思古之情。民間故事或失諸荒誕離奇，歷史故事則有幾分正史根據。培育國人民族感情，陶鎔完美人格，莫甚於此。

　　第十一卷《喪服的遺臣》。收歷史小說五篇，刪譯作品九篇。張良澤並標明本卷為《兒童文學》。

　　第十卷《夜雨》，其中上篇是創作與批評評，下篇是文學報導。這些報導是透過《學友》雜誌社所舉辦兒童活動寫的報導，計有十二篇。

除外，未見收錄的兒童文學作品有二。其一〈陳大戇〉一文，該文原刊於一九三六年元月六日《第一線》雜誌。這期是〈臺灣民間文學的特輯〉，收錄有臺灣民間故事十五篇，後來，李獻璋將該文收錄《臺灣民間文學集》（1936年5月由臺灣文藝協會發行）。其二，張炎憲、翁佳音合編《王詩琅先生年譜》裡一九五四年有「簡介學友社」，該文原刊於《學友》雜誌。至於期數則不詳。

又王詩琅的兒童文學作品，就類型分，則有臺灣民間故事、臺灣歷史故事、中國歷史故事、翻譯、報導文學等五種。

3 兒童文學作品刊登園地

在王詩琅的兒童文學活動期間，就馬景賢《我國兒童讀物發展概況》裡所見雜誌有：

	刊物名稱	刊期	創刊時間
1	臺灣兒童	月刊	民國卅八年
2	時代兒童	半月刊	民國卅八年十二月
3	小學園	月刊	民國卅九年
4	小學生	半月刊	民國四十年三月
5	小學生畫刊	半月刊	民國四十二年
6	兒童生活	半月刊	民國四十年九月
7	新兒童	半月刊	民國四十年十二月
8	現代兒童	月刊	民國四十一年四月
9	學友	月刊	民國四十二年二月
10	東方少年	月刊	民國四十二年十一月
11	自由少年	月刊	民國四十四年元月
12	童軍生活	月刊	民國四十四年九月
13	中國兒童週報	週刊	民國四十五年

14　良友　　　　　月刊　　　民國四十五年四月

15　學友世界　　　月刊　　　民國四十六年六月

16　臺灣學生週報　週刊　　　民國四十六年九月

17　時代兒童　　　月刊　　　民國四十六年十月

18　兒童文摘　　　月刊　　　民國四十七年九月

19　正聲兒童　　　月刊　　　民國四十八年四月

20　幼苗　　　　　月刊　　　民國四十八年

21　新生兒童　　　週刊　　　民國四十九年十二月

22　兒童天地　　　月刊　　　民國五十年十一月

23　童年雜誌　　　月刊　　　民國五十一年八月

（見1975年1月書評書目出版社〈兒童文學論叢索引〉，頁10-11）

又就《中華民國兒童圖書目錄》裡所介紹兒童雜誌，其中有兩種是馬景賢文章裡所缺者：

兒童之友　半月刊　民國四十六年四月一日創刊

新學友　　月刊　　民國四十二年七月五日創刊

總計王詩琅兒童文學作品，可見刊登兒童雜誌有：

學伴　　　　民國四十一年七月創刊

學友　　　　民國四十二年二月創刊

學伴　　　　民國四十七年七月創刊

新學友　　　民國四十八年四月十日創刊

正聲兒童　　民國四十八年四月創刊

其中第一種的《學伴》，僅見發表〈黃孽寺的奇僧〉一文，時間是一九五二年十二月《學伴》一卷六期，可見《學伴》的創刊時間是一九五二年七月。

從王詩琅發表的園地觀之，並未提及當時有名的《小學生》、《東方少年》等雜誌，可見他發表的園地並不廣。又王詩琅發表的園地裡，如《學伴》、《新學友》，皆不見於有關的兒童圖書目錄，可見我們對兒童文學史料之忽視與漠視。

五　王詩琅對兒童文學的貢獻

王詩琅挾其豐富的編輯經驗，與鄉土感、歷史感走入兒童文學的行列，無論在編輯或創作方面，皆有其成就與貢獻。試分述如下：

（一）王詩琅對兒童文學的看法

本節擬再分三部分說明之。

1 早期與兒童文學之關係

王詩琅走入兒童世界，雖然有其理由，但終非興趣與心甘情願。本小節試說明他在走入兒童文學世界之前，與兒童文學的關係，旨在印證他走入兒童文學行列實非本意。

實際上，早年王詩琅與兒童文學似乎沒有多少關係。試就可見資料，說明早年他與兒童文學的關係。他在〈我的早年文學生活〉一文裡說：

> 幼年時代，臺灣沒有為小孩寫作的兒童讀物，不知什麼時候開始，看了些什麼書也記不起來了。總之，武俠小說之類，入了眼就喜愛起來了。（見《陋巷清士》，頁207）

鍾麗慧女士於〈王詩琅印象記〉裡亦云：

> 當時沒有兒童雜誌和讀物，在他十二、三歲時，利用課餘之
> 暇，閱讀石版章回小說。（同上，頁313）。

而好學的他，卻經常向日本、上海的出版社索取圖書目錄與訂購新
書。其間也訂過兒童雜誌。他在〈我的苦讀〉一文裡說：

> 經鄰近小朋友的指點，從上海商務印書館訂購《少年》雜誌，
> 然而這些都已沒有印象和記憶。（同上，頁194）

又下村作次郎於〈王詩琅先生口述回憶錄〉裡也說：

> 當時，在臺灣沒有少男少女雜誌可以閱讀，因此我就直接向上
> 海的商務印書館郵購《少年》之類的雜誌來閱讀。（同上，頁
> 217）

　　而後，於一九三六年元月六日《第一線》雜誌發表〈陳大戇〉一
文，該文並收錄於李獻璋《臺灣民間文學集》裡。〈陳大戇〉是篇臺
灣的民間故事，可說與兒童文學有關。

2 對兒童文學的看法

　　王詩琅很少談到他和兒童文學的關係，更少談到他對兒童文學的
看法。而王麗華於〈史話與童話——訪王詩琅談文獻工作與兒童文
學〉一文裡，曾談到有關兒童文學的問題，可謂珍貴，試引錄如下：

問：有一陣子，您曾從事兒童文學，請問您怎麼會對兒童文學
　　有興趣？

答：當我還在臺北文獻會工作時，有一本兒童刊物《學友》雜
　　誌，就常要我為他們寫稿，那時編這本雜誌的是一個師大
　　教授，他出國後，無人接替，《學友》負責人的先生，便
　　推薦我，一再來懇求我，我當時以為作公務人員要學歷，
　　我無學歷，再怎麼幹，也是不能高升，便答應他。

　　《學友》雜誌，規模不小，從事人員很多，我去就指揮他
　　們工作。我一做上這工作，便又研讀起兒童心理學、兒童
　　教育學、兒童文學指導……這當然須有文學根基。

問：您以為從事兒童文學，該注意什麼？

答：嗯嗯，就是要貫注某一種精神在裡面，教導小孩須努力不
　　斷。後來，有一個升學雜誌要我也去編，我說，這用不著
　　我，我要對下一代負責。我有一個觀念，認為對小孩，透
　　過文學來教育是最好的方法，這一點你念文學也應該知
　　道。

　　那時，惡補盛行，我非常反對，因此希望兒童能多看課外
　　讀物。

問：目前兒童文學漸受注意，您的看法如何？

答：這是好現象，但必須注意，要配合年齡。像日本每一年齡
　　都有課外讀物。目前我們沒有辦法做到這個程度，但至少
　　要深具教育性，能夠助長知識的。

　　（恰巧，這時王先生的姪女叫著：「無敵鐵金鋼出來
　　了！」）

問：您認為目前市面上的漫畫、電視卡通如何？

答：都是亂來的，看著趣味，趣味而已，沒多大教育性，甚至
　　鼓勵迷信（科學迷信）。

問：您寫的兒童文學中有神話、民間故事、歷史故事、科學知
　　識⋯⋯。

答：對對，我寫神話，不強調迷信，而是供給小孩知識，強調
　　裡面的教育性，歷史故事和民間故事是民族的文化遺產，
　　小孩不能不知，尤其鄭成功、文天祥這些故事的編寫，我
　　用了不少心血。安徒生寫童話，也是同樣強調「教育性」
　　的。（見《大高雄》革新八期，1979年3月，頁116-117）

3 對作品的解說

王詩琅很少談到兒童文學作品，試就可見者引錄供參考。

王詩琅曾解說自己的一則歷史故事。他於〈也談霧社事件的文
學〉一文裡說：

再一作就是筆者於四十一年或四十二年為兒童雜誌《學友》所
寫的〈山地英雄莫那道〉，這一作如題名所示，也是以莫那道
為主人翁，採取傳記小說的體裁寫成的。記得作品裡把起義山
胞圍殺運動會場，以及山胞集體自殺，莫那道殺了全家人，然
後自戕的場面描寫得過於悽慘，經編輯同仁的注意和建議，筆
者曾大加修改，以緩和作品的氣氛。（見〈夜雨〉，頁155）

至於解說他人作品，要皆以《臺灣民間文學集》為主。於〈從文
學到民俗〉一文裡論及朱鋒的民間故事：

集編臺灣的歌謠和傳說故事的《臺灣民間文學集》也有他寫的
〈鴨母王〉、〈林投姐〉、〈賣鹽順仔〉、〈郭公侯抗租〉等南部的
故事傳說四篇。尤其是〈鴨母王〉是採取小說手法寫成的，因

此當時文學同仁間對此議論頗多，大家都說傳說故事自有傳說
故事的寫法，何必如此炫奇？這幾篇未免粉飾太甚，已脫離傳
說故事應有的寫法與體裁。但是他在上舉的「不堪回首話當
年」乙文中，對此也有所辯白，說他是故意採取民間故事與歷
史小說的中間體裁，另創一格，以適合讀者的口味。不過這點
誰是誰非，見仁見智，祇好讓讀者去判斷了。（同上，頁161）

又於《臺灣文學的重建問題》裡云：

還有一件值得提起的事，就是承前一時期以來漸惹人注目的臺
灣的故事歌謠等的民間文學整理，由李獻璋作一個結束，編成
為《臺灣民間文學集》（見《臺灣文學重建的問題》，頁117。
又於頁131〈半世紀來臺灣文學運動〉一文裡亦有相同的文
句。）

又於〈日據時期臺灣新文學〉一文裡有云：

臺灣島內，這時候文藝空氣也很濃厚，是年十月，居住臺北的
作家組織臺灣文藝協會，並於民國二十二年（日昭和八年）七
月發行「先發部隊」創刊號，這一期的文章全部是中文，並有
〈臺灣新文學出路的探究特輯〉，顯示著年輕的臺灣新文學已
意識地在尋求他們的發展途徑。翌年一月該誌因受日當局的干
涉，改題為《第一線》，卷頭言是〈民間文學的認識〉，並收錄
臺灣民間故事十五篇，表示他們對民族文化遺產的關心。這一
期由於日當局的干涉，刊有少數的日文作品。關於民間文學，
後來該會出版李獻璋編《臺灣民間文學集》（1936年6月發

行）。該會主要人物有郭秋生、陳君玉、廖毓文、吳逸生、蔡德音、青萍、王錦江、林克夫等人。（同上，頁151）

又於〈臺灣民俗工作的發展〉一文裡云：

> 先此出版的李獻璋編《臺灣民間文學集》，不但是這一時期這一方面唯一以中文撰寫的著編，也是這一方面的集大成。（同上，頁189）

（二）別人對他的評價

王詩琅的作品偏重於鄉土文獻之整理與研究，因此，大家肯定他最大的貢獻是對於臺灣歷史文獻的整理和傳承。王詩琅對於臺灣歷史文化的研究，大致有兩個特色。一是充分吸收融合日據時期的研究成果，以改編、重寫的方式將之普及化；一是以日據時期的經歷見聞，發掘、整理日據時代臺灣研究之先驅者。

後來，有張良澤整理他的著作，於是有《王詩琅全集》的出版，張良澤在整理過程中，發現了王詩琅的博學與多能。尤其最令他感到意外的是：竟是他少年時期最崇拜的童話作家。因此，他稱王詩琅為「臺灣的安徒生」。張良澤於《王詩琅全集》總序裡，曾記述他見王詩琅的情景如下：

> 當我間接地聽到王詩琅先生對我有些微言之後，我就決心鑽入他的世界，看看他到底有哪些東西。
> 果然，我發現他是光復後第一個有系統劃分臺灣文學史期的文學史家，第一個有系統整理臺灣文獻的文獻學家；且是比楊逵、吳濁流、鍾理和更早，而與賴和同時期的臺灣文學創作

家。最令我感到意外的是：他竟是我少年時期最崇拜的童話作家。

有一天，我按址前訪，在萬華區的充滿尿氣的窄巷裡，找到一家臺灣老式的小院宅。古老的圍牆內，擺著幾盆花木；小客廳陳設祖牌神位。老先生在後房應聲，卻久久不出來。原來家中無人，他須獨自撐杖，拖著不動的下半身，慢慢踱出來。第一次正式面謁。他很豪爽地答應把全部資料借我影印。

他雖行動不便，精神卻異常健鑠；兩排假牙雖搖搖欲墜，音量卻很宏亮。他毫無文人的臭味，提到不順眼的事，他就破口大罵「幹你娘哩」；興緻低沈下來時，他就自語道：「我們老伙仔無路用啦。」

他的書桌、書架堆積如山，可是找起東西來，卻頗順手；記憶力甚強，幾十年前的舊稿，他還記得放在哪個抽屜。只要有重複的資料，他就慨然見贈。

當他翻出一袋很多插圖的剪報時，我真嚇了一跳。原來我在小學時最愛讀的《學友》雜誌的臺灣民間傳說、世界童話名著等作品，十之八九都出自王先生之手。受了這些故事的影響，我於小學五年級時，寫了生平第一篇創作「矮爺和柳爺」，並第一次大膽地投給《學友》，夢想著自己的作品被刊登時，還有精彩的插圖。當然，此去石沈大海，因為那是仿寫王先生的〈七爺八爺〉。現在回想起來，我一生之所以會走上文學之路，不能不說是受了王先生的誘導。

三十五年後，我才見到冥冥中的啟蒙師，我要補償我的缺失。於是，一年間，我奔走於臺南、臺北間，把他的全部文稿影印並裝訂成冊，送一套給他，我保存一套。適逢德馨室出版社洪社長來索稿，我便推薦《王詩琅全集》，他頗激賞，亦爽快答應出書。

另外，在他的《四十五自述》裡，亦有類似記述：

> 天大熱，走進萬華小巷中，臭尿味撲鼻。王宅是臺灣式的小平房。王詩琅聽我來到，勉強從床上爬起來移身到床前的椅子上坐下來。我已於信中說明此行專程北上是要借出他的所有著作，以便編輯他的全集。因此他已準備好一袋袋。在桌邊有一書櫥，書房至小。他說他的藏書都放在天花板上的半樓，自從腳病以後，就沒有上去整理過。我很想看看他的藏書，但他好像無意讓我上去的樣子。他送給我在省文獻會出版的臺灣史著作和幾本多出來的「臺灣省通志」。我請他簽名紀念。他拿著放大鏡低頭寫字，鼻子幾乎要碰到桌面，而整排搖動的牙齒好像要掉下來，使他不斷咯咯地咬住它。好不容易才寫了兩行歪歪斜斜而大小相差很多的字。
>
> 我翻了一下紙袋裡的剪報，有很多似曾相識的童話。那套色的插圖，有少年水手的冒險，有海龍娶女的場面，生動活潑。而且那種自由奔放的編排方式，顯然都是我小時候看過的書。那紙張粗質而發黃，一看即知年代已久遠。
>
> 「這是不是《學友》的文章？」我問。我看那筆名有「錦江」等多種。
>
> 「是呀。」他追懷青春似地說：「戰後我沒工作，又喜歡兒童文學，所以主編了《良友》、《學友》雜誌好多年，從創刊到終刊。」
>
> 天呀，我生平第一次愛讀的書，竟是眼前這位老人的傑作。且我生平第一次的投稿「矮爺和柳爺」竟然音訊消失於他的手中。當時天天在擔心編者是否看得懂我的題目，天天在想望那插圖是否會畫青面的矮爺和紅面的柳爺。那是小學五年級的

事，迄今已二十五年了。繞了四分之一世紀，才繞了一圈，回到我原點。（見前衛出版社，頁287-288）

因張良澤的整理與發現，而後肯定了王詩琅在兒童文學方面的成就。以下試就編輯與作品兩方面，說明別人對他的看法。

1 編輯

王詩琅以豐富的編輯經驗，再加上鄉土、知識、教育等理念，去主編《學友》雜誌，其間雖僅兩年，卻令人注目，且影響以後的兒童雜誌之編輯。楊雲萍先生於〈王詩琅先生追憶〉一文裡說：

> 現在四十多歲的人，可能有不少的人，讀過他主編的《學友》雜誌。這本為青少年出版的雜誌，一時紙貴洛陽。最多時聽說發行到三萬本，而全數售罄。後來又創刊《大眾之友》月刊，亦極受歡迎。這家出版社（《學友》社）風光一時。可惜因社長的其他事業經營失敗，這些雜誌亦不得不停刊。但王詩琅的編輯才能，實令人注目。（見《陋巷清士》，頁327-328）

又吳密察先生於〈臺灣新文學的活字典——懷念王詩琅先生〉一文裡有云：

> 民國四十四、五年間，王先生曾出任兒童雜誌《學友》主編，充分地以臺灣歷史、文物為素材，從事本土兒童文學之創作，造成轟動，被譽為「臺灣的安徒生」。《學友》至今仍然是中年人所津津樂道的兒時玩伴。（見《陋巷清士》，頁370。）

又李南衡先生於〈王詩琅先生，我們實在感謝您！〉一文裡，有更詳
盡的敘述，他說：

> 四十年代末，五十年代初的臺灣，文學創作園地極小，作品也
> 相當貧乏，兒童讀物更是一片真空。有識之士認為應該從播種
> 著手，從兒童讀物做起，以求長遠將來的收穫，志同道合的朋
> 友約集在一起，由學友書局老闆白善先生出資，創辦了一份可
> 說是空前絕後的兒童刊物《學友》。當時作者不僅網羅了許多
> 臺灣文藝界的前輩，像廖漢臣、郭雪湖、林玉山、陳光熙……
> 諸先生，也發掘了許多年輕一輩的作家畫家，像洪晁明、蔡烈
> 輝……諸先生。內容有世界文學名著改編，臺灣民間故事改
> 寫，創作的兒童文學與漫畫、科學新知……內容非常充實，當
> 時能在臺灣欣欣向榮，每期銷售高達四、五萬本，可說是文化
> 沙漠上的一大奇蹟，而創造出這項奇蹟的，就是《學友》雜誌
> 出版幾期即繼彭震球先生之後，接下主編棒子的王詩琅先生。
> 這份因發行人白先生家庭糾紛而莫名其妙停刊的《學友》雜
> 誌，影響既深且遠。今天在臺灣四十餘歲的人，大都蒙受過這
> 份雜誌的恩惠和薰陶，至今仍念念不忘。我和認識的幾位朋
> 友，都曾經懷著要辦一本像當年《學友》那麼好的雜誌給今天
> 的兒童的心情，而付出了心血金錢、曇花一現地編輯出版過兒
> 童刊物。有很多今天從事兒童文學創作與插畫的朋友，都說是
> 受了《學友》的影響，才步上了這條值得走的坎坷小徑，但是
> 大多數的人都不認識，默默影響他們奉獻心力去為兒童工作
> 的，這位學友雜誌的主編──王詩琅先生（見《文季》文學雙
> 月刊，1984年12月，頁69-70）

又張良澤先生於《王詩琅全集》總序云：

> 吾未見臺灣作家之中，有如王詩琅之重視兒童教育。中年主編
> 《學友》雜誌時，即全力鼓吹兒童的美術教育、健康教育、音
> 樂教育、文學教育；透過《學友》社舉辦兒童各種活動。為兒
> 童寫報導，開臺灣報導文學之先鋒；寫臺灣民間故事、中國歷
> 史故事、培養民族情操；簡譯西洋文學名著，提高兒童文學素
> 養。與其說王詩琅是兒童文學作家，不如說他是教育家為當。

2 作品

　　王詩琅的兒童文學作品，亦普遍受到肯定，有人稱之為「臺灣的
安徒生」，即是指其內容而言。試列時人評其作品如下：

　　張恒豪先生於「黑色青年王詩琅」的座談上曾說：

> 光復後，王詩琅有一陣子擔任學友誌誌的撰稿和主編，從事兒
> 童文學的創作。他寫兒童故事，總不忘以深入淺出的方式來闡
> 揚民族的精神，如鄭成功、文天祥的故事；另外並有流露一些
> 鄉土情懷的民間故事，如〈鴨母王〉、〈水蛙記〉、〈七爺八爺〉
> 等。此外，他也介紹一些科學新知，強調教育性和啟發性。這
> 些作品與後來因惡性競爭，而一味抄襲日本或西方的暴力、玄
> 奇以招攬讀者的文章，簡直不可同日而語。這一點是應加以肯
> 定的。（見《陋巷清士》，頁303）

又鍾麗慧女士於〈王詩琅印象記〉裡云：

> 四十四年，離開臺北市文獻會，主編兒童雜誌《學友》，轉而

從事兒童文學創作，改寫神話、民間故事、歷史故事，主張趣味性與教育性並重。成為國內兒童雜誌的先驅。（同上，頁315）

又王昶雄先生於〈陋巷出清士——哀悼王詩琅兄〉一文裡亦云：

至於兒童文學作品，他曾任《學友》編輯時，有寫過以寶島文物為題材的作品十多篇，雖以革命性與新鮮味著稱，但讚揚他為「臺灣的安徒生」，恐有過獎之嫌。他創作的本色是以鄉土文獻為樞軸，以文學為附庸，因此，我們與其稱他為文學家，倒不如稱他為鄉土文史家。（同上，頁337）

又黃武忠先生於〈日據時代臺灣新文學作家小傳〉一書裡云：

四十四年辭臺北市文獻會之職，任《學友》雜誌社主編，從事兒童文學創作，改寫神話、民間故事、歷史故事，不但重視其趣味性，並強調要有教育性。（見六二九·八時報版，頁95）

又吳密察於〈萬華陋巷中的老人，臺灣文化界的瑰寶〉一文裡說：

光復以前的王詩琅先生是一個實行者、創作者；光復後的王詩琅先生與其他一部份先行代的前輩一樣，成為一個整理者、注釋者和傳承者。在光復初期短暫的報人生活之後，王詩琅先生最先是將他的理想放在兒童文學之上，他以臺灣歷史、文物為題材，從事兒童文學之創作，《學友》雜誌曾經伴著多少如今已四十歲歲的人，度過他們的童年，張良澤先生曾經說王詩琅

先生是「臺灣的安徒生」。的確,在文化沙漠的五〇年代裡,
《學友》就如一棵長青的仙人掌。(見《臺灣文藝》七一期,
1984年11月,頁6)

(三)王詩琅兒童文學作品的特色

從上述別人對他的評價看來,王詩琅無論在編輯或創作,皆有其
成就與貢獻。就創作而言,其成就與貢獻,有下列的說法:

1　闡揚民族的精神。
2　強調教育性與啟發性。
3　臺灣的安徒生。
4　他創作的本色是以鄉土文獻為樞軸,以文學為附庸。
5　以臺灣歷史文物為素材,從事本土兒童文學之創作。
6　培養民族情操。
7　主張教育性與趣味性並重。

總結上述說法,要皆以就其內容立說,並且可用「以鄉土文獻為
樞軸,以文學為附庸。」(王昶雄語)作為他創作的本色。申言之,
王詩琅的最愛是鄉土文獻之整理與研究。他在〈初領稿酬的喜悅〉一
文裡說:

筆者原是以寫臺灣「歷史」小說的心情踏入臺灣研究,後來本
省光復後,又側身臺灣文獻界,臺灣研究竟成了職業。(見
《陋巷清士》,頁192)。

他的最愛,也是他的職業與專長,因此,在他的文學創作品裡,也就
自然流露出鄉土的情懷。至於文學性,並不是他的追求目標。所以有

強調教育性與啟發性的說法。而事實上，他的作品不以教育性掛帥，亦頗注意趣味性。

以下試以王詩琅創作的本色為經，作品類型為緯，說明其作品的特色。

王詩琅的兒童文學作品，就類型分，有臺灣民間故事、臺灣歷史故事、中國歷史故事、翻譯、報導文學等五類。除《鄭成功》、《文天祥》曾以單行本印行之外，其他皆發表於當時的兒童刊物。

1 臺灣民間故事

《王詩琅全集》卷一《鴨母王》，副題是「臺灣民間故事」，計收二十二篇。

民間故事是屬於傳襲的故事，早期完全靠口述的方式流傳下來的，它是民族文化的結晶，文學的雛形。而臺灣的民間故事，一方面繼承過去大陸（尤其是華南一帶）民間故事的優良傳統；一方面也配合臺灣的鄉土地理與特殊的歷史演變，具備了許多獨特的性格。綜觀王詩琅的二十二篇臺灣民間故事，其中〈傻孩子的故事〉、〈虎姑婆〉、〈猴子紅屁股的故事〉、〈狐狸精報恩〉、〈七爺八爺〉、〈巨人國〉、〈紙姑娘〉等篇，可說是繼承大陸傳統的轉型。〈傻孩子的故事〉是笑話故事，可參見中國民俗學會《民俗叢書》第一三七冊〈呆子的笑話〉，其中第一篇〈賣布〉即是。〈巨人國〉是機智的故事；〈虎姑婆〉、〈猴子紅屁股的故事〉，則是普遍存在於各地的民談。〈七爺八爺〉來自福建，而〈狐狸精報恩〉、〈紙姑娘〉，則見錄於《聊齋誌異》。

其餘各篇，可說具有臺灣的鄉土特質。如〈白賊七〉、〈邱罔舍的故事〉雖是普遍流行於大陸的故事，但它卻配合臺灣的鄉土地理與特殊的歷史演變，使其具有臺灣鄉土的性格。

又就「人、時、地」等構成要素來看，〈傻孩子的故事〉、〈虎姑婆〉、〈白賊七〉、〈猴子紅屁股的故事〉、〈狐狸精報恩〉、〈巨人國〉、〈無某無猴〉、〈乞丐朋友〉、〈水蛙記〉等各篇，其「人、時、地」皆不可詳考。而〈新竹城隍救駕〉，除地名外，「人、時」也不可詳考。其餘各篇「人、時、地」皆可考。

又〈曾切的故事〉、〈鴨母王〉兩篇，有類似的引言，而其引言是以教育性為主。

至於〈邱罔舍的故事〉，則在敘述三則捉弄人的故事之後，以教育性結束了他的一生。

2 臺灣歷史故事

王詩琅的臺灣歷史故事，收錄於全集卷二。書名是《孝子尋母記》，副題是「臺灣歷史故事」。全書計收十二篇，皆屬正史上列名的人物。

其中〈林道乾鑄銃打自己〉，行文中充滿風水、宿命論，不像歷史故事，可視為民間故事。

又〈孝子尋母記〉，全文約三萬五千字，當以中篇歷史小說視之。孝子蕭明燦，事蹟見於《王詩琅全集》卷七《臺灣人物誌》第五章〈行誼（一）孝友〉（頁160）。這篇小說，前有作者的話，後有「附記」。可見作者之重視。他在「附記」裡說：

（1）本篇是以舊誌中的傳說為底子，加以潤色寫成。在情節的進展中，與原定的故事稍有出入，這是為加強內容，勢所難免，謹請讀者原諒。

（2）本篇第廿三、廿四兩節因剪報遺失，重新補寫，事隔二十多年，與原有內容或未能盡同，讀者諒焉。（見頁104）

又「作者的話」：

> ⋯⋯尊重倫理綱常，對父母克盡孝道，這是我們東方人，尤其
> 是中國人固有的美德。筆者雖然願意竭盡自己的力量去寫這故
> 事，可是會不會成功？描寫會不會打動讀者們的心弦？那只有
> 等待這故事此後的展開了。
> 舊誌書所載的這段故事，本篇在描述的過程中曾略有更改。
> （見頁38）。

綜觀全文，這是王詩琅篇幅最長的用心作品，可是情節有重複冗長之嫌，遣詞用字並未考慮到兒童的理解能力，又主題意識高漲，實在不是一篇成功的作品。

〈鄭成功拒降記〉，可以把沈葆楨題臺灣臺南鄭成功廟聯，移至文章的開頭。

〈寧靖王〉一文，結構不緊密。

〈先鋒旗手王得祿〉一文，綜述一生，有旁雜之嫌。

〈郁永河採硫礦〉，文末有註。而〈血灑蛤仔難〉有前言。

至於，〈黑旗將軍劉永福〉一文，與臺灣有關的事蹟，僅占六分之一。

除外，民國一九四九年十二月，由臺灣通訊社出版的《鄭成功》一書，亦可歸入臺灣歷史故事類。這是一本大眾通俗讀物，在各一段節處，插圖一幅，是為民族英雄故事圖畫叢書，而事實上並不通俗。〈鄭成功〉一文，今收錄於全集卷十一〈喪服的遺臣〉裡。

3 中國歷史故事

王詩琅的中國歷史故事，只有〈文天祥〉、〈孔子的一生〉、〈桑下

餓人〉、〈喪服的遺臣〉等四篇，皆收錄於卷十一〈喪服的遺臣〉。其中，〈文天祥〉一文，曾於一九五〇年一月由臺灣通訊社出版，與《鄭成功》一書相同，皆屬大眾通俗讀物，在內容及文字上都力求通俗淺顯，雖然圖文並行，而事實上並不通俗，也不淺顯。

至於，〈喪服的遺臣〉一文，是寫方孝孺不貳臣的故事。其中，對誅九族的殘酷描寫，令人慘不忍睹，實在是不適合兒童閱讀。

4 翻譯

張良澤將王詩琅的翻譯作品與中國歷史故事兩類，合集為《喪服的遺臣》一書，屬全集卷十一，副題「兒童文學」。

王詩琅的翻譯作品有九篇，而嚴格說來是改寫。雖然它的原書皆屬於歐美兒童文學作品，但是，王詩琅是譯自日文本，且是簡譯。

由於王詩琅並未註明改寫的出處，又是簡譯，是以無法追溯其出處。其中，〈少年孤島漂流記〉一文，是源自法國柔路・凡隆（Jules Verve, 1828-1905）的〈兩年的假期〉（Deuxans de Vacances），一般譯為〈十五少年漂流記〉。

〈布齊和露薏絲〉、〈兩個媽媽〉頗有情趣。〈兩個媽媽〉是林肯的故事。

綜觀王詩琅的簡譯作品，雖然只有九篇，但內容多樣，且文字上的可讀性超過他的創作作品，實有提高兒童文學素養的效用。

5 報導文學

王詩琅的兒童報導文學計十二篇。除〈臺灣史料的集大成〉一文，發表於一九五七年八月《學友》五卷九期外，其餘各篇都是在他主編《學友》期間的作品。

十二篇報導作品，收錄於全集卷十〈夜雨〉。〈夜雨〉分上下兩

篇，上篇標題是「創作與批評」。下篇標題是「文學報導」，即是十二篇的兒童報導文學。

這些報導的內容，皆不離本土，且具多樣化與生活化，張良澤先生在全集總序裡說：

> 透過《學友》社舉辦兒童各種活動。為兒童寫報導，開臺灣報導文學之先鋒。

由於早期兒童雜誌文獻之不足，未能印證張良澤先生的說法，但我們卻能肯定他在報導文學的地位。

除外，有〈簡介學友社〉一文，不見收錄。（參見附錄二。）

總結以上所述，可知他創作的本色是以鄉土文獻為樞軸，以文學為附庸。這種創作的本色，亦即是他作品的特色所在。他為早期的兒童文學注入鄉土，這種「鄉土」具有落實感與歷史感，它是「中國兒童文學」的立足處，也是出發處。

王詩琅的兒童文學創作，因為以鄉土為樞軸，文學為附庸，是以頗重視教育性。雖然，他也明白為適應兒童的閱讀需要，不論在內容及文字上都力求通俗淺顯。而實際上，在文字的可讀性上似乎考慮不足。

所謂文字的可讀性，是指要以兒童的理解能力和閱讀水平為前提。申言之，兒童文學的語言文字，並不是要過分強調「為兒童而寫」；也不是說有一種屬於兒童的特殊的「兒童語言」，而是要運用兒童所熟悉的真實語言來寫。但王詩琅的遣詞用字，時常是兒童所不熟悉的。因此，就語言文字的觀點而言，王詩琅的兒童文學作品皆非佳作。其中，最好的當屬翻譯作品，其次是臺灣民間故事。

至於，他的中篇和中國歷史故事，可說是最差的作品。

六　結語

　　有關王詩琅與兒童文學方面的種種，已如上述。我們可以肯定王詩琅的成就與貢獻，皆在於以「臺灣鄉土文獻為樞軸，文學為附庸」。

　　這種以「臺灣鄉土文獻為樞軸，文學為附庸」的理念，頗具鄉土感與歷史感，在當時似乎頗為流行。當時有李世傑、江肖梅、洪桂己、涂麗生等人專寫臺灣民間故事。

　　而後，這種以「臺灣鄉土文獻為樞軸，文學為附庸」的理念不行。直到七○年代，鄉土意識始再抬頭，而八○年代方有立足之處，所謂「落實臺灣，胸懷大陸，放眼世界」於焉成立。於是，兒童文學的本土需求與趨向，始漸明確。

　　檢視兒童文學在臺灣地區的發展歷程，回顧王詩琅當時的理念，真有茫然失措之感。撫今思昔，始知王詩琅有濃烈的鄉土意識和臺灣精神。

　　發現與肯定王詩琅在兒童文學的成就與貢獻者，並不始於兒童文學研究者，而是始於張良澤。張良澤與同時代的人，皆稱王詩琅為「臺灣的安徒生」。「臺灣的安徒生」語出何人，並無確實的文獻可查，一般來說，或謂語自張良澤。吳密察先生於〈萬華陋巷中的老人，臺灣文化界的瑰寶〉一文裡有云：

　　　　光復以前的王詩琅先生是一個實行者、創作者；光復後的王詩
　　　　琅先生與其他一部分先行代的前輩一樣，成為一個整理者、注
　　　　釋者和傳承者。在光復初期短暫的報人生活之後，王詩琅先生
　　　　最先是將他的理想放在兒童文學之上，他以臺灣歷史、文物為
　　　　題材，從事兒童文學之創作，《學友》雜誌曾經伴著多少如今

已四十歲的人，度過他們的童年，張良澤先生曾經說王詩琅先生是「臺灣的安徒生」。的確，在文化沙漠的五〇年代裡，《學友》就如一棵長青的仙人掌。（見《臺灣文藝》九十一期，1984年11月，頁6）

用「臺灣的安徒生」一詞，肯定王詩琅在兒童文學上的成就，似乎已成公認的事實，但也曾有人質疑過。王昶雄於〈陋巷出清士——哀悼王詩琅兄〉一文裡說：

> 至於兒童文學作品，他曾任《學友》編輯時，有寫過以寶島文物為題材的作品十多篇，雖以革命性與新鮮味著稱，但讚揚他為「臺灣的安徒生」，恐有過獎之嫌。他創作的本色是以鄉土文獻為樞軸，以文學為附庸，因此，我們與其稱他為文學家，倒不如稱他為鄉土文史家。（見《陋巷清士》，頁7）

王詩琅被稱為「臺灣安徒生」的理由何在？

安徒生（Hans Christian Andersen, 1805-1875），丹麥人，出身於貧困的家庭，父親是個補鞋匠，母親靠為人洗衣服來補貼家用。安徒生小時候，除了會做夢以外，可以說是一無用處，是鄰人取笑的好對象。

他的一生，就像他自己的童話一般，吃盡各樣苦痛、嚐了種種辛酸，最後，苦盡甘來，才領略了成功，勝利的滋味，令與他同時的國王、王后、學者、詩人、藝術家們，都以一見他的面為終生光榮。

安徒生的童話，大多是取材自他童年時代所聽到的民間故事，不過，經他改編改寫，則變成了他自己的風格。除外，他也創作童話。終其一生，安徒生為世人寫了一百六十八個故事。朱傳譽於〈童話的演進〉一文裡，認為安徒生的童話具有下列幾種特色：

（一）富創造性。（二）有偉大奔放的空想，把東洋的豐富幻想，希臘藝術的壯麗，北歐神話的偉大，和基督教的理想合併為一。（三）有纖美透澈的情緒，這也是他自己性格的反映。（四）卓越的文章和輕妙的幽默。他能夠把孩子直截簡明的語法，加以靈活的運用。（五）歌頌信仰和愛的勝利。（見〈童話研究〉，小學生雜誌社，1966年5月，頁53）

查考王詩琅的兒童文學作品，並不具備安徒生童話的幾種特色，勉強說來，只是取材相似而已，也就是說他們的作品要皆以改寫舊有的民間故事為主。

申言之，安徒生最成功的故事的型式是富有幻想，而王詩琅的作品卻不離教育。

總之，王詩琅的兒童文學作品，除取材的方式相同於安徒生外，實在不容易相提並論。因此，所謂「臺灣的安徒生」之稱，實有過獎之嫌。（1989年8月）

參考書目

一

《臺灣社會生活》　王詩琅著　臺北市：東方文化書局　1974年

《日本殖民地體制下的臺灣》　王詩琅著　臺北縣：眾文圖書公司　1980年12月

《王詩琅全集》　張良澤主編　高雄市：德馨室出版社　1979年6月
　　第一卷　鴨母王

第二卷　孝子尋母記

第三卷　艋舺歲時記

第四卷　清廷臺灣棄留之議

第五卷　余清芳事件全貌

第六卷　三年小叛五年大亂

第七卷　臺灣人物誌

第八卷　臺灣人物表論　上、下

第九卷　臺灣文學重建的問題

第十卷　夜雨

第十一卷　喪服的遺臣

《陋巷清士（王詩琅選集）》　張炎憲、翁佳音合編　臺北市：弘文
　　館出版社　1986年11月

《臺灣社會運動史──文化運動》　王詩琅譯　臺北縣：稻鄉出版社
　　1988年5月

二

《臺灣民族運動史》　葉榮鐘等　臺北市：自立晚報　1983年10月
　　三版

《臺灣社會運動史》（全套五冊：文化運動、政治運動、共產主義運
　　動、農民運動等、右翼運動等）　王乃信等翻譯　臺北市：
　　創造出版社　1989年6月

《日據下臺灣新文學──文獻資料選集》　李南衡主編　臺北市：明
　　潭出版社　1979年3月

《臺灣總體相》　戴國輝著、魏廷朝譯　臺北市：遠流出版社　1989
　　年9月

《中華民國兒童圖書目錄》　教育部國教司等編　臺北市：正中書局
　　　　1957年11月

《「童話研究」專輯》　吳鼎等　臺北市：小學生雜誌社　1966年5月

《童話研究》　林守為著　自印本　1982年5月

《兒童文學論著索引》　馬景賢編著　臺北市：書評書目出版社
　　　　1975年1月

《兒童文學談叢》　邱各容著　自印本　1988年10月

三

〈史話與童話──訪詩琅談文獻工作與兒童文學〉　王麗華　見1979
　　　　年3月《大高雄》革新八期　頁109-122

〈萬華陋巷中的老人，臺灣文化界的瑰寶〉　吳密察

〈向王老伯祝賀〉　劉峰松

〈向晚意不盡〉　王麗華
　　　　以上三文見《臺灣文藝》九十一期〈王詩琅專輯〉　1984年
　　　　11月　頁4-18

〈王詩琅先生，我們實在感謝您！〉　李南衡　見《文季》文學雙月
　　　　刊十期　1984年11月　頁69-71

〈「王詩琅選集」編後〉　張炎憲　見《臺灣文藝》一〇三期　1986
　　　　年11月　頁178-179

〈陋巷清士──王詩琅〉　張炎憲　見自立晚報版張炎憲等人編「臺
　　　　灣近代名誌」第二冊　頁237-248

附錄一

王詩琅兒童文學作品異同對照表

篇名	王詩琅全集	王詩琅先生年譜	備註
陳大戀	未收錄	李獻璋編《臺灣民間文學集》	
百萬富翁周廷部	六三、十二、二十《學友》三卷一期	四三、十二、二十《學友》二卷十二期	六三當屬手民之誤
太古巢	四四、七、十五出版《學友》三卷八期	四四、□、□《學友》三卷八期	以全集較為清楚
鴨母王	四四、九、三十《學友》三卷十期	四四、九、□《學友》三卷十期	
黃蘗寺的奇僧	四一、十二、一《學伴》一卷六期	四一、十二、□「學伴」一卷六期	
神童救父	四八、二、十《新學友」》一期	四八、二、十《學友》七卷一期	以全集為據
傻孩子的故事	四八、四、十《新學友》二期	四八、四、十《新學友》一期	以全集為據
義犬護主	四八、四、十《新學友》二期	四八、四、□《新學友》二期	以全集為據　以上各篇皆見全集卷一《鴨母王》一書
孝子尋母記	五十、十一《學伴》卅五期至五二、六《學伴》四八期	五十、十一《學伴》卅五期至五二、六《學伴》四七期	或以全集為據
血洒蛤仔難	四四、□《學友》四卷□期	血洒蛤仔難（上）、《學友》〈臺灣開發史話〉	

篇名	王詩琅全集	王詩琅先生年譜	備註
		血洒蛤仔難（下）、《學友》〈臺灣開發史話〉	
先鋒旗手王得祿	四三、□《學友》三卷□期	四三、□《學友》□、□	
黑旗將軍劉永福	四四、八《學友》三卷九期	黑旗將軍劉永福（上）四四、八《學友》三卷九期〈民族英雄〉 黑旗將軍劉永福（下）四四、九《學友》三卷十期〈民族英雄〉	
民族志士丘逢甲	四四、二、廿五《學友》三卷三期	四四、二、廿七《學友》三卷三期	
山地英雄莫那道	四四、三、廿五《學友》三卷四期	未錄	以上各篇皆見全集卷二《孝子尋母記》一書
蓪帽是怎樣製造的？	四五、六、十五《學友》四卷七期	四五、六、□《學友》四卷七期	
日月潭記遊	四四、六《學友》三卷七期	四四、六《學友》三卷六期	
張小燕訪問記	未註明出處	四四、七《學友》三卷七期	以上各篇皆見全集卷十《夜雨》下篇《文學報導》
鄭成功	三八、十二「臺灣通訊社」出版單行本	未錄	

篇名	王詩琅全集	王詩琅先生年譜	備註
文天祥	三九、一「臺灣通訊社」出版單行本	未錄	
孔子的一生	四七、□《學伴》	未錄	
巨龍國探險記	四八、□《學友》	未錄	
霍倫保克的雪冤	四八、□《學友》	未錄	
少年孤島漂流記	四八、□《學友》	未錄	
馬戲團的少年	四五、七、廿五《學友》四卷八期	未錄	
血染的信號旗	四八、八、十《新學友》四期	未錄	
布齊和露薏絲	四七、□《學友》	未錄	
兩個媽媽	四七、□《學友》	未錄	以上各篇皆見全集卷十一《喪服的遺臣》
簡介學友社	未錄	四三、□《學友》	

附錄二

王詩琅生平簡譜與兒童文學作品繫年

年代	年齡	生平與記事	兒童文學作品
一九〇八		二月廿六日（舊曆正月三日），生於艋舺「德豐號」布莊之家，三男。父國琛，母廖燕。其父為福建泉州晉江人，漢學素養頗佳。十八歲，與伯父來臺經商，遂定居臺灣。	
一九一〇	二	病弱，因天花，得眼病。	
一九一五	七	入秀才王采甫書塾讀漢學，啟蒙前已從父親引導認識漢字。八月三日，西來庵事件。	
一九一八	一〇	進入老松公學就讀，此後廣涉中國稗史小說。	
一九二一	一三	兄捲款逃匿，在父親要求下，打斷繼續求學念頭，開始有自習讀書的決心，並進而領悟到日文書籍是吸收新知的捷徑。二月，臺灣議會設置請願運動開始。	
一九二二	一五	公學畢業。畢業後與友人組「勵學會」，此會延續三、四年。	
一九二七	一九	二月一日，涉嫌「臺灣黑色青年聯盟事件」被捕。同案被捕者有小澤一、吳松谷、吳滄州。	

年代	年齡	生平與記事	兒童文學作品
一九二八	二〇	二月，被判懲役一年六個月，入獄。	
一九二九	二一	因昭和登基，減刑為五個月。出獄後，應「伍人報」、「洪水報」、「明日」等普羅文化雜誌之邀，以中文撰寫詩、評論。	
一九三一	二三	奉父母之命結婚。 八月，以「臺灣勞動互動事件」連坐遭逮捕，翌年六月送牢，然十二月廿五日不起訴處分。	
一九三二	二四	離婚。	
一九三三	二五	十月，參加在臺北組成的「臺灣文藝協會」。	
一九三四	二六	父亡，繼承經營布莊。	
一九三五	二七	以日本國內的無政府共產黨事件波及臺灣，被拘禁兩個月後釋放。 年底編《臺灣新文藝》（一九三五年十二月廿八日至一九三七年六月十五日）。	
一九三六	二八	開始撰寫文學評論文章。	陳大戇　收錄於李獻璋《臺灣民間文學集》
一九三七	二九	赴上海，在日本陸軍特務部第一班（宣慰班）工作。數月後，由於臺灣總督府警務局之通報，辭職返臺。 四月一日，正式的皇民化運動開始。限制臺灣人使用母語，	

年代	年齡	生平與記事	兒童文學作品
一九三八	三〇	廢止報紙漢文欄。 赴廣州，任廣東「迅報社」編輯。	
一九三九	三一	母亡歸臺，喪事完後，又赴廣州。	
一九四〇	三二	在羊城和廣東姑娘黃玉馨結婚。	
一九四一	三三	在日軍占領地區的通訊社、新聞社、電影公司等單位兼職。	
一九四五	三七	八月十五日，日本戰敗，臺灣光復。八月，廣東迅報社解散。十月，由丘念臺引薦任國民政府軍事委員會廣州營臺籍官兵總隊政治教官。	
一九四六	三八	四月，返臺。六月，任「民報」編輯。十月，兼任國民黨臺灣省黨部幹事；後並兼任臺灣通訊社編輯主任。	
一九四七	三九	二月廿七夜，因取締私煙，警民衝突擴大為「二二八事件」。 五月，民報社解散，去職。約於此時陸續發表有關臺灣文化、民俗方面的文章。	
一九四八	四〇	任臺灣和平日報兼任主筆，撰寫該報社論。後辭省黨部職，參加臺北市文獻委員會籌備工作，成立後乃任職該會（民國四十二年），纂修臺北市志及	

年代	年齡	生平與記事	兒童文學作品
一九四九	四一	主編《臺北文物季刊》。 十二月七日，國府遷都臺北。 又兼任臺灣通訊社編輯主任。	鄭成功（民族英雄故事圖畫叢書）　臺灣通訊社　十二月
一九五〇	四二		文天祥（民族英雄故事圖畫叢書）　臺灣通訊社　一月
	四四		
一九五二	四六		黃蘗寺的奇僧　十二月《學伴》一卷六期
一九五四		十二月十日，《臺北文物》三卷三期「新文學新劇運動專號續集」被查禁。	鄭成功拒降記　八月三十日《學友》二卷九期
			百萬富翁周廷部　十二月十日《學友》二卷十二期
			先鋒旗手王得祿　？月《學友》三卷？期
			簡介學友社　《學友》？月
一九五五	四七	年初，辭臺北市文獻委員會，轉任《學友》雜誌主編。後並主編大眾雜誌《大眾之友》。 八月廿日，孫立人案。	林道乾鑄銃打自己　二月《學友》三卷二期
			民族志士丘逢甲　二月廿七日《學友》三卷三期
			山地英雄莫那道　三月廿五日《學友》三卷四期
			劉銘傳退法兵　五月《學友》三卷五期
			日月潭紀遊　六月《學友》三卷六期
			郁永河採硫礦　七月《學友》三卷七期
			張小燕訪問記　七月《學友》三卷七期

年代	年齡	生平與記事	兒童文學作品
一九五六	四八		太古巢　七月十五日《學友》三卷八期
			鶯歌陶業參觀記　七月十五日《學友》三卷八期
			黑旗將軍劉永福（上）　八月《學友》三卷九期「民族英雄」
			黑旗將軍劉永福（下）　九月《學友》三卷十期《民族英雄》
			鴨母王　九月三十日《學友》三卷十期
			養豬公園──喜美牧場　十月《學友》三卷十一期
			林先生開大圳　十二月《學友》三卷十二期《臺灣開發史話》
			血灑蛤仔難（上）　《學友》四卷？《臺灣開發史話》
			血灑蛤仔難（下）　《學友》四卷？《臺灣開發史話》
			柑桔產地新埔訪問記　十二月廿五日《學友》四卷一期
			黃三桂一日平海山　十二月廿五日《學友》四卷一期
			墨是怎樣製成的？──統一墨廠參觀記　一月廿五日《學友》四卷二期
			物歸故主　三月廿五日《學

年代	年齡	生平與記事	兒童文學作品
			友》四卷四期
			墨水是怎樣製造？──高樂牌文具製造廠參觀記　三月廿五日《學友》四卷四期
			曾切的故事　四月廿五日《學友》四卷五期
			蓮帽是怎樣製造的？──榮利帽廠參觀記　六月《學友》四卷七期
			洋娃娃的製造　七月廿五日《學友》四卷八期
			馬戲團的少年　七月廿五日《學友》四卷八期
			孤苦兒童的樂園──大同婦孺教養院參觀記　《學友》？
			舞蹈新童星──王雪娥訪問記《學友》？
一九五七	四九	年初，辭《學友》雜誌社，再任臺北市文獻委員會編纂，纂修臺北市志，主編《臺北文物》季刊雜誌。	臺灣史料的集大成──臺南市立歷史館參觀記　八月廿五日《學友》五卷九期
一九五八	五〇		寧靖王　七月《學伴》一卷一期
			孔子的一生　《學伴》
			布齊和露薏絲　《學友》
			兩個媽媽　《學友》
一九五九	五一		神童救父　二月十日《新學友》一期

年代	年齡	生平與記事	兒童文學作品
			傻孩子的故事　四月十日《新學友》二期
			義犬護主　四月十日《新學友》二期
			海龍來襲　六月十五日《學友》七卷三期
			虎姑婆　六月三十日《新學友》三期
			荷蘭船的幻影　七月廿五日《學友》七卷四期
			妙計濟貧　七月廿五日《學友》七卷四期
			白賊七　八月十日《新學友》四期
			血染的信號旗　八月十日《新學友》四期
			桑下餓人　八月卅一日《學友》七卷五期
			喪服的遺臣　《學友》
			霍倫保克的雪冤　《學友》
			少年孤島漂流記　《學友》
			巨龍國探險記　《學友》
一九六〇	五二	十月八日，雷震被判十年有期徒刑。「自由中國」停刊。	猴子紅屁股的故事　六月一日《正聲兒童》十一期
			狐狸精報恩　七月一日《正聲兒童》十二期
			七爺八爺　八月一日《正聲兒童》十三期
			巨人國　九月一日《正聲兒

年代	年齡	生平與記事	兒童文學作品
			童》十四期
			邱罔舍的故事　十月一日《正聲兒童》十五期
			無某無猴　十一月一日《正聲兒童》十六期
			紙姑娘　十二月一日《正聲兒童》十七期
一九六一	五三	辭臺北市文獻委員會職，轉任臺灣省文獻委員會編纂組長。纂修《臺灣省通誌》，編輯《臺灣文獻》季刊。三月，《公論報》停刊。	乞丐朋友　一月一日《正聲兒童》十八期
			水蛙記　二月一日《正聲兒童》十九期
			新竹城隍救駕　四月一日《正聲兒童》廿一期
			孝子尋母記　一九六一年十一月至一九六三年十月《學伴》卅五期至四八期連載小說
一九六六	五八	兼任《臺灣風物》雜誌社編輯。	
一九七三	六五	奉令退休。擔任《臺灣風物》雜誌社務委員兼編輯委員。	
一九七四	六六		《臺灣社會生活》由東方文化書局印行。
一九七七	六九	十一月十九日，中壢事件。	臺灣省文獻會出版《臺灣史》，其中王詩琅撰寫第八章〈日據時期的臺灣〉。
一九七八	七〇	於臺大歷史系講「臺灣抗日運動後期」。	《日本殖民地體制下的臺灣》臺灣風物雜誌社出版

年代	年齡	生平與記事	兒童文學作品
一九七九	七一	秋，於臺北新公園跌倒斷腳。	張良澤主編《王詩琅全集》十一卷，由德馨室出版。
一九八一	七三	九月，以〈沙基路上的永別〉榮獲七十年度聯合報短篇小說推薦獎。	
一九八二	七四	六月廿九日，以《王詩琅全集》榮獲國家文藝獎。	
一九八三	七五	八月，榮獲鹽分地帶臺灣新文藝特別獎。	
一九八四	七六	十月，榮獲第二屆臺美基金會人文科學獎。 十一月六日晚十時，病逝於臺北馬偕醫院。	

——本文原載《東師語文學刊》第七期（1994年6月），頁117-220。

通俗小說與兒童文學

一　前言

鄭明娳教授於〈通俗文學與純文學〉一文「結語」說：

> 至少到目前為止，純文學的判定，主導了當代的文學史寫作，
> 對於創作者和創作價值的影響自不待言。但是，通俗文學仍屬
> 文學研究的重要課題之一。研究通俗文學實為讀者接受的研
> 究、時代及地域的文化生態、社會學研究等範疇。通過通俗文
> 學可以讀取特定時代的需求、風尚，以及人心的匱乏。
>
> 我們不可否認的一件事是通俗文學的流動性，在世紀末的後現
> 代情境中，實用正文和虛構正文互相滲透，這表示了「品味大
> 眾」的喜新厭舊正加速進行，世俗文化和看似自我封錮的上層
> 文化無可避免地交換著它們的血液，文化多元化的實際情況，
> 有時是無數割據的孤堡，但更大的可能是在互相較勁的同時又
> 不斷進行自覺或不自覺的「雜交」，通俗文學和純文學的模糊
> 化，往往在一個社會面臨某種政治或經濟的結構性震撼的時刻
> 發生，象徵著分層不同文化階級的不特定大眾正重建其文化秩
> 序。（見時報文化公司《流行天下》，頁5。）

鄭氏「通俗文學」一詞，是組合古詞而今用。鄭氏所謂的通俗文學，
實際上即是今日所謂的流行文化（Popular Culture），是指為社會所喜

歡閱讀的文學作品，通常也正是中下層文化的具體呈現。在中國舊社會，有流行於民間而與士大夫正統文學相對的俗文學，亦有長期被摒除於正統之外的通俗小說。大眾文學之通俗與否不以文類、作者階級來區分，而是藉由作品與其讀者反應來判斷。因此，所謂的大眾文學或通俗文學，並不是從文學種類的劃分中區別出來的某一種類的文學體裁，而是從文學發展過程中，在「雅」與「俗」的比較中而提出的類別概念。

　　一般說來，通俗文學原就擁有社會中多數的支持，二十世紀又拜大眾傳播媒介之賜，使它的影響力更超越上層文化，是以今日文化學者，要皆以通俗文化為論述的主題之一。

　　其實，我們的文學，兩千多年來原是「雅」、「俗」兩主流並進，「雅」是屬於有修養的知識者所專有，「俗」則是自由生長於民間。而「雅」又孕育於「俗」，如詩、詞、戲劇小說皆是先有民間的自由形式，漸被有修養的知識者所接受，一經有修養的知識者之手，便成清品，即今所謂的古典文學作品。

　　傳統的農業社會，俗文化、俗文學是民間娛樂，它一直流行於民間，大眾需要它、喜愛它。其蘊含的是多采多姿、原原本本的民族文化。而中英鴉片戰爭（1840-1843），是中國傳統解組的開始，至中日甲午戰爭（1894）之慘敗，則構成廣泛覺醒之重大關鍵，形成種種變化，其中有通俗文學之振興。而後，通俗文學一路流轉，雖已無傳統的民族形式，卻似乎仍有其通俗性的內涵。是以事過境遷，重新認識通俗文學，尤其是通俗小說，似乎亦有某種必要的意義。

二　雅俗之間

　　雅、俗之爭，古今中外皆有。

　　俗者以眾，我們稱之為俗文化，英文是 Mass Culture，或稱大眾文化。其語詞源自德文：Masse 和 Kueture Kulter。大眾是指歐洲社會中，非上流階層、未受教育的一群人，特別是今日所謂的中、下階層、工人與貧窮階層。Kulter 轉譯成上層文化，即是我們所謂的主流文化或雅文化，它不僅是指藝術、音樂、文學及受歐陸教育的精英分子所偏好的符號象徵作品，也同時包含選擇這些創作的人之思想格調與感覺，這群人可視為「文化人」（Cultural）。至於「大眾文化」，則是社會中多數未受文化薰陶者所偏好的符號象徵作品。

　　民國以前，少有論及俗之問題，要皆以雅為主，一般論中國文化的人大都著重在於它的上層結構。詢問一個理想的倫理社會，它的道德、它的常態，以及秩序的安頓和道德的實際。並不關心是否落實到一個現實的、活生生的中國農業社會。他們知道，中國農業文明很早就發生了一種人為的困境：國土、方言的不通、文言與白話（即文字與口語）的分離，城市與鄉村的差距，君子與小人的辨白，勞心者食於人，勞力者食人的認定，這是所謂「雅」與「俗」的二個世界。古代中國農業社會，如果沒有雅俗之分，並不表示二者的和諧，僅僅指出識字的與不識字的、做官的和小民的，其間似乎沒有溝通的地方，文化中僅有「雅」的表現。

　　歷史上，中國文明由於人口分散、地域廣大，農業村落式各自成為互不干涉的單元，對其「統一」的方式，是歷史的，而非地理的；是文字的，而非語言的；是離散型的，而非團聚的；是被動的，而非溝通的。傳統上，中國沒有一個單一的方言，成為舉國通用的「官話」。文學藝術上的往來了解，通常文字上多，而依靠語言上少，是以有雅俗之分，雅文學掌握在文人、學士的手中，俗文學的傳播在庶民大眾的口裡。雅文學往往要根源於學養，而且要經過一番的雕琢；而俗文學則任性而發，隨口而成，是心靈的直接流露，最能通於人們的喜怒哀樂、嗜好情欲，也因此最能舉世傳誦，沁人肺腑。

　　什麼是我國的俗文學呢？一般推論到《詩經》、《九歌》。當然那是古代文言、白話還未分離的時期，甚至以「文人雅士，舞文弄墨」為重心的士大夫階層還未在歷史成形。秦漢以後，社會分工開始，民間活動的史實愈來愈少出現，正史上多為記錄「斷爛朝報」，而非從事切面實寫國民活生生之歷史。文學也淪落為士大夫的專利，抒其私情之工具。自漢迄唐，唯一稱為民間作品者，僅為《樂府詩集》，而這亦只是文人收集的一些民間情詩和歌謠，既非為民眾教育讀物；也不是民間消遣作品，可能且經文士選擇修改。唐代以前，國境常亂，經濟失調，大眾文學藝術還不能出一頭地。

　　自唐宋以後，中國農業社會遭受了它先天性的混變與同化，內部衝突與向外擴充，中國大陸有一個歷史性的整形，就整體而言是平民社會化的一大反映。其中最顯著者是全面經濟社會的改變和商業都市的繁榮，尤其是宋代繁盛的商業貿易，長期和平穩定的政治社會，人口密集，經濟豐裕，物產叢集，國內大都市四處昌榮，是中古史的黃金時代，更創造了大眾文學及藝術蓬勃的自然環境。

　　中國古代農業社會，跟一般民間關係最密切的恐怕就是寺廟了。廟前廣場是民眾聚集場所、活動中心。因為民間百戲藝術，多半從廟宇廣場發展起來，如唐敬宗前後戲場的俗講、變文。

　　到了宋朝，隨著都市的繁榮和市民階層的需要，「說話」這門民間技藝應運而生，這種技藝經常在都市各種遊樂場所——瓦舍、勾欄、茶館、酒樓、露天空地、街道空地、街道寺廟等處，為市民演出，擁有廣大聽眾，當時都會文明表現在市內的酒樓和瓦子上，最詳盡的記載有孟元老的《東京夢華錄》（見新興書局《筆記小說大觀》九編冊五）、吳自牧《夢粱錄》（同上，二十一編冊二）、周密的《武林舊事》（同上，二十八編冊二）、耐得翁的《都城紀勝》（見臺灣商務印書館《景印文淵閣四庫全書》，冊五九〇）等幾本筆記中。

　　話本和擬話本的出現，標誌著「俗」眾娛樂的來臨，而明清兩代更是我國「俗」眾娛樂發展的全盛時間。然而，它皆不登大雅之堂，也不為士大夫所重視，可是，我們的文學，兩千年來原就是「雅」、「俗」兩大主流並進。

三　俗文學與通俗小說

　　什麼是俗文學？鄭振鐸《中國俗文學史》中給俗文學所下的定義是：

> 何謂俗文學？俗文學就是通俗文學，就是民間的文學，也就是大眾的文學。換一句話，所謂俗文學就是不登大雅之堂，不為學士大夫所重視，而流於民間，成為大眾所嗜好、所喜悅的東西。（見粹文堂書局，頁1）

於是，有人認為通俗文學、俗文學、民間文學、大眾文學應該是基本相同，可以互相包含的概念。其實，鄭氏只是從通俗性、民間性和大眾性等不同角度來說明「俗文學」和「雅文學」的區別。或謂俗文學對正統文學而言是通俗文學；對廟堂文學而言是民間文學；對士大夫而言是庶民文學。因為它通俗，所以本色自然，樸實無華，因為它流行民間，所以品類繁多，體用廣大；因為它出自庶民之手，所以任性而發，最多真聲，最能沁人肺腑。

　　由於文學的名稱歧異，有民間文學、平民文學、通俗文學、民俗文學、大眾文學、鄉土文學、口耳文學、口碑文學等不同的稱謂，於是容易造成不必的混淆。個人以為「俗文學」、「民間文學」的名稱較為恰當與平實，一者可與「雅」並稱；再者可與現行的大眾文學有別。

　　申言之，俗文學何以興？

　　中國近代受西方思想的影響，通俗文學振興，民間俗文學乃重新受到知識分子的重視。一九一八年北京大學教授劉復、周作人、沈尹默、錢玄同、沈兼士等人成立「歌謠研究會」，專門收集歌謠創作。一九二二年底出版《歌謠週刊》，刊登收集到的歌謠、諺語、謎語、歇後語等等，後來又將收集範圍擴大到民間傳說和風俗，並刊載研究論著，出版歌謠及故事叢書。一九二七年中山大學語言歷史研究所成立了民俗學會，先後出版了《民間文藝》、《民俗》等專門刊物和民俗叢書，接著廈門、福州、汕頭、揭陽、浙江、鄞縣等地亦設立民俗學會。一九三〇年中國民俗學會在杭州成立，各學會或出版專刊，或於報刊中設立副刊，或出雜誌專號，或出版專書以刊載民間俗文學作品及研究成果。

　　俗文學是五四時期新思潮影響下發展起來的一門學科，作為一門獨立的學科它形成於三〇年代，一九三八年鄭振鐸出版了《中國俗文學史》，俗文學之名稱始流行於我國的文壇，為學術界人士所接受；四〇年代楊蔭深出版了《中國俗文學概論》，他的論點基本上和鄭氏是一致的。五四以來不少學者進行了俗文學作品的整理和研究，也出版了為數不少的著作，以後由於戰爭動亂，俗文學的收集與研究工作受到影響，但一直仍有許多熱心人士，繼續從事相關的工作。

　　總之，俗文學的存在，歷史傳統為第一要義。因此，俗文學不僅要通俗易懂，而且要用中國傳統的民族形式創作的作品才算俗文學。簡言之，它是民眾中流傳的俗行文學。其性質是：「民族性、傳統性、鄉土性、群體性、口語性、和合性。」（詳見《五十年來的中國俗文學》，頁4-5）

　　俗文學要以通俗性為基本的特徵，而傳統的小說，通俗更是小說藝術的生命，具有必然性，這是我國小說最根本的一種傳統。

　　古代傳統的小說一直是處在整個文學結構的邊緣，雅、俗的分化並未真正形成，因此，我國的古典小說大量的是通俗小說，在小說史上一直占據著統治地位。我們可以說中國的通俗小說是中國傳統文化的重要組成部分，這不僅在於中國通俗小說的內容廣泛涉及中國傳統文化的各個方面，也不僅在於中國通俗小說的藝術表達方式具有鮮明的特色，體現著中國傳統文化的個性，更主要的是中國通俗小說滲透在中國人千百年來的生活當中，發揮著潛移默化的作用。

　　我國的通俗小說源古流長，豐富多彩。馮夢龍的〈古今小說序〉是一篇重要的文獻，其全文如下：

　　　　史統散而小說興。始乎周季，盛於唐，而浸淫於宋。韓非、列禦寇諸人，小說之祖也。《吳越春秋》等書，雖出炎漢，然秦火之後，著述猶稀。迨開元以降，而文人之筆橫矣。若通俗演義，不知何昉。按南宋供奉局，有說話人，如今說書之流。其文必通俗，其作者莫可考。泥馬倦勤，以太上享天下之養。仁壽清暇，喜閱話本，命內璫日進一帙，當意則以金錢厚酬。於是，內璫輩廣求先代奇蹟及閭里新聞，倩人敷演進御、以怡天顏。然一覽輒置，卒多浮沉內庭，其傳布民間者，什不一二耳。然如《翫江樓》、《雙魚墜記》等類，又皆鄙俚淺薄，齒牙弗馨焉。暨施、羅兩公，鼓吹胡元、而《三國志》、《水滸》、《平妖》諸傳，遂成巨觀。要以韞玉違時，銷鎔歲月，非龍見之日所暇也。

　　　　皇明文治既郁，靡流不波；即演義一斑，往往有遠過宋人者。而或以為恨，乏唐人風致，謬矣。食桃者不費杏，絺穀毳錦，惟時所適。以唐說律宋，將有以漢說律唐，以春秋、戰國說律漢，不至於盡掃義聖之一畫不止。可若何！大抵唐人選言，入

於文心；宋人通俗，諧於里耳。天下之文心少而里耳多，則小
說之資於選言者少，而資於通俗者多。試今說話人當場描寫，
可喜可愕，可悲可涕，可歌可舞；再欲捉刀，再欲下拜，再欲
決脰，再欲捐金；怯者勇，淫者貞，薄者敦，頑鈍者汗下。雖
小誦《孝經》、《論語》，其感人未必如是之捷且深也。噫，不
通俗而能之乎？茂苑野史氏，家藏古今通俗小說甚富，因賈人
之請，抽其可以嘉惠里耳者，凡四十種，畀為一刻。余顧而樂
之，因索筆而弁其首。（見《歷代小說序跋選注》，文鏡文化事
業有限公司，頁126-127）

　　〈古今小說序〉主要講了說話藝術和話本的興盛以及話本語言通
俗化的必要性兩個問題。馮夢龍注意到文學分流現象，早在周季以至
春秋戰國時期，時人以「言」、「言辭」為正統文學，與此對應的是
「街談巷語」、「道聽途說」的通俗文學。莊子將通俗小說貶稱為「小
說」，這是與「大達」對舉的一個概念。兩種文學從各自的源頭為起
點，經過原始形態、萌芽、發展等階段而走向成熟、繁榮。其間並無
有如今人把通俗小說與所謂「純文學」小說對立起來，或是把通俗小
說與「嚴肅文學」小說對立起來。而今造成了許多觀念上的混亂，主
要來自論者不了解「通俗」二字的含義，如果了解「通俗」這個詞的
真正含義，就會明白「通俗」原是我國小說的根本屬性，是中國小說
藝術生命之所在。
　　且先從「俗」字說起，中國人產生「俗」這個觀念，大約是在西
周時代，殷商的甲骨文和銅器銘文中均未見有「俗」字。至西周恭王
（前968-前942）時所作師永盂（見《金文總集》，藝文印書館冊九，
頁3792）的銘文中已有「俗」字時，用於人名；宣王（前827-前
782）時所作駒父旅，蓋銘文中有：「董（謹）尸（夷）俗」句（同

上，冊五，頁1907），意指南淮夷的體法，已具有「風俗」的意思。
西周銅器銘文並不常見「俗」字，現知僅數例，用法大體如此。又
「易、詩、書、左傳、論語」等重要典籍中均未見「俗」字，這不會
是偶然現象，它似乎證明「俗」的觀念在春秋時代尚未得到普遍確
認。進入戰國時代以後，「俗」成了人們經常談論的話題。如：

> 論至德者不和于俗。（《商君書‧更法》）
>
> 寡人非能好先王之樂也，直好世俗之樂耳。（《孟子‧梁惠王
> 下》）
>
> 其故家遺俗，流風善政。（《孟子‧公孫丑上》）
>
> 世俗所謂不孝者五。（《孟子‧離婁下》）
>
> 華周杞梁之妻善哭其夫而變國俗。（《孟子‧告子下》）
>
> 同乎流俗，合乎污世。（《孟子‧盡心下》）
>
> 差其時，逆其俗者，謂之篡夫；當其時，順其俗者，謂之義之
> 徒。（《莊子‧秋水篇》）
>
> 漸也順也靡也久也服也習也謂之化，……不明于化，而欲變俗
> 易教，猶朝揉輪而夕欲乘車。（《管子》七法六）
>
> 以俗教安，則民不愉。（《周禮》卷三）
>
> 入境而問禁，入國而問俗。（《禮記‧曲禮》）

以上所引之「俗」字指的都是風俗或民俗，即某一民族或地區由習慣
形成的特定生活方式。風俗之「俗」本無所謂褒貶之意。風俗作為一
種人類社會文化現象，它不是個人有意或無意的創作，而是社會的、
集體的現象，是一種非個人性、類型的、模式的現象，它體現在一般
人的生活中，由此又引申出「俗」的另一層含義──「世俗」。在
「俗」字之前加上「世」字，是指一般情況，雖然含有「平凡」的意

思，但並不一定就是「俗不可耐」。

　　無論是風俗之俗或世俗之俗，都是指多數人普遍實行的習慣的生活方式。

　　除外，俗字還包含著「民間通俗流行」之意。如：

　　　　孫卿之言既然，又因俗說而論之。（《漢書‧刑法志》）

這個俗說，就是指通俗流行的說法。又如：

　　　　故俗語曰：畫地為獄議不入，刻木為吏期不對。（《漢書‧路溫舒傳》）

此處「俗語」，是廣泛流行的定型語言。

　　由俗的觀念進一步產生了「通俗」觀念，所謂「通俗」，其本義似乎是以民間流行為主，而其間又有兩層意思：

　　　　一是通曉風俗。
　　　　一是與世俗溝通。（見《民國通俗小說論稿》，頁5）

但在古籍中，通曉風俗並不稱「通俗」，而稱「知風俗」，只在後一層意義上使用「通俗」。其實，不通曉風俗也不易與世溝通，兩者是有聯繫的。東漢服虔曾撰《通俗文》一卷（見五六‧六‧文海出版社，馬國翰輯《玉涵山房輯佚書》，頁2255-2267），它標誌著「通俗」觀念的確立。

　　據以上「通俗」的含義來看中國的小說，自「小說」這一概念確立時起，它就與「通俗」牢牢拴在一起。「小說」一詞始見於《莊

子‧外物篇》。其文如下：

> 任公子為大鉤巨緇，五十犗以為餌，蹲乎會稽，投竿東海，旦
> 旦而釣，期年不得魚。已而大魚食之，牽巨鉤，餡沒而下，驚
> 揚而奮鬐，白波若山，海水震蕩，聲侔鬼神，憚赫千里。任
> 公子得若魚，離而臘之……已而後世輇才諷說之徒，皆驚而相
> 告也。夫揭竿累，趣灌瀆，守鯢鮒，其得於大魚難矣。飾小說
> 以干縣令，其於大達亦遠矣，是以未嘗聞任氏之風俗，其不可
> 與經於世亦遠矣。

這段話是說任公子以五十頭被閹割的牛為誘餌，用大鉤巨緇垂釣東
海，他耐心等待，終於釣起了大魚。後世薄才輕浮之徒驚嘆不已，奔
走相告，並且爭相效仿。不過這些人是想用小餌細繩釣到大魚，這是
很困難甚至是不可能的。修飾小道理以求獲得高名美譽，其必不能大
通至於道。莊子在這裡借任公子的故事說明大道理和小道理的關係，
都要用得其所，不要像「輇才諷說之徒」那樣，企圖用小繩繫竿去釣
大魚。

　　莊子的「小說」，意謂瑣屑之言，與後來的小說雖尚有區別，但
莊子指其是一種與「大達」相對應的「小道理」，明顯流露出鄙薄之
意。與莊子觀點相近的還有《荀子》的「小家珍說」（正名篇），《論
語》的「小道」（子張篇）等等。

　　莊子未明言「小說」的來源，但肯定不是來自三墳、五典、詩、
書、禮、樂中的大道理，它只可能來自芻蕘之議、道聽塗說之言，因
而「小說」具有大眾性、通俗性。所謂「飾」，有收集、加工、整理
的意思，說明至遲在莊子時代就有造「小說」的人。莊子的這一指
示，使我們感到在他之後二百多年的班固論及「小說家者流」時，不

會感到突然和牽強。不僅如此，莊子的這段論述還蘊含著一些文學
觀念：

1. 「小說」要注意接受效果。小說家不能只收集瑣屑之言，必
   須進行藝術加工。所謂「飾」，實則是技巧論的濫觴。
2. 「飾小說以干縣令」，意為修飾小道理以博取高名美譽，也
   就是說，「小說」是「小說家」為實現某種實利主義目的的
   工具和手段。（以上詳見《中國通俗小說理論綱要》，頁3）

　　莊子的這兩點文學觀念均被日後的通俗小說所接受。而他對「小
說」的鄙薄是最大的影響，基本上規範了我國傳統小說發展的格局和
命運。
　　漢代的桓譚，雖承襲了莊子的基本觀點，但比莊子向前邁進了一
大步。桓譚在「新論」中說：

　　若其小說家，合叢殘小語，近取譬論，以作短書，治身理家，
　　有可觀之辭。（見《昭明文選》卷三十一江淹〈李都尉〉詩
　　「袖中有短書」李善注引。）

桓譚也鄙視「小說」為「叢殘小語」、「短書」，但沒有像莊子那樣將
「小說」放在「大達」的對立面來加以譏貶。桓譚肯定它有「可觀之
辭」。而後，班固以史家的眼光闡發他對「小說」和「小說家」的觀
點，使「小說」的地位得以提升。《漢書·藝文志諸子略》：

　　小說家者流，蓋出於稗官，街談巷語，道聽途說者之所造也。
　　孔子曰：「雖小道，必有可觀者焉，致遠恐泥。是以君子弗為

也。」然亦不滅也。閭里小知者之所及，亦使綴而不忘。如或一言可採，此亦芻蕘狂夫之議也。

這是一段十分重要的議論，代表了我國封建社會中開明的正統小說觀念。

　　班固為了讓「小說家」能與「九流」同列，提出「小說家」出於稗官，其職司是採「街談巷語，道聽塗說」之言以聞王者。何謂稗官？顏師古解釋為小官，又引如淳的話：

　　　稗音鍛，排九章，細米為稗，街談巷語，甚細碎之言也。王者欲知閭巷風俗，故立稗官使稱說之，今世亦謂偶語為稗。

然而小說家出於稗官之說在先秦古籍中是不見記載的，且周禮所載三百六十官亦無「稗官」官名，而班固從古代「王者欲知閭巷風俗」訂立的「風（採訪）、志（記錄）、臚（傳達）、納（進呈）」的制度，曲為小說家提升地位。

　　從「小說」一詞的提出，到「小說家」同列十家，其間經歷了二百餘年的漫長歲月，這顯示著我國傳統小說的發展不可能產生飛躍，只能是穩定中求充實，積細中求發展這種格局。而作者無論創作動機如何，都要以通俗為主，並且打上「教化」之類的印記，以爭取小說生存的權利，我國傳統小說發展的外在條件是十分艱難的。但它卻以「通曉風俗」的通俗為其基本特徵，這種觀念一直傳至唐代。《隋書・經籍志》有云：

　　　小說者，街說巷語之說也。傳載輿人之誦，詩美詢於芻蕘。古者聖人在上，史為書，瞽為詩，工誦箴諫，大夫規誨，士傳言

而庶人謗。孟春，徇木鐸以求歌謠，巡省觀人詩，以知風俗。
過則正之，失則改之，道聽塗說，靡不畢紀。周官，誦訓「掌
道方志以詔觀事，道方慝以詔辟忌，以知地俗」；而訓方氏
「掌道四方之政事，與其上下之志，誦四方之傳道而觀之
物」，是也。孔子曰：「雖小道，必有可觀者焉，致遠恐泥」
（見《隋書》冊二，鼎文書局，頁1012）

影響及於一般文士，他們所寫的「傳奇」雖然追求趣味性，但深烙著
「通曉風俗」的印記，他們以文言記「街說巷語」，只是給他們那個
圈子裡的看的，並非要與民眾溝通。由「通曉風俗」意義上之通俗小
說，轉化為「與世溝通」意義上之通俗小說，這中間有個過程，大約
在盛唐時期，僧人為了向民眾宣傳佛教教義，編了許多淺近易懂的
「變文」向民眾宣講。變文是民間產生的新文體，它是講唱體、以散
文或韻文講，以韻文唱，這種講唱體，或於六朝時大量譯佛經始傳入
我國，唐人傳奇常於文中夾雜詩歌，或於文末附加贊語，即是受其影
響。至於變文，則更是佛經譯文的嫡系傳人。變文簡稱「變」，是指
變更佛經本文成為俗講的意思，唐代所謂俗講，是講講唱唱，宣揚佛
經。俗講見之於文字是變文，而變文的現場演出即是俗講。

　　變文來自佛經，其功能為傳教，故初期變文僅為宗教之宣傳品。
其後由於此種文體在民間頗受歡迎，因此作者以歷史故事替代佛經故
事，而變文逐漸脫離佛經而成為通俗文學。這種故事性很強的變文，
鮮明地體現了「與世俗溝通」的通俗觀念。現存變文作品，始於盛
唐，終於梁末帝貞明七年（921年），而變文的真正銷聲匿跡，當在宋
真宗時。當時一切異教，除道、釋外，均遭查禁，而僧侶講唱變文，
亦連帶遭令禁止。

　　變文題材自擴大至歷史故事、民間傳說，為求迎合聽眾興趣，日

益遠離勸善的目的，是以引起衛道人士對俗講的鄙視痛惡，並遭朝廷
禁絕。然而，變文名雖不存，也不能再在寺院講唱，但「與世俗溝
通」的風氣卻日漸增強。於是，它化身為諸宮調，為鼓詞，為彈詞，
為說話，流行不輟，在後來的通俗文學上處處留下痕跡。

　　如上所述，中國小說自其確立時就與通俗拴在一起，直至明代中
葉，卻從來不用「通俗小說」一詞，其原因當然是明顯的，蓋自古相
沿的看法，小說必然與通俗相連。

　　中國「通俗小說」一詞的出現，是由於一次的誤會。元末明初羅
貫中作《三國通俗演義》，羅氏標明「通俗」二字，原有特定的針對
性。庸愚子作於弘治七年（1494）之〈三國志通俗演義序〉說：

> 豈徒紀歷代之事而已乎？然史之文，理微義奧，不如此，烏可
> 以昭後世？語云：「質勝文則野，文勝質則史。」此則史家秉
> 筆之法，其於眾人觀之，亦嘗病焉。故往往舍而不之顧者，由
> 其不通乎眾人，而歷代之事愈久愈失其傳。前代嘗以野史作為
> 評話，令瞽者演說，其間言辭鄙謬，又失之於野，士君子多厭
> 之。若東原羅貫中，以平陽陳壽傳，考諸國史，自漢靈帝中平
> 元年，終於晉太康元年之事，留心損益，目之曰《三國志通俗
> 演義》。文不甚深，言不甚俗；事紀其實，亦庶幾乎史。（見
> 《歷代小說序跋選注》，文鏡文化事業有限公司，頁22-23）

這就是說，歷代演義與小說的根據不同，演義根據正史，小說採自街
談巷議，陳壽《三國志》辭簡文深，一般人不易讀懂，故須用較淺近
的語言重加演述，以求通俗地闡明其義，他正與服虔撰〈通俗文〉的
用意相同，可見羅氏之「通俗」專指演述正史之義。小說原本通俗，
無須再加上「通俗」二字畫蛇添足，正史原本不通俗，所以才特意標

出「通俗」二字，以示演義與正史之區別。

到了明末天啟年間（1621-1627），馮夢龍編《三言》，忽略了標明通俗演義的針對性，而把它與其他小說混為一談，於是把「通俗」二字加到了小說頭上，並見之於〈古今小說序〉裡。

馮氏忽略了羅貫中用「通俗」二字的針對性，沒有深究無論從「通曉風俗」或「世俗溝通」的哪一種意義上看正史都與小說不同，只從唐傳奇與宋評話的文體著眼，因而使用「通俗小說」一詞，且一直流傳至今。從史實來看，中國的小說一直是通俗的，沒有不通俗的小說，其前後的區別只在於「通俗」的標準隨時代的不同而發生變化。自馮氏提出「通俗小說」一詞之後，就為不通俗的小說奠定了合理的地位，對後世影響至鉅。

中國自古相沿小說必須通俗，如唐傳奇，清人文言小說，亦皆有內容之通俗，無須另加「通俗」二字畫蛇添足。但自明末以降，「通俗小說」一詞流傳漸廣，天長地久，約定俗成。

綜觀我國古代通俗文學的歷史演變，陳必祥主編《通俗文學概論》一書裡，認為其特點：

一　是從文言向白話演進。語言的通俗和接近口語，是通俗文學的重要標誌。

二　是從民間大眾的口頭創作向文人製作的演進。……三是從短篇向長篇的演進。（見杭州大學出版社，頁9-10）

又張贛生於《民國通俗小說論稿》裡，認為傳統中國小說的特點有：

中國小說創作的傳統點是演義、寫意，其相應的欣賞方式則是意會、神遇，這兩方面合起來，構成了一套完整的「役物而不

役于物」的傳統小說藝術觀念體系，這是中國小說藝術表述和
欣賞的傳統特點之一。

其二，中國小說是在元、明兩代始由短篇逐步演化為長篇，在
這個演化過程中，它受評話和雜劇藝術很大的影響，到後期則
受明傳奇結構的影響。……

其三，中國小說自元末明初起就受戲曲的影響，其中很突出的
一點就是形式上的程式化。……以上所述「演義性」、「章回
性」、「程式化」是中國通俗小說藝術上的傳統特色。（見重慶
出版社，頁17-23）

綜觀前述所論，我們可以發現俗文學與通俗小說之間，似乎是有
所區別，我們可以說俗文學中有通俗小說；而通俗小說中有的是俗文
學，有的不是俗文學。其中關鍵在於傳統的小說一直未居主流或正統
的地位，是以通俗性為其基本特徵而流行於世。在傳統的小說中並非
皆屬群體創作，也不全然皆屬口語性。張火慶有〈從自我的紓解到人
間的關懷〉一文，以「自我的紓解」與「人間的關懷」兩種表現類型
的意義，探究中國傳統小說作者創作時的心理狀態，並由其相異性與
關聯性揭示民族心態與傳統文化模式的若干特徵。該文結語有云：

我們綜合上文詩論，可以發現，真正符合自我紓解的動機的作
品並不多，唐傳奇也許是比較特殊的，它們的作者幾乎一致的
透過小說的創作而得到思想的肯定，對宇宙的本質、文化的內
涵以及人在天地間的地位與如何安頓的問題，在作品裡都有所
寄寓發揮，抒解了個人的情志，最後並寧息於自我設定的人生
觀與價值取向裡。由於那是個三教配合、重新省思的時代，個
人處境的問題格外顯得重要，唐傳奇配合著載道論文的步調，

致力於種種生存現象的解釋以及觀念傾向的抉擇，而這些都是
著重適應於自我的需要，較少顧及人間的普及效用。再如才子
佳人小說、才學小說與狎邪小說，本質上亦逗留在文人雅士風
流自賞的心態裡，他們或許為了追求理想的男女關係，或者為
了炫耀個人駁雜不切時宜的才學，或者為了美化狎妓的行為，
而使盡渾身解數，企求在想像裡抒解現實的積鬱，並得到變態
的滿足。也許他們著筆寫小說的動機，正可以解釋作苦悶的宣
洩，是急切的要求表現個人內在的情思與衝動。但是他們又不
敢逾越理性的範圍，以至於顯得笨拙與矛盾，最後甚至擁抱傳
統文化以自重，而沈溺於有限的自慰裡。這種形態的小說，由
於刻意誇張某些理想，而處處露出矯情的姿態，不能普遍的關
懷人間基本現象與需要，因而，它的成就與影響也是有限的。
中國大部分的小說，其內容所關注的，幾乎從一開始就是廣大
的人世活動，包括神怪小說的寓意象徵、俠義小說的鋤強扶
弱、公案小說的平反冤情、世情小說的社會寫實、諷刺小說的
揭發愚行，以及講史小說的通俗教育等。他們都有純正的立意
以及開闊的襟懷，其題材或者取自人間真相，或者間接來自宗
教傳說，或者根據歷史記載加以改編修飾，即是說，作品的來
源與對象都是普遍存在的經驗與知識，易於被民眾了解並接
受，而作者個人的情志總是隱藏的、含蓄的，或者代表著一般
性共同認可的倫理道德與宗教信仰的觀念。在這種情況下，小
說作者的姓名對於讀者之了解作品內俗，並不重要，只要達到
對人間的關懷，這些作品便永遠是屬於大眾的。從自我的抒解
到人間的關懷正是中國傳統小說所走的路線，也是中國傳統小
說的主要精神。（見臺灣學生書局《中國小說史論叢》，頁236-
237）

　　由於傳統小說無論是自我紓解或人間的關懷，要皆以人為主，而從通曉風俗或世俗溝通為最基本的特徵。因此，傳統小說雖不是文學的主流，並非全是無名無姓群體創作的俗文學，而是並存於雅俗之中的通俗文學。是以在俗文學的分類中，有許多學者並不把小說列入俗文學裡。

四　通俗小說與文化運動

　　通俗小說本是從傳統文學中沿襲下來的一個習用語詞。

　　小說在中國的發展，源遠流長，質量皆頗為可觀，而且也曾發揮過相當大的作用。但相對的詩文傳統，它有如棄嬰，卻能以其堅韌而無窮的生命潛能，茁壯長大，終於發展成為二十世紀最被重視的文學類型。

　　中國小說地位的抬頭，是隨著十九世紀後半，中國古老帝國在體質上的變化而發生的，基本上是外國力量滲入以後的產物。一群懷抱著高度自覺的中國知識分子，為了傳播新思想，改革舊的政治體制，而發現小說可以作為有效的傳播媒介和改變的具體武器。一方面有意的擴大小說的社教功能；一方面有效地去運用，配合著其他主客觀存在的條件，突破性獲得空前未有的肯定。

　　這便是以梁啟超為首的近代通俗文學之振興。比較起這個時期的詩、散文，小說方面的運動，規模更大，無論是理論或創作，都呈現出繁榮的氣象。就文學史的觀點來看，此種文學觀是宋元以來小說發展的必然結果，同時，民國以後的新小說亦由此而開始播種。

　　小說在被肯定之餘，其傳統的通俗概念亦因此而改變。這種概念的流變，皆與近代知識普及的文化運動有關。

　　光緒二十年（1894）中日甲午戰爭之慘敗，構成廣泛覺醒之重大

關鍵，形成種種思想變化。此一歷史事實，實為衝激思想演變的原動力。開啟民智遂為運動，在政治改革方面，則以興辦學校、消除文盲為先，而近代文學之巨變，其創意起念，亦當自此為起始。思想動力總綱，原為力求救亡圖存，在此動力推挽之下，於是展開種種思潮之激盪，演為種種之改革論說，文學之工具功能，遂亦成為思考目標之一。

中國近代思想之創生發展，西洋教士啟牖之功不可忽略。甲午戰爭第二年（1895）五月「萬國公報」第七十七卷，英國傳教士傅蘭雅（John Fryer）具名登求啟事，徵求通俗小說，當時即標明「時新小說」，以表其功用宗旨。而當時共事者，有沈毓桂、王韜、蔡爾康等人，此為通俗文學振興之濫觴。

光緒二十三、四兩年（1897-1898年），為通俗文學之理論建樹與實踐最具創始意義時期。在南方：於人，則有裘廷梁、汪康年、葉瀾、汪鍾霖、曾廣銓、章伯初、韋仲和等；於刊物，則有蒙學報、演義報。而裘廷梁因為在上海無所施展，乃回無錫約集同道顧述之、吳蔭階、汪贊卿、丁福保等，於光緒二十四年創立「白話學會」，同時刊行《無錫白話報》，不久又改為《中國官音白話報》。裘氏為鼓吹推行白話文，乃發表有〈論白話為維新之本〉之論。在北方，則有嚴復與夏曾佑在天津《國聞報》發布其合撰的〈國聞報附印說部緣起〉，洋洋萬餘言，是闡明小說價值的第一篇文章。王爾敏先生在〈中國近代知識普及運動與通俗文學之興起〉一文裡，曾綜合當時各家言論分析要點如下：

其一，競存思想。此一觀念因中國時勢環境而提出，甲午戰爭，列強虎視眈眈，瓜分呼聲騰於報章。有識之士，急切為救亡存圖計，必須廣泛喚醒國民，團結自強，抵禦外侮。

其二，童蒙教育與平民教育思想。此一觀念啟於改革八股之弊，中國因八股取士，以至世無真知亦乏真才，遂至政風敗壞，應變無力，國困民貧，危亡可憂。當時國人普遍思想一致以鴉片、時文、纏足為病國大害。挽救之途，則須自童蒙教育入手。

其三，教材工具之通俗化思想。此由設計平民教育、童蒙教育實質之思考而得，為使平民易學易曉，則須先使教本文字淺顯，內容通俗。由是自然而然進入通俗文學，應用白話表達之考慮，「白話學會」之組成，實承此一思想之推動。（以上見《新文化運動》，臺灣商務印書館，頁11-13）

而後，通俗文學即成為喚醒廣大民眾之手段與工具。

中國近代通俗文學之興起，最有名的先驅人物當然是梁啟超；因此，有人認為近代兒童文學理論的建設，自梁啟超開始。而事實上，自光緒二十一年（1895）至民國二十六年（1937）間，這段通俗文學之興起過程，非但有傳播新思想的功能，亦有助於國語的推行，同時與兒童文學的演進也有相關。

在晚清的啟蒙者，雖有通俗教育的概念，卻缺乏可行的工具。商務印書館的《童話》，以中國故事與外國故事為資材，計出三集，共出版一〇二種。該《童話》由孫毓修主編，案兒童的年齡分類。第一集是為七、八歲兒童編的，每篇字數在五千字左右；第二集是為十、十一歲的兒童寫的，字數約在一萬左右。第三集為鄭振鐸所編（有四種）。其中有七十七種是孫毓修編寫，在當時推行極廣，但文詞仍不夠簡潔流利。

民國五年，國語研究會成立，有識之主張「言文一致」，要求改國文為國語。六年九月十日在浙江省召開第三屆全國教育聯合會，河

南省教育會代表即向大會提議改國民學校之國文為國語科；並呈請教育部。七年初，國語研究會的國語運動和新文藝運動兩大運動，鼓吹「言文一致」，報紙雜誌的文章漸漸多用白話；而後小學教科書始漸改用白話。其實，北京「孔德學校」早已率先採用注音字母，並已自編國語課本；而江南幾所小學也得風氣之先，都已自編活頁教材。民國八年，國語統一籌備會召開第一次大會，劉復、周作人、胡適、朱希祖、馬裕藻等人又推出「國語統一進行方法」案。教育部依據全國教育聯合會及國語統一籌備會等機關之決議，因於九年一月十二日訓令全國各國各國民學校，自本年秋起，一、二年級的國文改為語體文，並同時咨行各省，飭所屬各校遵辦。

　　梁啟超為近代通俗文學創發之先知先覺，無論其觀點識見與實踐嘗試，均可稱為一代先驅，他人無法侵奪與代替，後世亦無從曲解與掩蓋。在思想史上固然如此，在文學史上，亦不可抹殺。就文學家觀點言，在近代小說方面亦有開風氣之功。其影響主要是由自下列之篇開創論文。

　　　　〈「國聞報」附印說部緣起〉　一八九七年
　　　　〈譯印政治小說序〉　一八九八年
　　　　〈論小說與群治之關係〉　一九〇二年

這三篇理論文章，奠定梁氏在開創近代小說之領導地位。

　　梁氏是近代文學倡導先知，在其言說理論，確能鑿闢茫昧，開創文風，理論建樹俱為後世宗仰。尤其於小說之文學地位，自梁氏起始得進據文學主流，後人蔚然景從，遂成就文學史上一個新時代。

　　梁氏所謂「小說為文學之最上乘」一語（見〈論小說與群治之關係〉一文），雖然是一時強調之詞，而其說理驚人，為三千年來首

見，新穎有力，足以歆動人心。遂為後世文家宗風，開代文學新天地，通俗文學盛行一時，小說尤發榮滋長，佔一代文學主流地位。

〈國聞報附印說部緣起〉一文是嚴復、夏曾佑所撰，是闡明小說價值的第一篇文字。而〈譯印政治小說序〉一方面肯定小說的諧謔本質所特具的移人心之作用；另一方面則指出歷來「述英雄則規畫水滸，道男女則步我紅樓」的「誨淫誨盜」之不良傾向。梁氏特別強調小說在政治變革的實用功能，這種小說功能論在〈論小說與群治之關係〉一文中有更具體、更強烈的發揮。

梁氏用嚴密的推理論證工夫，從事實和理論兩方面討論小說與群治的關係，其前提是：「小說有不可思議之力支配人道」，最後的結論是：「欲改良群治，必小說界革命始；欲新民，必自新小說始」，其中觸及不少重要的問題：人類有嗜小說的普通性，小說具有「熏、浸、刺、提」等四種支配人道的無形力量，過去小說對中國人造成思想污染。

梁氏理論，已足開近代文學先河，而身體力行，並於光緒二十八年（1902）在日本創橫濱創刊「新小說」雜誌，專門刊載小說按期出刊，用為實力倡導。〈論小說與群治之關係〉一文即載於《新小說》第一卷第一期。自此以後望風景從者，紛紛發行純小說之月刊雜誌。可見者有：

《繡像小說》　李伯元一九〇三年五月於上海創刊。半月刊，共出七十二期。

《新新小說》　一九〇四年八月在上海創刊。月刊，共出十期。

《月月小說》　吳研人一九〇六年六月於上海創刊。月刊，共出二十四期。

《新世界小說社報》　一九〇六年五月在上海創刊。

《小說林》　曾孟樸一九〇七年二月在上海創刊。月刊，共出十二期。

《小說月報》　一九〇七年一月在上海創刊。九月改名《競立小說月報》。

《中外小說林》　一九〇七年在廣州創刊。

《新小說叢》　一九〇七年在廣州創刊。

《大月小說》　一九〇九年八月在上海創刊。

《小說時報》　一九〇九年十月在上海創刊。

《小說月報》　一九一〇年在上海創刊，由商務印書館發行，至一九三一年十二月停刊。（以上參見張玉法〈近代中國書報錄〉，全文刊登《新聞學研究》第七、八、九期。）

不惟如此，即梁氏所標示小說力量之四種功能特色「熏、浸、刺、提」，亦俱為後世創刊小說報者所奉行。並因此有批評討論古今小說之理論與論述。同一時期，發揮梁氏理論者頗多，其中以狄保賢、吳研人、徐念慈、瓶庵等人較為著名。

綜觀晚清（1901-1911），無疑是通俗文學（尤其是通俗小說）發榮滋長最茂盛時期，其所表達之思想理念，大致要點，可以歸納如下：

其一，民族存亡之危機意識。

其二，開通民智與知識普及化之思想。

其三，語文表達之通俗化。

其四，改良社會之宗旨。（以上詳見《新文化運動》，臺灣商務印書館，頁19-27）

　　總之，以上四點是晚清以來最明顯、最多見之思想理趣，實是構成知識普及化之推廣運動。惟既在表達民族危機，救亡圖存，喚醒民眾，加強國民新知之吸收，以及改良社會風氣。種種入手，均必以通俗小說為媒介，因是眾志所趣，自然激起一代文學之迅速轉變，而使小說、戲曲、彈詞、歌謠等俗文學，俱得勃發滋長。其根本動因，當在於嚴肅鄭重之思想驅使，是即一代之知識普及化運動。而在此文化運動過程中，我們亦因此喪失了多少的文化遺產。其中，通俗小說已不再具有傳統的民族形式。

　　所謂的通俗小說，應當是指作家為文化水平不高的人民大眾寫的文學作品，這就意味著，它不是民間文學。通俗小說有作者姓名，是作者個人的創作，供文化水平不高的人閱讀的文學作品，如才人佳子小說。因此，所謂通俗文學，並不是從文學種類的劃分中區別出來的某一種新的文學體裁，而是從文學發展過程中，在「雅」與「俗」的比較中而提出的類別概念。因此，要理解什麼是通俗文學，也只能與「雅文學」或「純文學」相比較中才能辨明。陳必祥主編《通俗文學概論》一書裡，認為在文學表現形式上，相對「純文學」來說，它有下列三項特點：

1　通俗性。語言的通俗化是通俗文學最基本的特徵。
2　故事性。故事性是通俗文學的命根子，取消俗文學的故事情節要求能夠調動讀者情緒體驗的強度、密度和複雜度。
　　曲折、奇巧、連貫，是通俗文學安排情節的藝術要求，懸念、驚奇、滿足，是通俗文學中外通用的情節結構規律和文藝心理秘訣。與故事性緊密性相關的，是人物的傳奇性。
3　娛樂性。人對娛樂、趣味的要求是一種天賦，文學不能為了功利目的，犧牲讀者的趣味追求。（以上詳見杭州大學出版社版，頁3-7）

　　自晚清以來通俗文學振興，小說改良之風氣甚為盛行。尤其是五四運動之後，中國的社會風俗發生了變化，中國小說之通俗是隨俗而變。風俗發生了變化，小說就要相應地重建通俗，這就決定了民國初期通俗小說必然不會全同於明、清通俗小說，它必然會發生某些新的變化。大體上說來，民國初期的社會風俗並未變得完全脫離中國文化傳統，通俗小說的變化也就仍是在中國傳統範圍內的變化。它與新文藝小說兩者間壁壘分明，僅此已足夠說明民國通俗小說還在根本上保持著中國小說藝術的傳統特色。

　　依此看來，五四諸先賢似乎並未背離中國小說之傳統。實則也不盡然，五四新文化運動的根本目標在於追求西化，陳獨秀、胡適等雖肯定了明清某些通俗小說的價值，但那只是對以往陳跡的肯定，而對中國小說的未來，卻主張西化。陳、胡等人主張通俗，不過是意在提倡西方文化，雖然言及中國小說，實則醉翁之意不在酒。因此，我們可以說，中國晚清以來的啟蒙思潮，對中國來說，是中國現代化的世紀，也是中國傳統解組的世紀。而傳統的通俗小說也因通俗文學的振興而漸形解組。

　　從傳統的承繼來看，民國的通俗小說被稱為舊派小說、舊體小說、章回小說。

　　孫楷第於一九三三年出版《中國通俗小說書目》一書，似乎有為傳統小說正名與定位的意義。該書凡例有云：

> 本書所收，以語體舊小說為主。……魯迅先生中國小說史略錄通俗小說自宋起至清季止，今亦從此例，自一九一二年後至今日，雖仍有相同之語體舊小說，概不著錄。（見《中國通俗小說書目》凡例，廣雅出版有限公司，頁1）

而本文所指通俗小說，時間雖以魯迅、孫楷第為據，卻兼指內涵而言。

雖然通俗小說時常是以自身的價值功能為社會提供服務的。但是通俗小說並不一定要充當人生教科書的角色，也不必向社會提供人生的哲學思考，而是以其通俗性、故事性、娛樂性全方位多層次地為社會服務。高層次讀者可將通俗小說當作「成人的童話」來消遣，一般讀者也可在通俗小說的「白日夢」中尋求刺激，獲取愉悅。因此通俗小說是主動迎合大眾的接受欲望，有著明顯的商品屬性；表現在創作動機上，通俗小說的生產者都是帶有或深或淺的實利主義目的的。但卻仍會有與純文學交集區，鄭明娳於〈通俗文學與純文學〉一文中，曾有〈通俗文學與純文學的交集區〉一節，其文云：

> 儘管大部分通俗文學和純文學呈現著涇渭分明的各自特色。但是，實際上並不是判然水火不容。有些作品則能兼顧通俗品味與文學特質，在社會／歷史現象和書寫記號間得到平衡。就解讀難易而言，如果用三角形來比方文學作品所屬的文化所屬和讀者常態分布，則象徵性、虛構性越明顯的作品其表層越晦澀難讀，位於三角形的上端。通俗文學則在三角形的底層。兼具純文學與通俗文學者則為三角形由底層往上延伸的大部分領域。中國最好的幾本古典小說就是著例。《紅樓夢》具有通俗文學中常說的如：哀感頑艷的愛情、如詩如畫的意境、優美流利的文字、鮮活如真的人物。但同時，它有完整的象徵系統、環環相套的結構、此起彼落的伏筆、帶雙敲的隱語、多向投射的主題。閱讀者由中小學生到研究者都可以在這本書中得到不同層次的「心得」。就臺灣的實際情況而言，一位純文學作家不見得缺乏書寫通俗文學的能力，關鍵在於他願不願意嘗試。但是一位純通俗文學作家就時常沒有能力做純文學的工作。此

係就兩個極端而言，在兩者交集處的作品仍然有，因之有些通俗文學亦可以通過正典化的儀式而成為具有文學深度的作品。三毛是一個例子。（見《流行天下》，時報文化公司，頁40）

五　通俗小說與兒童文學

中國小說，與詩文相比，一開始就以通俗見長。

《漢書・藝文志諸子略》說「諸子十家，可觀者九家而已。」獨不使小說家入流，由於這種傳統精神的延續，小說一直處於文學邊緣，甚且寄生於民間，也因此才使小說最後其繁榮，成為一朵遲開的花。

以歷史觀點看，敘事性的通俗文學起源於古代的神話和傳說，興起於古代市民階層的出現。我國最早的所謂小說，或許由於語文不一致，只不過是一些「記街頭巷尾之言」的斷章零篇；能夠合乎真正小說要求的作品，應不會早於唐代。唐代由於韓愈、柳宗元等人的文學復古運動，於是有了文言「傳奇」的盛行，可是文言不是理想的寫作與傳達工具，所以「傳奇」的光輝也僅止於唐代。以後，受講唱文學「變文」的影響，白話小說乃代之而興，它的發展，不是走向偏向「講」的說書，就是走到偏於「唱」的鼓詞與彈詞的路上。經過了長期的演變，說書走入民間大眾，變成了小說的主流，鼓詞與彈詞便被擠入旁支。孟瑤於《中國小說史》序裡對「說話」有所說明：

小說的主流是說書，亦即宋代的「說話」，「說話」就是一種職業性的講故事，它曾在小市民受到熱烈的歡迎，也發揮了極強大的社會教育力量。這些「說話人」所流傳下來的「話本」，就是白話小說的始祖。它為我國小說史的發展上造成兩種特殊

現象：其一，這些「說話人」流傳下來的話本，除少數經過文人潤飾之作及倣製品外，夠文學水準的作品極少。它造成我國小說量多而不精的現象。其二，由於「說話」在當時是一種謀生之技，那些說話人為了同業間生存競爭，常不免求奇、求豔，以便拉攏聽眾，因而或多或少地破壞了藝術應有的嚴肅性。這兩種現象，使今日的許多小說創作者，常對舊小說產生一種歧視心理。他們寧肯徘徊、留戀於「擬翻譯」的境界，而不肯對舊小說一顧。另一批缺乏藝術良心的筆耕者，又緊緊追隨於「說話人」的足跡之後，故弄玄虛，以騙取讀者的趣味。這兩種態度，似乎都不是頂合理的。它使我們感到，在無理由的歧視與輕率的摹倣之外，我們有將舊小說了以再認識的必要。（見《傳記文學》上冊，序頁2）

說書、話本、擬話本之所以能引人入勝，即是在於故事敘述方式、語言表達形式等方面能考慮到一般民眾的欣賞習慣。

又就內涵言，傳統小說離開通曉世俗人生就寫不出有意義的小說；離開與世俗溝通就失去了小說存在的意義。

是以陳必祥主編《通俗文學概論》裡，認為通俗文學與純文學相比較，在文學表現形式上，相對「純文學」來說，有三項特點：

1 通俗性
2 故事性
3 娛樂性（詳見杭州大學出版社，頁3-7）

又張贛生於《民國通俗小說論稿》裡，亦認為「演義性、章回體、程式化、是中國通俗小說藝術上的傳統特色。」（詳見重慶出版社本，頁14-27）

　　所以「通俗」是中國傳統小說藝術的生命，具有必然性，中國小說最根本的一種傳統。

　　而新時代「兒童文學」一詞，隨著新文化運動在我國出現，亦即是傳統教育的解組。它的出現，緣於教育觀念的改變，以及通俗文學的振興，而所謂通俗文學的振興，實際上是以通俗小說為主流。從近代的文獻資料中，我們可以了解，中國近代許多著名的啟蒙思想家都曾留心於兒童文學，且新時代兒童文學的發展是與通俗文學息息相關。

　　又各國兒童文學的源頭有三：

　　　　第一個源頭是口傳的俗文學。
　　　　第二個源頭是傳統的書寫典籍。
　　　　第三個源頭是歷代的啟蒙教材。

就我國新時代兒童文學的發展軌跡而言，反而是以外來的翻譯作品為主。而第二、三個源頭，由於教育觀念的不同，以及「雅」教育的獨尊，再加上舊社會解組時期的揚棄，致使在發展的承襲上隱而不顯。至於口傳的俗文學，事實上，傳統的中國，由於教育的不普及與語文不一，過去百分之八、九十的中國人，都生活在民間的傳統文化之中。它們的教育來自小說、說書、民俗曲藝、戲劇唱本等；他們也許不去唸《三國志》，但他們對《三國演義》就耳熟能詳。晚清以來，由於通俗文學教育的推廣，就有北大學者在著手收集與整理。

　　傳統的通俗小說，有口傳俗文學，亦有書寫文學，而其根本的傳統是通俗。因此，傳統的通俗小說與兒童文學頗有因緣與關係，其因緣與關係或可稱之在於「通俗」。兒童文學源於口傳俗文學，當然，通俗小說不能僅僅就是通俗，但兩者實在有著不少相通之處，無疑兒

童文學一定包含著通俗化。如在語言上要通俗淺顯，在想像的投射上，甚至在內容傾向上，以及表達方式上，確實存在著可觀的啟示。是以本文擬以「通俗」或「俗」的觀點，討論通俗小說與兒童文學之間的關係。

所謂通俗或俗，其本義在於以民間流行為主，而其間又有「通曉風俗」和「與世溝通」的兩層意義。

中國「小說」從莊子正名起，基本上就規範了我國小說通俗化的發展格局和命運，由於小說必須爭取生存的權利，再加上中國幅員遼闊，語文不一，以及政治等外在條件的限制，是以小說走上通俗之途。其實，從文字發展的內部規律看，任何文體都有一個由俗入雅的趨勢。這一趨勢自然是由於文人參與與創作的結果。以詩而論，先有流傳於民間的歌謠，它們是「俗」的；經文人的藝術改造，詩歌走向了「雅」，登上了文學正宗的「雅」座，由此形成了文人「雅」詩和民間「俗」詩的並存。小說的發展要比詩歌複雜得多。小說在古代始終徘徊在文學殿堂的邊緣，其間雖然有文言、白話的區別，但皆不離「俗」。

重雅輕俗，主要是觀念的問題，而作為一對審美範疇，「雅」與「俗」之間確實存在著區別，以下試以周啟志等著《中國通俗小說理論綱要》一書為據，試從語言、功能、題材、表達方式等四方面，論述傳統小說的通俗性，並由此見其與兒童文學的相關處。

（一）語言的通俗化

語言之所以有雅俗，是緣於我國幅員廣大、語文不一。

在非常長的一段時間內，人們區分文人小說與通俗小說的一個重要依據就是語言。在中國古代的詩文都是用文言寫的，只有說唱文學和話本小說，在故事敘序方式、語言表達形式等方面都考慮到一般民

眾的欣賞習慣，所以語言的通俗化就成為通俗小說的基本特徵。

　　有關語言通俗化的論述，可參見文鏡版《歷代小說序跋選注》。一般說來，古代理論家所提出的語言論，主要包括三個方面的內容，即小說語言的通俗化、敘事語言的運用，以及人物語言的表現。語言的通俗化是通俗小說的最基本要求，要之後兩者是提高小說語言的藝術表現力的主要方法。（見《中國通俗小說理論綱要》，頁139）

　　語言通俗化，固然是通俗文學的需要，也是通俗化的自然結果。

　　為了語言的通俗化，通俗小說要求盡量把語言變成言語，因為語言是社會性的，言語是個人對社會性語言的轉用，有較強的形象性和生動性。因而通俗小說多採用對話、口語，甚至具有地方色彩。

　　淺顯易懂的語言特徵，在使作品為更多的普通讀者所接受，而不是藝術上的需要，這是古代通俗小說語言理論的發端。明代是通俗小說理論的形成期，理論家的主要任務在於為通俗小說爭社會地位。他們除了借助道德的名義以及媚附於史傳等以提高小說的價值之外，主要的就是從理論上論證語言通俗化的必要性。

　　其一，從讀者的角度看語言的通俗化之必要。魏晉以來的筆記體小說直至唐代的傳奇，基本上只是內容的通俗，它只是在文人階層傳閱。而宋元以後發展的說話、話本、擬話本則主要以塗巷里耳、商人市民為對象，直到它的不斷發展壯大，接受對象才逐漸地擴及到其他階層。馮夢龍於〈古今小說序〉：

> 大抵唐人選言，入於文心；宋人通俗，諧於里耳。天下之文心少而里耳多，則小說之資於選言者少，而資於通俗者多。（見《歷代小說序跋選注》，文鏡文化事業有限公司，頁127）

小說既不能入正統，而為生存計以「里耳」為接受對象，則必然要求

作家依對象的文化水準採用通俗的口語語言創作，只有如此，小說才能具有群眾基礎。

　　其二，從作品的功能角度看語言通俗化之必要。對小說來講，要在詩文統治著的文學殿堂取得一席之地，也只有抬高它的教化功能，這樣，即使一時還不能與詩文分庭抗禮，也至少可以在雅文學的邊緣立穩腳跟。抬高小說的教化功能，其實無非是要證明它也是雅。這種努力雖未能給小說爭到理想的生存空間，但卻是歷代小說家與理論家努力的方向。有不少人認為通俗小說是古代對古典史籍的淺顯闡釋，用來傳播普及歷史知識，如〈三國志通俗演義序〉。

　　　然史之文，理微義奧，不如此，烏可以昭後世？（見《歷代小說序跋選注》，頁22）

當然，把小說同一般歷史記載等同起來，這種對小說的性質的把握是不正確，但其觀點卻有助於小說語言的通俗化。

　　其三，從人物塑造的角度看語言通俗之必要。古奧文言辭句，難以表現人物形象的獨特性，不盡符合人物的身分，所以主張用能傳達真實性的語言，而這種語言必定是通俗化的語言，它與文言相比，更接近生活日常言語，也就更能逼真地再現人物聲情口吻。

　　其四，從語言的敘事效果看語言通俗化之必要。馮夢龍認為文言文的敘事效果不足以感染普通讀者，他在〈醒世恆言敘〉云：

　　　六經國史而外，凡著述皆小說。而尚理或病於艱深，修辭或傷於藻繪，則不足觸里耳而振恆心。（見《歷代小說序跋選注》，頁14）

只有通俗化的語言才有「曲盡人情」、「述情敘事」方面的長處。

（二）功能上的通俗化

明人胡應麟於《少室山房筆叢》卷十三〈九流緒論下〉有云：

> 小說者流，或騷人墨客，遊戲筆端；或奇士洽人，蒐蘿宇外。
> 紀述見聞，無所迴忌，覃研理道，務極幽深。其善者，足以備
> 經解之異同，存史官之討覈。總之有補於世，無害於時。（見
> 《景印文淵閣四庫全書》，冊八八六，臺灣商務印書館，頁306）

他把作者創作動機和社會效果概括為「有補」和「無害」四字，這是
通俗小說創作的一個基本原則。其先有柳宗元提出的「有益於世」（讀
韓愈所著〈毛穎傳〉後題）命題。後來魯迅於《中國小說史略》云：

> 俗文之興，當由二端。一為娛心；一為勸善，而由以勸善為大
> 宗。（見風雲時代出版公司，頁133-134）

可見通俗小說的創作只能在「有補」和「無害」之間，並見其對功能
效果的掙扎。

　　長期以來在理解通俗小說的功能方面，皆偏重於勸懲功能，即倫
理道德的教化作用，並將其舉為通俗小說的一面旗幟，而通俗小說的
娛樂功能重視不夠。這種偏頗，給通俗小說的創作、評估、接受等方
面都帶來了極大的限制。

　　人對娛樂、趣味的要求是一種天賦，文學不能為了功利目的，犧
牲讀者的趣味的追求。而小說作為一種社會意識形態，是在一定的社
會經濟基礎上發展起來的，雖然小說的繁盛固然與人的提倡有一定關

係，如果沒有天下小康的經濟條件和太平盛世的安定局面，小說也就失去了它發展的外在條件。考察在不同歷史階段興起的唐人傳奇、宋元話本、明清小說，就會發現，它們的興衰與社會經濟的漲落有著甚為密切的關係，其所以存在這種密切關係，是由於小說的商品屬性所決定的。小說的所謂商品屬性，實質上是指它的消遣娛樂功能。

通俗小說的娛樂功能是與生俱來，而它的商品屬性是隨著歷史上商品經濟的發展由深層走向淺表的。

通俗小說追求娛樂效果，古代已有不少人認識到這一特徵，並且希望通過強調一特徵及其價值，然而，這一努力並未能給通俗小說爭取到理想的生活空間。因此，小說為了要在詩文統治著的文學殿堂取得一席之地，也只有首先抬高它的教化功能。

通俗小說歷史地位低下，既要生存，不能不舉起教化的旗幟；既要發展，又不能不掙脫教化的束縛，於是就選擇了與教化相近但又不盡相同的「勸善懲惡」說作為自己的價值標準。

歷史上通俗小說為了抬高自己創作的價值，評論者也為了提升通俗小說的地位，將通俗小說作品與正史比附，這樣就將史學的史鑒功能移借過來，並與認識功能、勸懲功能混用，因此史鑒功能的界限是模糊不清的，但基本作用還是以古鑒今。

總之，勸懲論是通俗小說的基本理論之一，在歷史上是奉為通俗小說的一面旗幟，如果不舉起這面旗幟，就沒有中國通俗小說的合法存在，也沒有它閃耀於文學殿堂的爍爍光彩。這是中國通俗小說區別於外國小說的顯明特徵。

（三）題材上的通俗化

對於小說來說，在題材選擇上確實存在著通俗化的共同傾向。一般說來，小說家往往選擇歷史、情愛、俠義、公案、神魔等等作為題

材，這些題材本身就具有某種傳奇色彩，正是這一特點，使得它們同其他題材相比較起來更能引起讀者的閱讀興趣，在藝術處理上也更容易被情緒化、戲劇化。

　　所謂題材通俗化，即是指其題材有奇趣而瑣屑的特色。

　　小說的題材雖說是偏重於歷史和現實，但由於通俗小說追求奇趣，以奇為美，「人不奇不傳，事不奇不傳，其人其事俱奇，無奇文演說之亦不傳」（見寄生氏〈爭春園〉序）。這種的人、事皆屬生活中偶見的、特殊的、曲折的、新奇的素材。可知「奇」是通俗小說的共同特徵。「奇」，最早是指「博采神仙之事」而言；同時也肯定「好奇」是人們的一種普遍。「奇」為「志怪」、「傳奇」爭取立足點。

　　明朝李贄曾認為新奇是產生於對普遍平常的事物、生活的一種體驗，因此，「新奇正在於平常」。他於《焚書》〈復耿侗老書〉一文有云：

> 世人厭平常而喜新奇，不知言天下之至新奇，莫過於平常也。日月常而千古新奇，布帛菽粟常而寒能暖，飢能飽，又何其奇也！是神奇正在於平常，世人不察，反於平常之外覓新奇，是豈得謂之新奇乎？（《焚書、續焚書》，見漢京文化公司，頁60）

　　通俗小說以「奇人」、「奇事」來取得奇趣的效果，而其奇亦皆不離瑣屑的俗。通俗小說在內容上不是「言志」、「言王政之由廢興也」等等。也就是說，並非傳達文人的胸中大志、反映國家廢興之大事，也不是表現文人對象、政治、人生、道德等的思想傾向。而是寫男女之豔情、民間英雄形象以及其他俗人俗情俗事，羅浮居士於〈蜃樓志序〉裡曾對通俗小說題材的特點有說明，其文云：

小說者何，別乎大言言之也，一言乎小，則凡天經地義，治國治民，與夫漢儒之羽翼經傳，宋儒之正心誠意，概勿講焉。一言乎說，則凡遷固之瑰瑋博麗，子雲相如之異曲同工，與夫豔富、辨裁、清婉之殊料，宗經、原道、辨騷之異制，概勿道焉。其事為家人父子日用飲食往來酬酢之細故，是以謂之小，其辭為一方一隅男女瑣碎之閑談，是以謂之說。然則，最淺易、最明白者，乃小說正宗也。世之小說家多矣。（見《歷代小說序跋選注》，文鏡文化事業有限公司，頁355）

把小說的題材限於「家人父子日用飲食」等的日常世俗生活，當然是片面的，但是這種日常世俗生活的題材卻極少在詩歌、古文中出現。又謝肇淛在〈金瓶梅跋〉中，也論及通俗小說的題材特點：

其中朝野之政務，官私之晉接，閨閫之媟語，市里之猥談，與夫勢交利合之態，心輸背笑之局，桑中濮上之期，尊罍枕席之語，驅駟之機械意志，粉黛之自媚爭妍，狎客之從臾逢迎，奴抬之稽唇淬語，竊竊境象，靡意快心。譬之範工搏泥，妍媸老少，人鬼萬殊，不徒肖其貌，且並其神傳之。信稗官之上乘。（同上，頁118）

這裡主要是談言情小說的題材特點，不過可以看出論者已經注重通俗小說反映世人的起居交際的瑣談碎事等等的「俗」事內容。

　　當然通俗小說也寫國事、寫王政、寫「英雄士氣豪傑壯談」，但是這類題材也已經「俗」化了。如帝王將相這種形象往往是民間英雄的化身，小說並不是要頌揚他們的政績，而是通過帝王將相的傳奇事蹟體現世俗讀者的英雄觀。

　　申言之，通俗小說寫民間之人事、寫民間之風尚、寫民間的情緒，總而言之，就是寫「俗」事。也由於通俗小說偏重於歷史和現實生活中偶見的、特徵的、曲折的、新奇的素材，選材面較窄，故而作品的情節和人物令人多有似曾相識之感的「程式化」傾向。

（四）表方式的通俗化

　　中國傳統文學以抒情寫景為「正」為「雅」，而小說是敘事文體，抒情寫景成分極少。詩文重意境，正是其最主要的「雅」性所在；小說重情節，也正是其最主要的「俗」性所在。寫意境與寫情節，在表達方式上自然有著明顯的差異。通俗小說要保存自己的「俗性」，就必須在表現形式上擁有自己的特色，避免過多的議論、抒情等非情節成分，更不能讓這些成分壓倒情節，導致情節的淡化。矛盾曾對通俗小說的表現形式作過較為合理的論述：

> 大眾能懂的形式，我認為是包含下列的原則的：1.從頭到底說下去，故事的轉彎抹角處都交代得清清楚楚；2.抓住一個主人翁，使故事以此主人翁為中心順序發展下去；3.多對話、多動作；故事的發展在對話中敘述。人物的性格，則用敘述的說明。（據《中國通俗小說理論綱要》，頁169引）

這種表達方式，是屬於線性思維，其特色是單純、初級的，它有序可循，情節發展，有始有終，符合兒童與中下階層的思維狀況。

　　申言之，小說的敘事俗性，在於情節。而具有較大密度的情節，亦即是通俗小說最重要的特點。因此，一般說來，通俗小說都是情節小說。這是一個比較明顯的文體特徵，是以，情節也就成為人們認識通俗小說的最初的切入點。

而情節則必以故事為體，「敷演」為用。

故事性是通俗小說的命。通俗小說給人看的就是故事，故事情節的曲折和引人入勝，是通俗小說在藝術上的重要特徵。因而，如何選擇題材、安排情節，使之跌宕多姿，富有戲劇性和吸引力，是通俗小說創作中關鍵之所在。羅燁在《醉翁談錄・舌耕敘引》中有云：

> 試將便眼之流傳，略為從頭而敷演。……敷演處有規模、有收拾。冷淡處提輟得有家數，熱鬧處敷演得越長久。（見〈新編醉翁談錄卷之一〉，新興書局《中國文學資料小叢書》第一輯，頁2-5）

所謂敷演，是指小說家通過想像虛構在歷史記載的基礎上進行大量的情節補充和生發，創造出委屈詳盡、環環相生的情節，從而吸引、感動讀者。早期通俗小說論者主要是通過情節這一因素把通俗小說（尤其是講史小說）同一般的歷史記載區別開來。所謂「有規模、有收拾」，是指情節的結構安排而言；「冷淡處」、「熱鬧處」，是指情節敘述節奏而言，包含了對作品情節高潮的認識。

總之，通俗小說的故事情節要求能夠調動讀者情緒體驗的強度、密度和複雜度。故通俗小說安排情節特別注重有段落性，經常是獨立成章，一個矛盾解決，又引出新的懸念，但大多在主線上是連貫的，不允許對主線有大游離，或離而不返，從而使故事波瀾迭起，環環相扣。

曲折、奇巧、連貫，是通俗小說安排情節的藝術要求，懸念、驚奇、滿足，是通俗小說中通用的情節結構規律和文藝心理秘訣。

通俗小說為了追求情節的曲折，往往忽視人物的形象性，而追求故事的奇巧與可信。一般都有極尖銳對立的矛盾衝擊，有矛盾衝擊的

起因、發展、激化、高潮和解決的一般規律，主要人物和主要事件都有頭有尾，都有結束性交代，即是所謂程式化的結局，尤其是清官冤獄程式、才子佳人的大團圓程式。所以，傳統小說的故事，皆依時間順序推演，很少對時空進行切割或重組。一般說來，其情節多具有完整性、首尾呼應性和結局的封閉性，而其情節建構，要皆以巧合或偶然性為主。

六　結論

綜觀以上各節所述，並非強調或認為兒童文學是屬於通俗文學；而只是在說明通俗文學（尤其是通俗小說）的基本內涵與本質特徵。這種基本內涵與本質特徵，又是我國自古相傳的文化體系的規範下發展成長的，它必然具有不同於西方小說的特點。

在我國新時代兒童文學的發展上，早期緣於通俗教育的需要與重視，曾有段黃金時代，其中，通俗小說對童話的影響最為顯著。

一九○九年，由孫毓修主持創辦的《童話》叢書出版，這是我國童話史上的一件大事。

孫毓修，一八六二年生，字星如，又名留庵，別號東吳舊孫，江蘇無錫人。早年就讀於無錫南菁書院，具有紮實的國學基礎，後隨美國教堂牧師學過英語，又從謬荃孫學過圖書版本學。不久就成為商務印書館編譯所高級館員，一九○九年調到館內國教部創辦《童話》叢書。從此，「童話」一詞初見於我國，孫毓修有首創之功。

《童話》叢書共三集，計一百零二冊書。一九○九年至一九一九年，出版了由孫毓修主編的初集和二集，共九十冊，其中孫毓修編寫十七冊。一九二一年，經茅盾推薦鄭振鐸主編出版了第三集，共四冊。初集係為七至八歲兒童所編，每篇字數約五千；二集則為十至十

一歲兒童所編，每篇字數約一萬左右。在編寫過程中，孫毓修曾請一些兒童先閱讀，而後據其反應進行修改。

孫毓修在《童話》初集廣告中，清楚闡述了自己對童話的見解：「故東西各國特編小說為童子之用，欲以啟發知識，涵養性情，是書以淺明之文字，敘奇詭之情節，並多附圖畫，以助興趣，雖語言滑稽，然寓意所在軌於遠，童子閱之足以增長德智。」（見《少年》，1911年創刊號）說明童話的對象是兒童，童話有小說的特點，用特別的語言和幻想的情節，具有增長德智的功能。從這段闡述中，可見孫毓修對童話的理解基本正確，只是未能將童話與小說區別清楚。在《童話》序中，孫毓修宣布了這套叢書的宗旨、內涵和目標：「吾國之舊小說，既不足為學問之助，乃刺取舊事，與歐美諸國之所流行者，成童話若干集，集分若干編，意欲假此以為群學之先導，後生之良友，不僅小道可觀而已。」（見《教育雜誌》，1909年，一卷二期。）大有可創之意，指出童話與中國舊小說不同，它將成為孩子的良友、成為教育的輔助，它的內容主要包括對中國故事的改編和外國童話的譯述。

孫毓修在當時，對童話的作用、特點、題材所作的努力是非常可貴的，他為日後的童話的發展，開闢了一條道路；我們後來者就是沿著孫毓修當時所開闢的道路走過來的。

從內容上看，《童話》更像兒童文學叢書，作品或者經過譯寫，或者經過改編，沒有創作。更確切地說，「童話」雖然樹起了童話的旗幟，但它只是我國第一部包括大量童話的現代兒童文學的讀物，從整體上看，《童話》當然還沒有像〈稻草人〉那樣開闢出一條與中國現實緊密結合的創作道路；尚處在發掘中國古代典籍、編譯外國兒童文學作品的階段。但是它擁有廣泛的小讀者，它的集中性、連續性、系統性，規模之大，持續之久，篇目之多，都是前所未有的。它在辛亥革命時期的新文化啟蒙運動中產生，最後匯入五四時期「兒童文學

運動」的洪流，從而把童話的旗幟，也把兒童文學的旗幟牢牢地樹立
在中國。

在葉聖陶的劃時代的現代創作童話出現之前，從辛亥革命到五四
運動這一段歷史時期內，一百零二冊的《童話》幾乎就是中國兒童文
學的全部了，它填補了這段歷史時期的兒童文學的空白，成為當時兒
童的主要精神食糧，被譽為「中國兒童的唯一思物和好伴侶」。「童
話」在移植外國優秀的兒童文學和發掘中國古籍中可供兒童閱讀的材
料方面，很有成效，為現代兒童文學創作提供了有價值的借鑒，從中
國兒童文學史的角度來看，《童話》的出現，極為必要，它是由晚清
勃起的近代兒童文學過渡到類似以〈稻草人〉為標誌的現代兒童文學
的橋樑作用，是中國兒童文學發展過程中極重要的一環。

而本文要特別說明的是《童話》與通俗小說之間的關係。孫毓修
一九〇九年宣統元年二月〈童話序〉有云：

> 教科書以應學校之需，顧教科書之體，宜作莊語，諧語則不
> 典；宜作文言，俚語則不雅；典與雅非兒童之所喜也。故以明
> 師在前，保母在後，且又鰓鰓焉虞其不學，欲其家居之日，遊
> 戲之餘，仍與莊嚴之教科書相對，固以難矣，即復於校外強
> 之，亦恐非兒童之腦力所能任。至於荒唐無稽之小說，固父兄
> 之所深戒，達人之所痛惡者，識字之兒童則甘之如寢食，秘之
> 於篋笥，縱威之以夏楚，亦仍陽奉而陰違之，決勿甘棄其鴻寶
> 焉。蓋小說之所言者，皆本於人情，忠於世故，又往往故作奇
> 詭，以聳聽聞，其辭也，淺而不文，率而不迂，固不特兒童喜
> 之，而兒童為尤甚。西哲有言，兒童之愛聽故事，自天然而
> 然，誠知言哉。歐美人之研究此事者，知理想過高，卷帙過繁
> 之說部書，不盡兒童之程度也，乃推本其心理之所宜，而盛作

兒童小說以迎之，說書雖多怪誕而要軌於正，則使聞者不懈而幾於道，其感人之速，行事之遠，反倍於教科書，附庸之部蔚為大國，此之謂歟。即未嘗問字之兒童，其父母亦樂購此書，燈前茶後，兒女團坐，為之照本風誦，聽者已如坐狙邱而議稷下，誠家庭之樂事也。吾國之舊小說，既不足為學問之助，乃刺取舊事，與歐美諸國之所流行者，成童話若干集，集分若干編，意欲假此以為群學之先導，後生之良友，不僅小道可觀而已。書中所述，以寓言、述事、科學三類為多：假物託事，言近旨遠，其辭則婦孺知之，其理則聖人有所不能盡，此寓言之用也；里巷瑣事，而或史策陳言、傳信、傳疑，事皆可觀，聞者足戒，此述事之用也。鳥獸草木之奇，風雨水火之用，亦假伊索之體以為稗官之料，此科學之用也。神話幽怪之談，易啟人疑，今皆不錄。文寫之淺深，卷帙之多寡，隨集而異，蓋隨兒童之進步以為吾書之進步焉，並加以圖畫，以益其趣。每成一編，輒質諸長樂。（據商務印書館景印本《教育雜誌》第一年第二期，頁9-10引）

　　孫毓修在編寫這些作品的時候，很注意文筆的樸實，於是他用白話寫作。並且，他的故事完全是中國的，即使是外國故事，他也要把它寫成適合中國閱讀習慣的作品。他認為「童話的對象是兒童」，一定要使兒童能夠閱讀，兒童感到興趣。所以，他每寫完一篇作品，總要請一位同事，帶回家去，讓那些十來歲的兒童讀過，然後根據兒童的反應作刪改。

　　他為了使兒童能理解這些童話，在每篇童話之前，都按宋元評話本的格式，寫一段楔子、評話。後來，一些童話作者都效仿他這一作法，可見影響之大。

　　申言之，通俗小說對「童話」的影響，似乎是以形式上的語言之通俗化最為顯著，而語言之通俗雖是通俗小說的重要特徵，但不是主要特徵。或許仍有「情節因素」、「道德倫理」等本質特徵，可作為兒童文學故事體的借鏡。個人認為在兒童文學形態之中，不應存在著雅文學和俗文學的分野局面，在它的兒童美學的範疇中，本就含有一種前審美與通俗性相貫通的本質狀態。

　　兒童文學可以通俗，但它不是通俗文學。或許有人認為兒童文學本應該就是通俗文學，並且認為它是今後賴以生存的出路，班馬於《中國兒童文學理論批評與構想》一書裡認為這種觀念其思考來源有四：

> 1 是對兒童文學進行審美價值探索的厭倦。
> 2 是異常強化了兒童讀者至上的注意力。
> 3 是內心中適意於「兒童水平」的創作。
> 4 是反對兒童文學走向「純文學」的道路。（頁112）

　　班氏很不同意前面三點的思考，但完全贊同第四點的見解。他的理由是兒童文學是屬於一種前審美的本質狀態，不允許它存在純文學的追求。他說：

> 我認為正是在這一點上，可區分出通俗文學的存在方式對成人文學和兒童文學所產生出的不同效應，可見出前提的不同。也就是說，成人文學勢必要出現雅文學與俗文學的分明，並在互補中得以共存，但對「通俗」文學需求的新生讀者層和「通俗」的文學趣味這些現象，卻對兒童文學並沒構成一種有如成人文學所面臨的那種新挑戰。

因為可以見出，在通俗文學興起的現象底層，活躍著一個「大眾的」概念。這是「通俗」得以興盛的原因，新興讀者層和新興文學趣味便正是以「大眾」的形態出現，成為了「通俗」的內在含意。文學讀者在活躍的、流動的商品社會中向著低文化程度的大眾層面擴展；文學趣味則隨這大眾讀者的本身素養、商販旅途的需求、自由本性的復甦以及競爭社會所派生出消遣、閒適心理，改變成了非審美層次精神追求的大眾口味。

文學也借此回歸了它眾層面形態之中的其中一層的位置，也許也就顯露了它並非整個兒神聖偉大和精神性的面貌，對「大眾」來說，文學就該同酒、飲料等等一類的東西一樣，有這種功能就很令滿意了。

然而，以上這兩點讀者和趣味向「大眾」擴展的改變，對兒童文學來說卻並不構成為一種新現象——這顯然是與它的讀者成分和閱讀功能相對恆定的特徵有關：少年兒童讀者群基本上總是一個有年齡界限的固定集團；他們的文學趣味雖然不可能高，但總帶有「學習」的內在衝動，而不是閒適和消遣性的。因而我認為兒童文學實際上並不存在「大眾」新概念的侵擾，沒有成人文學那種勢必在行的分化需要。對它通俗性的呼喚，只是它本身就應該具備的敘述技巧之一，而同那種「大眾」意義的通俗文學是不能同一而語的。

兒童文學敘述技巧的通俗性，是一個追求文學接受性的藝術手段。而且，它本來就是兒童美學本身所致力於探索的一種前審美的特殊表現形態。這一通俗性，它的更為確切的含意其實應該說是一種深入淺出、「形式挪前」、形趣在外、神思在內的意思；以當代文學來講，它也許還應有點寓言形態和類似後現代主義的色彩。它的高度發展，目前顯然尚未達到，但它的趨向

和實現，卻是一種高級形式的追求，是一種兒童美學意味下獨特的文學，即可讀而又悠遠，有如童話的神話的趣味。也就是說，它本應可成為一個不分雅文學和俗文學的獨特範疇，含有審美價值與暢銷價值的合一性。（對形式挪前、寓言形態和通俗性效應的問題，將在第四章作專門探討）

有追求的兒童文學通俗性，並不屈就於「大眾」和「兒童水平」的標準。同時，它也清醒地不去走向純文學的孤高幻境。（同上，頁112-114）

申言之，班氏所謂的「前審美的本質狀態」，是個頗為廣泛的用詞。我們了解兒童審美發展有其特殊內涵。我們認為，幾乎所有的兒童都具有審美發展的可能性；這種可能性是兒童向世界開放過程中轉為現實的；心理學的研究成果表明，至少有三種因素參與了這一動態過程：即：

1　審美需要
2　知覺的選擇性
3　知覺的簡化傾向（見樊美筠《兒童的審美發展》，頁21）

樊美筠於《兒童的審美發展》一書裡，認為兒童的審美發展可以分為三個階段。

第一階段是前審美時期，它包括人的乳兒期和嬰兒期，即〇至三歲。

第二階段是審美萌芽時期，它包括學前期與學齡初期，即四至十二歲。這一階段的兒童主導活動是遊戲。

第三階段是審美感興能力的形成時期，包括少年與青年時期，即十三至十八歲左右。（同上，詳見頁46-73）

　　兒童的審美發展是一個豐富的命運。而「審美感興能力的形成」是兒童審美發展的基本內涵。又所謂審美感興能力的形成包括三方面：

　　1 審美態度的形成。
　　2 審美直覺感受力的形成。
　　3 審美趣味的形成。（同上，頁21）

　　最後，再引班馬〈線性思維與兒童文學通俗性〉一段作為本文的結束，其文云：

　　　　我以為，「故事」的功能對兒童文學的敘述技巧來說，大概是永遠無法丟棄的。因為，正是「故事」的線性思維方式在很大程度上正完全對應著兒童讀者的閱讀接受方式。線性思維是單純的、初級的，它有序可循，發展纏繞，有始有終，符合兒童思維狀況。

　　　　而更值得我們注意的，則是在兒童審美心理上的內容，那就是線性思維的方式極有利於兒童讀者的閱讀「體驗」特點。兒童讀者對文學（文字、聲音或圖像等符號）的接受機制，十分明顯地呈現出是一種化作視覺形象並進入心理動作的具體操作體驗，這與遊戲和戲劇的扮演之間有極內在的聯繫，他們在內心體驗中傾向著一種連續的、形象的「活動」。

　　　　所以他們特別容易進入線索性發展的、正常的時空、過程中的「體驗」。而一切非線性化的藝術，則都是以「表現」為特點，具有表現派特徵的一些藝術形式，「現實不再被人認為是一種可供觀察和符合邏輯的東西，是一種現成地等待著藝術模仿的東西。它現在被理解為一種結構，傳達的是一種意義，而

不是存在的外表。」（威廉・菲利浦斯）而這對兒童時期的接受方式來講，是生澀和困難的，尤為關鍵的是——喪失了兒童閱讀對本應所特有的遊戲性快感。

一旦對時、空不斷地進行切割、重組，則喪失了閱讀時線性思維的流暢、輕鬆和曲伏，也片刻中喪失了進入體驗的忘我狀態，更不可能達到幻化。而取而代之的是對結構安排的意圖思考，是對時、空顛倒的主觀整理，是對間離效果的思路休止——這種理性思辨的特色，也許並非有利於兒童審美的特點。

遊戲性快感似更能說明兒童接受文學時那種極欲置身其中的忘我狀態。不過多費用腦筋地體驗著一番形象的歷程，甘心於讓線索的發展將自己帶到另一個精神天地中去，如同遊戲扮演一樣，從而在想像中獲得一種閱讀快感，兒童閱讀時的「有勁」，仍同「玩」有著暗暗的牽扯。

顯然，這種線性思維的閱讀快感，與通俗文學的特點較明顯地聯繫了起來。擅長於故事線索的纏繞，時空流程的流暢，描繪上的親歷性，不過多費用腦筋，很少理性思辨的一片體驗世界——通俗文學正由於具有這一些敘述方法上的現象，竟使得它確實對少年兒童讀者產生了非同小可的強烈吸引。

但是，我認為這決不意味著兒童文學就可納入通俗文學的軌道。雖然它們有著不少相通之處，如在讀者的水平層次上，在想像的投射上，甚至在內容傾向上，以及在上述的敘述方式上，確實都存在著可比的啟示，然而兒童文學無論在出發點上還是在藝術上，都具有與一般通俗文學所追求的目標相比很為不同的地方，重要的有如：兒童文學的精神是「入世」的傾向，而一般通俗文學在審美效應上不能不說是一種「遁世」的傾向；通俗文學完全取一種大眾藝術的形式，而兒童文學的藝

術形態中還具有著神話原型、寓言意味等等的類似後現代主義的文學性發展。對此，我們將在本書第四章加以表述。

但線性思維敘述方式的這一通俗性，卻是兒童文學針對兒童讀者閱讀狀態所不可不加以作出關注的。

其實，通俗筆法、以及線性思維的藝術方法也是可作出現代發展的，而且也已開始納入當代文學的藝術追求之中——例如將線性纏繞進「迷宮」；將流程導引向「魔幻」；從完整的始末循環中透露出「象徵」；從亂真的體驗世界中動用「紀實」……，無一不標誌著很高的文學技巧。（以上見《中國兒童文學理論批評與構想》，頁55-58）（1993年2月）

參考書目

一

《五十年來的中國俗文學》　婁子匡、朱介民合著　臺北市：正中書局　1963年8月

《中國小說發達史》　譚嘉定著　臺北市：啟業書局　1973年3月

《中國俗文學史》　西諦著　臺南市：粹文堂書局　1974年1月

《俗講說話與白話小說》　孫楷第著　高雄市：河洛圖書出版社　1978年5月

《宋元明講唱文學》　葉德均著　高雄市：河洛圖書出版社　1978年5月

《中國小說史初稿》　秦孟瀟編　高雄市：河洛圖書出版社　1978年5月

《明清小說講話》　吳雙翼著　高雄市：河洛圖書出版社　1978年
　　12月

《說俗文學》　曾永義著　臺北市：聯經出版公司　1980年4月

《中國小說史集稿》　馬幼垣著　臺北市：時報出版公司　1980年6月

《中國小說史》　郭箴一著　臺北市：臺灣商務印書館　1981年3月
　　臺七版

《話本小說概論》　胡士瑩著　臺北市：丹青圖書有限公司　1983年
　　5月

《中國小說史》　范煙橋著　臺北縣：漢京文化公司　1983年9月

《中國通俗小說書目》　孫楷第著　臺北市：廣雅出版有限公司
　　1983年10月

《中國古代戲劇史初稿》　唐文標著　臺北市：聯經出版公司　1984
　　年5月

《中國小說史論集》　龔鵬程、張火慶著　臺北市：臺灣學生書局
　　1984年6月

《歷代小說序跋選注》　臺北市：文鏡文化事業有限公司　1984年6月

《中國古典小說藝術欣賞》　賈文昭、徐召勛著　臺北市：里仁書局
　　1984年8月

《漢學論文集第三集（晚清小說討論會專號）》　政治大學中文系所
　　主編　臺北市：文史哲出版社　1984年12月

《中國文學史的小說傳統》　西諦著　臺北市：木鐸出版社　1985年
　　9月

《中國小說史（上下）》　孟瑤　臺北縣：傳記文學雜誌社　1986年1
　　月新版

《晚清小說理論研究》　康來新著　臺北市：大安出版社　1986年6月

《中國古代小說史》　宋浩慶等編著　臺北市：木鐸出版社　1987年
　　8月

《晚清小說理論研究》　林明德編　臺北市：聯經出版公司　1988年
　　3月

《晚清文學叢鈔（小說戲曲研究卷）》　梁啟超等著　臺北市：新文
　　豐出版社公司　1989年4月

《中國古代神話》　陳天水著　臺北市：國文天地雜誌社　1990年3月

《先秦寓言》　劉燦著　臺北市：國文天地雜誌社　1990年3月

《魏晉南北朝小說》　劉葉秋著　臺北市：國文天地雜誌社　1990年
　　9月

《唐人傳奇》　吳志遠著　臺北市：國文天地雜誌社　1990年9月

《晚清小說》　時萌著　臺北市：國文天地雜誌社　1990年9月

《二○○中國通俗小說述要》　吳倫著　臺北縣：漢欣出版公司
　　1990年9月

《中國小說史略》　魯迅著　臺北市：風雲時代出版公司　1990年
　　11月

《中國古典小說美學資料匯粹》　孫遜、孫菊園編　臺北市：大安出
　　版社　1991年1月

《幻想和寄託的國度——志怪傳奇新編》　俞汝捷著　臺北縣：淑馨
　　出版社　1991年4月

《流行天下——當代臺灣通俗文學論》　孟樊、林耀德編　臺北市：
　　時報文化出版公司　1992年1月

《中國通俗小說理論綱要》　周啟志主編　臺北市：文津出版社
　　1992年3月

《晚清文學思想論》　李瑞騰著　臺北市：漢光文化公司　1992年6月

《歷代筆記概述》　臺北市：木鐸出版社

《晚清小說史》　阿英著　臺北市：臺灣中華書局

二

《民間文學概論》　烏丙安著　瀋陽市：春風文藝出版社　1980年
　　　11月

《晚清兒童文學鉤沉》　胡從經著　上海市：少年兒童出版社　1982
　　　年4月

《中國民間文學概要》　段寶林著　北京市：北京大學出版社　1985
　　　年10月

《童話學》　洪汛濤著　合肥市：安徽少年兒童出版社　1986年12月

《俗文學論》　中國俗文學學會編　哈爾濱市：黑龍江人民出版社
　　　1987年9月

《現代兒童文學的先驅》　王泉根著　上海市：上海文藝出版社
　　　1987年9月

《二十世紀中國小說理論資料（第一卷1897-1916）》　陳平原、夏曉
　　　虹編　北京市：北京大學出版社　1989年3月

《二十世紀中國小說史（第壹卷1897-1916）》　陳平原　北京市：北
　　　京大學出版社　1989年12月

《中國百話小說史》　（美）韓南著　尹慧譯　杭州市：浙江古籍出
　　　版社　1989月

《中國兒童文學理論批評與構想》　班馬著　石家莊市：河北少年兒
　　　童出版社　1990年2月

《通俗文學概論》　陳必祥主編　杭州市：杭州大學出版社　1991年
　　　5月

《中國小說美學論稿》　吳士余著　上海市：三聯書店上海分店
　　　1991年9月

《中國童話史》　金燕玉著　南京市：江蘇少年兒童出版社　1992年
　　　7月

三

《中國近代思想史論》　王爾敏著　臺北市：華世出版社　1978年4月

《五四運動史》　周策縱著，楊默夫譯　臺北市：龍田出版社　1980
　　年5月

《雅俗之間》　Herbert J. Gans 著　韓玉蘭、黃絹絹譯　臺北市：允
　　晨文化公司　1984年4月

《新文化運動（中國近代現代史論集第二十二編）》　中國文化運動
　　推行委員會編　臺北市：臺灣商務印書館　1986年6月

《兒童的審美發展》　樊美筠著　臺北縣：愛的世界出版社　1990年
　　8月

《歷史講演集》　張玉法著　臺北市：東大圖書公司　1992年9月

　　——本文原載《東師語文學刊》第九期（1996年6月），頁147-210。

可圈可點的胡說八道，入情入理的荒誕無稽

——釋童話

「童話」是兒童文學作品中的一個文類。

「童話」的語源，一般研究者都相信來自日本。

日本裡的「童話」，泛指一般的兒童故事，甚至泛指一切故事體的兒童文學作品。日本人以「童話」來翻譯英文裡的「fairy tales」。

中文也以「童話」兩個字翻譯英文的「fairy tales」、德文的「marchen」。「fairy tales」是小仙子故事，「marchen」是民間傳說。兩者與現代童話的性質不同。

「現代童話」，英語國家稱為「modern fantasy」，意思是指富想像趣味的現代童話故事。

現代兒童文學的「童話」，起源於德國格林兄弟為童話而寫的生動有趣的民間故事。為孩子寫的民間故事，是「童話」的原始含義。這個含義，為安徒生所突破，安徒生也為孩子寫丹麥的民間故事，但是後來卻寫出了自己的「創作」，那些創作的「新故事」，都是民間故事裡所沒有的，純粹是他個人的創作。這些「新故事」，一度被稱為「文學的民間故事」。所謂「文學的」，意思是指「創作的」。

安徒生的「新故事」出現後，「童話」有了新的發展。為了方便，我們稱安徒生以前，為兒童寫的民間故事為「古典童話」，亦即「fairy tales」；安徒生以後，為兒童寫的創作故事稱為「現代童話」，

亦即「modern fantasy」。安徒生被稱為「童話之父」。「童話之父」裡的「童話」，指的就是「現代童話」。

童話的發展，大體上經過三個階段：

第一個階段：口頭流傳階段，是童話的萌生階段。將適合於少年、兒童的口頭流傳的神話、傳說、民間故事等借用過來，用口頭加工的形式，講述給孩子們聽，這就是最初的口頭童話故事。

第二階段：記載、收集、整理的階段，是童話的形成階段。將口頭流傳於民間的童話，用文字形式記載下來，有的分散在歷代典籍裡，有的經過收集整理，成為可供少年、兒童閱讀的童話故事。

第三個階段：改編、創作階段，是童話的成熟階段。作家自覺地為兒童改編民間童話，進而發揮個人的自由想像，創作出嶄新的童話，童話成為獨立的兒童文學體裁。

在童話發展的三個階段，分別出現了三種童話：

第一個階段出現民間童話。

第二個階段出現的是古代童話。

第三個階段出現的則是創作童話。

前面兩個階段的童話，有人稱之為古典童話。第三個階段的創作童話，就是現代童話，以有別於古代童話；也有人稱之為文學童話、藝術童話，以有別於民間童話。現代童話包括成人自覺地意識到為少年、兒童創作的童話作品。由於現代童話是童話成熟階段的產物，具有完備的童話特徵，其數量與質都足以代表童話，已經完全可以與其他文學體裁區分開來。

所謂現代童話，用現代的觀點來說，即是指專為兒童設計的一種超越時空的想像性故事。這種想像性的故事，它的藝術特點在於「異常性」，它是以想像、誇張、擬人、假設為表現的特徵。它的想像來源是生活，而又超越生活，還能遙望未來。一般說來，我們把這種為

兒童設計的想像性故事，也就是像安徒生那樣寫法的故事叫作「童話」。

　　大陸版《童話辭典》的「童話」定義是：

> 兒童文學特有的體裁，供少年兒童閱讀的幻想性敘事文學，具備人物、事件、環境三要素，利用魔法和寶物，運用神化、擬人、擬物、變形、怪誕、誇張、象徵等手法，去塑造超自然的形象，具有異常和神奇的審美特徵，故事性強，富於兒童情趣。童話藝術的基礎是少年兒童的想像力，同少年兒童喜歡幻想、相信假定的心理特徵相一致。童話適合於少年兒童的閱讀能力和審美趣味，用少年兒童所喜聞樂見的語言虛構饒有趣味的幻想故事，童話通過幻想塑造形象，不是直接地而是曲折地表現生活，反映生活，創造出虛構的幻想世界。童話具有幻想性、現實性、假定性、情感性、正義性、民族性。（見張美妮主編，黑龍江少年兒童出版社，1989年9月，頁1。）

　　而林良於〈談童話〉一文裡，認為「現代童話」都含有幾項共同的性質：

1　個人的創作。
2　重視創意的想像。
3　角色選擇的無限自由。
4　洋溢著善良的人性。
5　具有兒童所能感受的趣味。（見臺東師院語教系《東師語文學刊》第三期，1990年5月，頁201。）

　　對於「童話」範疇的界定，有廣義、狹義之分。廣義的界定是採取較寬廣的認定，也就是把「童話」用來泛指一般的兒童故事，如此的認定，則童話之於寓言、民間故事、小說……等各類兒童故事，不是同位階的不同文類，而是各類兒童故事的統稱，此種廣義的童話，事實上已不是單純的一種文類。這種把童話等同兒童故事的廣義範疇用法，雖然為一些人所採取，卻不為兒童文學理論研究者及大多數童話創作者所認同。

　　為兒童文學研究者及大多數創作者所認定的童話範疇，是狹義的定義。通常是指較為荒誕的超現實兒童故事，是單純的一種兒童文學文類。它跟寫實的兒童故事、寓言、神話、小說不同。它的故事情境通常涉及人類現實世界以外的其他世界。在範疇上，它包括古典童話（含民間童話、古代童話）與現代童話。而本文所要討論的童話，也就是這種定位為文類的童話，它的範疇包括古典童話和現代童話。

　　基於上述童話範疇的認定，童話的內涵可化約為四方面，也就是四個基本構成要素：兒童、故事、趣味、想像。兒童是指童話主要閱讀對象為兒童；故事是指體裁上童話是屬散文故事體；趣味是指童話的閱讀心理需求；然而給兒童看的有趣的故事類型太多，哪些才能歸為童話呢？這就涉及童話用以跟其他故事文類相區隔的童話特質。此一能使得童話跟其他故事區別開來的質素就是「想像」，它是童話最重要的構成質素，也是西洋現代童話的命名精義所在，可說就是古典童話、現代童話所共具的特質。想像也有人稱之為「幻想」。

　　既然「想像」是童話的最重要構成質素，同時也是童話的特質所在，那「想像」指的又是什麼呢？洪文瓊在〈童話的特質和功能〉一文裡，曾有一段精闢的論述：

　　　童話作家巧思妙手所要致力描繪的幻想世界，就是「超自然」

或包含有「非自然」、「非真實」要素的世界。也即童話作家的「幻想」是表現在「超自然」或「非自然」、「非真實」的事件或人物的營造上。而童話作家營造他的幻想世界或者說表現他的幻想手法，則是樣式繁多。在情境上，他可以創造一全新的世界，也可以只改變現實世界的一部分；在人物的安排塑造上，他可以把有生命的動物、植物或無生命的物品加以擬人化，也可以是道地的現實人物；在情境與人物的組合上，可以是現實人物與超自然界或非現實世界的組合，也可以是非現實人物與現實世界或超自然世界的組合，當然也可以純是超人與超自然界的組合或非現實人物與非現實世界的組合；在事件的選取上，可以是現實生活裡的一般事物，也可以是非現實生活的一些怪誕不經的事物。但值得注意的，「幻想」並不是毫無章法，作家一旦創造了他的「幻想世界」，他就必須受該世界運作邏輯的限制，不合作家自建世界的邏輯，是技巧拙劣的幻想。換句話說，那是不被允許，也是高明作家所不會有的。

從上述的這些情況，可知對於童話中的「幻想」，確實不易給它一個具體的描述。這也難怪西洋的一些評論家或作家，常喜歡用不同的詞彙來描述幻想，這些詞彙常見的有：想像的（imaginative）、怪誕的（fanciful）、夢幻的（visionary）、奇異的（strange）、他世界的（other worldly）——他世界是指相對於人類自身生存的本世界（the primary world 而言）、超自然的（supernatural）、神秘的（mysterious）、魔幻的（magical）、無法解釋的（inexplicable），以及唬人的（frightening）、神奇的（wonderous）、似夢的（dreamlike）等等。或許從這些用詞，我們也可更進一步了解童話的「幻想」特質。（見中華民國兒童文學學會《認識童話》，1992年11月，頁8-9。）

　　我們確信「想像（或幻想）」正是童話的特質。然而，質言之，任何一種文學或藝術品，必然是一件創造品，因為它通過了文學家或藝術家的想像的緣故。姚一葦於〈論想像〉一文中說：

> 想像力乃是一個藝術家必須具備的最基本的能力。一個藝術家對於他所企圖表現的事物必先具有一個完整的想像，然後才能將這一想像表現出來，所以想像在先，表現在後。沒有想像或缺乏想像力的最多只能是一個工匠，永遠與藝術無緣；因為表現不是依樣畫葫蘆，而是藝術家獨有的想像力的具現；脫離了想像便沒有藝術。（見臺灣開明書局《藝術的奧祕》，1968年2月，頁20。）

　　申言之，怎樣的想像才是童話？金燕玉於〈童話三題：一、童話的特徵〉一文中說：

> 童話是幻想的產物，它的根本特徵是表現超自然的力量，超人間的存在，可以不受現實性與可能性的規範……
> 我們把這種超自然的力量和超人間的存在稱為「異常」的藝術要素，只要在環境背景、人物形象、故事情節中任何一個方面，或者兩方面，或者三個方面存在著這種異常性，就會構成童話。（見《兒童文學初探》，花城出版社，1985年5月，頁67。）

　　金燕玉指明童話的特徵就是「異常性」。這種不受現實性與可能性規範的童話，是「異常」於日常的生活，且自成為一個世界，在這個世界裡，它能從現實世界裡獲得「自由」。這種釋放的「自由」，正

是「童話世界」的構成因素。林良於〈童話的特質〉一文裡，認為童話世界的建築物最常用的有五種積木：

第一種積木是「物我關係的混亂」。

第二種積木是「一切的一切都是人」。

第三種積木是「時空觀念的解體」。

第四種積木是「超自然主義」。

第五種積木是「誇張的『觀念人物』的塑造」。（以上詳見《童話研究專輯》，小學生雜誌社，1956年5月，頁7-34。）

我們可以說童話觀念的演變，是外延與內涵的互動。但其基本的特徵與區隔卻是在於「異常性」。這種「異常性」的童話，即是透過兒童的意識世界去審視現實世界，發現新的童話世界，再認真加以描繪。因為只有這樣，才不會使童話成為有限和定型，失去它的時代性和發展性。所謂要重新加以審視的現實世界，應該包括自然界，人間社會，經濟和現代科學的發展，新事物和新制度，新的生活方式。

在「異常性」的童話世界裡所呈現的是：

可圈可點的胡說八道；

入情入裡的荒誕無稽。

　　　　——本文原載《認識童話》（臺北市：天衛文化圖書公司，
　　　　　　　　　　　　　　　　1998年12月，頁12-25）。

臺東師範學院兒童讀物
研究中心介紹

一　前言

　　國內第一所兒童文學研究所在國立臺東師範學院設立已屆三年；三年來，東師兒童文學研究所背負著關心兒童文學研究人士的期望，兢兢業業為兒童文學研究工作播種，並朝「傳承兒童文學研究的經驗，與開拓兒童文學研究的領域，使成為臺灣地區兒童文學研究的中心，進而帶領華文世界兒童文學的風氣」（見1997年7月臺東師院兒童文學研究所〈一所研究所的成立〉，頁175。）的目標而努力。

　　在一路邁步向前的途中，這國內第一所，也是目前國內唯一的一所兒童文學研究所，除了大家的關注與期許，更有臺東師院兒童讀物研究中心亦步亦趨的相隨。東師兒童讀物研究中心或許不像兒童文學研究所那樣頂著閃亮耀眼的光環，但它確實在臺東師院發展兒童文學研究的歷程中扮演著重要角色，並為兒童文學研究所的設立催生。

二　設立的背景與組織編制

　　臺東師範學院語文教育系自一九八七年八月設系以來，即以「兒童文學」作為系發展的重心與特色，確立了兒童文學教學與研究的發展方向。研究與教學，不能沒有資料為後盾，為強固「兒童文學」的

發展，首任系主任林文寶先生在設系之初，即在有限的空間及經費
下，特闢兒童讀物資料圖書室，收藏各類兒童讀物出版品，期望為兒
童文學的推展，提供較完整的環境；當時囿於經費拮据，無法大量購
置相關圖書資料，於是向各界募書，舉凡出版社、兒童文學作家、師
院教師、縣市政府，都是邀募對象。

　　兒童讀物資料圖書室的設立，是一個起步。研究資料蒐集、保存
是持續的工作；為加強學術研究發展及推廣，有計畫的蒐集、保存及
整理相關的兒童讀物資料，語教系遂於一九九一年五月，向教育部提
出專款補助設立「兒童讀物研究中心」的申請，以期更加落實兒童讀
物資料的蒐集與研究，以及兒童文學相關推廣工作的推展。

　　兒童讀物研究中心的設立申請經過數次的公文往返[1]，終於一九
九一年七月，經教育部核准設立，成為臺東師院推動兒童文學研究的
基礎據點。

　　該中心為獨立單位，直屬校長。其組織編制，依中心組織規程：

　　第三條：本中心設資料、研究二組……
　　第四條：本中心置主任一人，由院長遴聘語文教育系副教授以
　　　　　　上專任教師兼任。各組置組長一人，組員、辦事員若
　　　　　　干人，由本院現有編制人員調兼之。並依發展需要，
　　　　　　得置研究員若干名，由本院其他學系專任教師中遴聘
　　　　　　兼之。

1　80.05.16.八十東師院語教字第910號函申請案，經教育部80.06.04.臺（80）高字第
　　27889號函復：有關申請案請依79.10.11.部頒之「大學校院設置研究中心審查要點」
　　辦理。臺東師院復於80.06.24.第二次報部申請（八十東師院語教字第1072號函），此
　　次的申請原則上不增加員額及經費編列。申請案於一九九一年七月八日奉教育部核
　　准（80.07.08.臺（80）高字第34925號函）。

　　設立之初，院長李保玉女士特聘任語文教育學系吳朝輝先生擔任中心主任，其下未配置專任工作人員，由語文教育學系助教兼辦中心行政庶務。其後，於一九九六年八月起，由語文教育學系洪文瓊先生接掌中心業務，任期三年；一九九八年八月起，由於整合資源，校方以系、所、中心合一為由，中心主任改由兒童文學研究所所長林文寶先生兼任之。

三　設立的宗旨與任務

　　兒童讀物研究中心是基於學術研究、發展及推廣的需要而設立，其設立的宗旨在於「加強國語文教育之研究與推廣，及建立本院語文教育系發展之特色」（參見附錄一「臺東師範學院兒童讀物研究中心組織規程」），而臺東師院語文教育系發展之特色，即為兒童文學。

　　同時為落實於工作，並於中心組織規程中明訂中心的任務為：

1 收集與整理中外有關語文、兒童讀物之資料（如我國歷代啟蒙教材、民國以來的國小教科書等）。
2 舉辦有關語文、兒童讀物活動。
3 從事有關語文、兒童讀物的專門研究。
4 定期舉辦有關語文、兒童讀物的學術研討會。
5 編輯及出版有關語文、兒童讀物等資料。
　（參見附錄一「臺東師範學院兒童讀物研究中心組織規程」）

　　隨著資訊科技的進步，電腦及網路的應用，成為學術研究不可或缺的工具；尤其是資料庫的建立與利用，一個好的、完備的資料庫，為學術研究帶來了很大的方便與助益。為因應時代潮流，兒童讀物研

究中自八十六學年起，將蒐集、彙整兒童讀物暨研究用參考論著資料，並建立網路兒童文學資料庫，列為重點任務工作，以支援兒童文學教學及研究工作。

四　努力的成果

中心設立後，即依上述目標任務實踐。九年來的努力，累積了些許的成果：

（一）資料的蒐集、整理

資料的蒐集、整理是中心的首要任務。設立之初，除添購圖書及延續募書外，並致函臺東縣各國小（81.01.13.八一東師院語教字第○一二八號函），請求提供早期國小國語課本及各類兒童讀物之研究著作，供典藏及研究，可惜後者反應不佳。

為擴大兒童讀物及研究論著、期刊的典藏數量，除請學校增加配購經費外，中心並於一九九六年十月二十二日正式向學校行政會議提出募書辦法，經會議通過，再次對外展開募書，以補不足。迄今，共募得中、外文童書、童刊及研究論著等萬餘冊。連同學校原有及增購的部分，藏書已逾兩萬冊。其中專業兒童文學期刊及英、日文等外文童書、童刊，更是全國其他大學院校所不能及。但囿於中心人力及空間，中心原則上不負責典藏、出納圖書，中心募得之圖書資料經展示後，移交圖書館，有關兒童讀物之典藏、出納，仍由學校圖書館統一負責；臺東師院圖書館五樓為兒童圖書專區。

隨著資訊科技的進步，電腦及網路成為必備的。一九九六年，洪文瓊先生接掌中心業務，有感於完善的資料檢索系統對研究的重要，以其對兒童文學及電腦的專長，將兒童文學網路資料庫的建置列為任

內的重點工作，預計完成後的兒童文學資料庫，共有十五子庫，外加一總索引庫；一九九七年，開始彙整資料，著手建立，但囿於人力與物力，採分年逐項建置的方式進行。首先進行的是兒童讀物暨研究用參考論著、期刊論文、碩博士論文、兒童文學獎、年度好書等五個子庫的整理建置，但由於經費所囿，一直未能對外開放。

（二）編輯年度書目

　　兒童文學年度出版書目的編輯整理是中心的另一項重點工作。早在一九八八年，林文寶先生應幼獅文化公司之邀，策畫編選一九四五至一九八七《兒童文學選集》五冊，並主編論述選集，整理出臺灣地區兒童文學論述譯著書目，且將此書目刊載於《東師語文學刊》，開啟了對兒童文學出版書目的整理工作；爾後，每年將一年中出版的兒童文學相關書籍，分為「兒童文學論述類」、「兒童文學創作類」、「語文類」三大類，依出版時間先後編入，建立年度出版書目，是兒童文學研究極佳的參考資料。一九九一年，兒童讀物研究中心設立後，承繼了年度書目的編輯工作。

（三）舉辦研討會

　　除資料蒐集、整理之外，為提高國內兒童文學研究水準，增進師生參與學術活動的熱忱，中心與語文教育學系、兒童文學研究所積極舉辦學術研討會：

1 八十學年度：一九九二年六月十九、二十日舉辦「少年小說學術研討會」，有林文寶〈師院兒童文學師資與課程之概況〉等十二篇論文。

2 八十二學年度：一九九四年六月二、三日舉辦「兒童文學教育學術研討會」，有林文寶〈我國兒童文學課程的演進〉等九篇論

文。並同時舉辦「第一屆師院生兒童文學創作獎頒獎典禮」。

3 八十三學年度：一九九五年五月二十五日、二十六日舉辦第二屆師院生兒童文學創作獎發表會。

4 八十四學年度：一九九六年五月二十九日、三十一舉辦第三屆師院生兒童文學創作獎發表會。

5 八十五學年度：一九九七年三月十三、十四日舉辦「兒童文學教育學術研討會」，有周慶華〈多元兒童文學與一元教育〉等八篇論文。

6 八十六學年度：一九九八年三月二十六日、二十七日舉辦「臺灣地區（1945年以來）現代童話學術研討會」，有洪淑苓〈臺灣童話作家的顛覆性格〉等十三篇論文。

7 八十七學年度：一九九九年五月二十六日至二十八日舉辦「臺灣地區兒童文學與國小語文教學研討會」，有楊茂秀等二十八人發表論文。

（四）舉辦徵文活動

師院生為兒童文學教育的尖兵，為落實理論教學，臺東師院也注重學生的創作風氣。為激勵學生創作，中心首先於一九九一年、一九九二年、一九九三年、一九九六年四度接受省立臺東社會教育館委託，承辦第五屆、第六屆、第七屆、第十屆的臺灣省東區兒童文學創作獎，及第十屆、第十一屆、第十二屆、第十五屆臺灣省東區青少年文藝創作獎。

其後，為鼓勵師院生創作兒童文學，發掘兒童文學創作新秀，語文教育系更於一九九三年向教育部申請設立師院生兒童文學創作獎，

旋即獲准[2]；兒童讀物研究中心與語文教育系於一九九四年共同承辦第一屆師院生兒童文學創作獎徵文及作品發表會，頗獲佳評。更於一九九五年、一九九六年，連續二年再度承辦第二屆、第三屆的師院生兒童文學創作獎徵文及作品發表會，為該項文學獎奠定了良好基礎。該項文學獎自第四屆起，已由各師院輪流承辦，其規模及方式，大致沿襲前三屆的模式。本項活動的開辦，對各師院的兒童文學發展及兒童文學創作人才的發掘，有極大的助益。有多位該獎的歷屆得獎者，畢業後都進入臺東師院兒童文學研究所就讀，成為兒童文學創作的尖兵。

（五）砂城兒文插畫創作展

有鑑於插畫在兒童讀物上的重要性，中心自一九九六年九月起，開始創辦砂城兒文插畫創作展，固定在每年十二月初展出及評選，鼓勵學生從事插畫創作。為配合插畫作品的展出，同時也舉辦有關插畫或圖畫書創作專題講座。插畫名家曹俊彥、洪義男、徐素霞、劉宗銘及兒童美術教育家鄭明進、黃宣勳、蘇振明等都曾應邀作專題演講。迄一九九八年，兒童讀物研究中心共辦理了三屆插畫創作展。

（六）專題討論會

為加強兒童讀物主題研討，兒童讀物研究中心於一九九六年八月至一九九九年七月間，每一學年度，選擇兒童讀物一個專類作為研討主題，召集各不同專長領域教師，舉辦小型討論，一方面促進科際整合；一方面帶動兒童文學研究風氣。

2　82.03.17.東師院語教字第1578號函向教育部提「第一屆師院生兒童文學創作獎」計　畫及經費補助，旋即獲教育部核准全部經費補助；教育部82.08.05.臺（82）師字第　044127號函。

此外，為配合專業化的教改需求，鼓勵學生發展閱讀指導專業能力，中心也積極規畫辦理童書閱讀指導專業能力鑑定及證照頒授，於一九九七年十二月九日學校行政會議提出「閱讀指導專業能力評測暨證書頒授辦法」核備，計畫就各類童書分別辦理。並於一九九八年四月至五月，辦理「少年小說」閱讀指導專業研習暨專業能力評測。

為因應資訊時代在閱讀與教學型態上可能的改變——電子書應用、網路環境時代，並支援兒童文學教學與研究的需要，兒童讀物研究中心於一九九七年六月向教育部提出「網路多媒體電子童書閱讀教學暨研究專室設置計畫」，獲教育部專款補助，在臺東師院圖書館設置該專室，並於一九九八年三月二十八日完成啟用。配合電子童書專室啟用，中心特舉辦了兩梯次的「電子童書閱讀指導研習」。

五　未來展望

九年來，歷經三位主任及無數耕耘者的共同努力，在偏遠的臺東，它累積了一些成果，為兒童文學研究提供了些許的資源。自一九九九年八月起，洪文瓊主任任期屆滿，由兒童文學研究所所長林文寶先生兼掌中心業務。至此，兒童讀物研究中心與兒童文學研究所更緊密結合，一年來，中心除不懈於資料蒐集、整理、資料庫建立等既有工作，並計畫朝空間、人力再規畫及結合社區資源等方向努力以赴。

兒童讀物研究中心自一九九一年設立以來，因為學校可供使用的空間有限，所以在空間配置上，一直沒有足夠的空間作完善的規畫，歷來所募集的圖書資料也因此移圖書館典藏，這在計畫建構一座專業兒童圖書館的預程中，是一個待克服的問題。人力的不足，一直是中心在業務推展過程中的一大難題，九年來，中心僅置主任一人，與組織規程中所設定的編制，相去甚遠。資料的蒐集、整理，研究工作的

推展，需要專職專業的人力，才能持續而有效的進行，所以中心已於二〇〇〇年八月起，置研究助理一員，希望藉由其圖書及資訊方面專長，專職推展中心業務，俾使在原有基礎上，更上層樓。

　　學校資源與社區資源相結合，是資源共有共享的教育理念；學校的研究成果支援社區需要，社區的人力、物力支援學校教學。故事，人人愛聽；故事，是兒童文學重要的一環，臺東縣故事協會於二〇〇〇年五月二十六日正式成立，由一群喜愛說故事的媽媽所組成，會址設在臺東師院兒童讀物研究中心，與臺東縣故事協會相互合作、支援，是兒童讀物研究中心結合社區、回饋地方的開始。

　　多年來，兒童讀物研究中心雖然歷經兒童讀物資料圖書室、兒童讀物研究中心兩個時期，及三任主任的經營，在兒童文學的研究及推展上累積了些許成果，但未開發的處女地尚廣，亟待關心兒童文學的人共同努力。

附錄一

臺東師範學院兒童讀物研究中心組織規程

第一條：本學院為加強國語文教育之研究與推廣，及建立本院語文教育系發展之特色，依本學院組織規程第十八條之規定，及教育部臺（七九）高字第四九九○四號函，設置「兒童讀物研究中心」（以下簡稱本中心）。

第二條：本中心之任務如左：

一、收集與整理中外有關語文、兒童讀物之資料（如我國歷代啟蒙教材、民國以來的國小教科書等）。

二、舉辦有關語文、兒童讀物活動。

三、從事有關語文、兒童讀物的專門研究。

四、定期舉辦有關語文、兒童讀物的學術研討會。

五、編輯及出版有關語文、兒童讀物等資料。

第三條：本中心設資料、研究二組，各組工作如下：

一、資料組：收集、整理與出版有關語文、兒童讀物等研究之書籍，並提供有關語文、兒童讀物資訊服務。

二、研究組：從事有關語文、兒童讀物之專門研究，並舉辦有關研習活動。

第四條：本中心置主任一人，由院長遴聘語文教育系副教授以上專任教師兼任。各組置組長一人，組員、辦事員若干人，由本院現有編制人員調兼之。並依發展需要，得置研究員若干名，由本院其他學系專任教師中遴聘兼之。

第五條：本中心主任承院長之命，負責中心各項業務之策畫、推展及督導。

第六條：本規程經本院院務會議通過，報請教育部核定施行，修正時亦同。

附錄二

臺東師範學院兒童讀物研究中心籌募圖書啟事

民85.10.22.東師院行政會議通過

一　說明

本「兒童讀物研究中心」是國立臺東師範學院，正式報請教育部核准設立的單位，也是國內九所師院獨一無二的單位。今年（八十五年）教育部更進一步核准本校設立國內第一所「兒童文學研究所」，這是臺東師院的榮譽，也是臺東師院長多努力推動兒童文學教學與研究，受到肯定的結果。研究首重圖書資料的充實，為配合兒童文學研究所的創設，本中心決定傾全力擴增藏書，並著手建立兒童文學網路資料庫，以使臺東師院能成為華文區首屈一指的兒童文學研究重鎮。限於經費，特籲請作家、插畫家、出版家以及關心兒童教育各界人士，發心捐贈大作及藏書，以共襄盛舉。

凡童書、童刊、童書錄音帶、錄影帶、光碟片或兒文研究論著，不論華文、外文，均歡迎捐贈。

二　贈書處理方式

1　所捐贈之童書、童刊或研究論著，本中心均逐冊加蓋「×××先生／女士」捐贈章，並將書目納入本中心藏書網路目錄，以供查詢利用。

2　如蒙捐贈較具典藏價值的珍本或孤本，除加蓋典藏章外，本中心將妥善保管，列為限閱（限在中心請閱覽，不開架借閱）。

3　如大批捐書（500冊以上者），可聯絡本中心負責裝箱運寄。運費全部由本中心負擔。

4 凡捐贈者及其所捐贈書目，本中心網路資料庫特別建立「捐贈者名錄」及「捐贈書目」，以供對外徵信。捐贈百冊以上者，可加附捐贈者個人簡介（二百字左右）及圖片（請捐贈者提供資料）。捐贈五百冊以上者，除個人簡介、圖片外，可加附捐贈者年表及著作書目一覽表（請捐贈者提供資料）。

5 捐贈者為公司或出版社等機關單位，比照個人捐書方式處理。

6 如出版社願意長期將新出版圖書寄贈，本中心除提供新書之出版社在網路上比照個人捐書作簡介外，所贈送的新書將納入本中心所建立兒童文學網路資料庫中「年度新書」項中，連同書影加以簡介。

三　聯絡電話、地址

1 通訊地址：臺東市中華路一段六八四號

　　　　　國立臺東師範學院　兒童讀物研究中心

2 電話：（089）318855#3106

3 傳真：（089）331199

4 E-mail: lady2100@cc.ntttc.edu.tw

附錄三

臺東師範學院兒童讀物研究中心捐贈圖書處理作業規則

一、所有捐贈給兒讀中心的圖書（含期刊）均須依民85年10月22日經
　　學校行政會議通過之籌募辦法處理。

二、收到捐贈圖書後，均應逐一進行登錄，並加蓋中心及捐贈註記
　　章，登錄完畢後，即以電腦打字列印出清冊，連同感謝函一併寄
　　給捐贈者。（如捐贈圖書數量較多，可先行函謝）。

三、登錄並蓋完捐贈章之後，超過五百冊之單宗捐書，須即時作公開
　　展示兩個星期，展示後，連同清冊一併移轉圖書館分類、編目，
　　並供流通借閱。不滿五百冊之捐書，待合併滿五百冊後，同樣安
　　排展示兩個星期後，連同清冊，移送圖書館編目。

四、電腦打字之清冊，除列印一份寄給捐贈者外，另列印兩份，一份
　　供作移送圖書館編目之清冊，一份留存兒讀中心。此外，配合兒
　　文資料庫之建置，捐贈清冊也須拷貝一份磁片給圖書館資訊組以
　　供連上網路。

五、中心章及捐贈註記章，一律蓋在書末版權頁，如版權資料不在書
　　末頁，則仍蓋在書末頁。蓋章位置以書末頁左下角空檔處為原
　　則。捐贈者章盡量靠近書脊。中心章蓋在捐贈者章右方或上方。

六、登錄時，宜將圖書、期刊雜誌、錄音帶、或錄影帶分開書寫，圖
　　書、期刊宜再分為童書、童刊、參考書、專書、專刊。有關格式
　　及填寫法如附錄範例。

七、捐贈圖書如包括中外文時，登錄時中、外文圖書要分開。中文圖
　　書置於前，外文圖書置於後。中文圖書如有臺灣以外出版者，須
　　在書刊之名之後加以標示。大陸、香港、新加坡、馬來西亞等，
　　各以大、香、新、馬作為標示簡稱。如：書　名（大），即表示

該中文書為大陸出版。中文書之排序也是以臺灣、大陸、香港、新加坡、馬來西亞作為排序。外文書之登錄，以西方語文（依英文、法文、西文、德文、俄文之序）在先，東方語文（依日、韓、泰之序）在後。英文書之標示以國家不以語文作為加註，如：<u>書　名</u>（美）；<u>書　名</u>（英）；<u>書　名</u>（菲）分別代表美國、英國、菲律賓出版的英文書。又不論是中外文書，書名均不加冠《　》。

八、圖書如有插畫者，除作者外，也須將插畫者列出，如為翻譯圖書，原作者、譯者均須列出，如附有作者及原書名原文者，也宜一併抄錄。又如除作、插畫、譯者外，又有審稿、校訂者等，也須加列。登錄時，依作者、譯者、（主）編者、審定者、插繪者之次序書寫，各項之間以／作為區隔。除首項作者外，其餘均加冠指稱詞，如圖．×××或譯．×××；審訂．×××。但首項作者如是改寫、改編，也是要加冠指稱詞，如改編．×××；或改寫．×××。也即只有首項明確是作者時，不必加「文」字，直接寫上作者名即可。如文、圖同一人，則須加冠即以「文圖．×××」表示。如無作、譯、編、繪者資料，則打×後，直接就登錄書名。如只有其中一項，則作者欄項只寫該項。

九、圖書如係套書或叢書，且有套書名或叢書名者，書名之後，宜以括弧加註標示叢書或套書名。如套書或叢書又有主編和審稿，可在第一冊作者、畫者之後，加列主編或審稿者名，餘各分冊只列作者、插畫者即可。

十、期刊登錄，不必有作者或出版者項，但中文期刊如非臺灣出版者，仍須在刊名之後，加附出版地國家名簡稱。如 Tack and Till（美）；小溪流（大）。卷期如連續，寫起訖期數即可，不必每期逐一登錄。

十一、出版年代依版數頁刊載實際登錄，如是第一版（初版）書，不必加註第一版或初版，如係第二版或第三版等版次的書，則須加註。年代標示，依版數頁上的刊載登錄，暫不考慮全部換算成西元年代。另書名不必再加註《　》，出版地只寫出版社之地方，不必加縣、市或省，也不必加註所屬國家。國別在書名之後的加註（見前述七），已能表示。如出版地或出版年代缺，以×表示，如被塗掉或汙損不清楚無法確定者，以？表示。又出版社名稱均以主名表示即可，屬性名如「出版社」、「書局」、「文化公司」等均予省略，如「臺灣商務印書館」簡稱「臺灣商務」；「臺灣英文雜誌社」簡稱「臺英」；「英文漢聲出版有限公司」簡稱「英文漢聲」；「新雅兒童教育出版社」簡稱「新雅」；「晶晶幼童教育出版社」簡稱「晶晶」。

十二、英文圖書作者姓名須寫在前，其餘比照中文圖書。

十三、如為出版社捐贈之新書，除比照上述相關款項處理外，在蓋章、登錄完畢轉送圖書館之前，須先將封面進行掃瞄，把書別存成電腦檔，以供連結上網作為年度新書資料庫。

附錄四

「閱讀指導」專業能力評測暨證書頒授辦法

86.12.09.臺東師院行政會議通過

一　宗旨

鼓勵本校學生發展閱讀指導專業能力，增強未來就業競爭優勢，提升國民教育素質。

二　主辦單位：兒童讀物研究中心

三　專業頒發項目

1 圖畫書閱讀指導專業

2 詩歌閱讀、朗誦指導專業

3 童話、少年小說閱讀指導專業

4 工具書利用指導專業

5 電子童書閱讀指導專業

四　專業能力評測範圍

1 讀物選擇、評鑑能力

2 作品解讀能力／詩歌朗誦指導／工具書檢索利用能力

3 導讀活動規畫能力／詩歌閱讀朗誦活動規畫能力／工具書利用活動規畫能力：即導讀方案、設計能力

4 導讀活動執行能力：即實際導讀活動掌控能力

五　進行方式

1 舉辦方式與時間：每學期舉辦兩項，於期中考後期末考之前舉辦。

2 報名方式、資格：採自由報名方式，不限系級，進修部、研究所學生，乃至在職國小教師均可以報名參加。

3 參與項目：每人參與項目不限，可同時跨兩項報名。

4 每項專業能力評測均分兩階段進行，先進行作品（讀物）評選與解讀能力評測，再進行實際導讀活動演示評測。供評選與解讀的作品，由主辦單位事先挑定，於報名開始後，即集中擺放在兒讀中心，隨時供參加者翻閱，以便在截止日期前，提出書面評選及解讀報告（從報名開始，以兩週時間為限）。評選及解讀報告，經審核通過者，可參與第二階段導讀活動規畫及演示。導讀活動規畫須在通過審核後一星期內提出。經匯總後，於次週即統一舉行導讀演示並試。

5 第一階段有關讀物評選及解讀報告的評分，由校內老師擔任，第二階段之評測委員原則上由五人組成，其中校外專家學者至少要有兩名。

6 初期由於大家對運作方式尚未熟悉，可先以舉辦研習的方式進行評測。

六　證照及獎勵

1 凡參加經評定足以擔任閱讀指導工作者，均頒給「×××閱讀指導專業能力」證書，不另定等次。未達水準者發給「感謝參與證書」。

2 評選報告及導讀活動方案優秀者，可匯總出版成為閱讀指導叢的書。

七　各項專業能力具體要求內涵及評分比重

1 作品（讀物）評選能力：能就所給定的作品判定優劣、指陳特色及適用對象。並選出自己較為喜歡的一篇作為導讀活動的材料。（須說明選擇的理由）—15%

2 作品解讀能力：能就所選定的喜愛一篇（本），作圖文內容解析並指陳創作手法優劣。—20%

3 導讀活動規畫能力：能就所選定喜愛的一篇，規畫至少五種不同內涵的導讀活動，每一活動均須內容完整。—35%（詩歌閱讀活動25%＋10%朗誦活動）

4 導讀活動演示能力：就自己所規畫的活動，挑其中一個作15分鐘的演示，並接受評測委員的口試。導讀演示哪一部分由參與者自行挑選，口試不只限於演示的部分，也包括一些兒童圖書、兒童文學相關背景知識。及兒童文學教育觀等的提問。—30%（詩歌20%一般導讀活動＋10%朗誦示範）

5 詩歌閱讀朗誦專業，尚須包括朗誦指導活動，演示也須包括朗誦示範，也即詩歌閱讀指導除包括一般的內容理解指導外，也須包括朗誦。又演示或朗誦時可自己預先製作所需道具拿到評測現場應用，也可加附伴奏。

——本文原載《兒童文學學刊》第四期（2000年11月），
頁210-227。

臺灣的兒童文學

一　前言

　　兒童文學是緣於教育兒童的需要，因此，兒童文學的歷史跟人類口傳文學的歷史同樣久遠，這是學者口中的古典兒童文學，至於所謂的現代兒童文學則是萌芽於十九世紀的歐洲。兩者的差異，即是在於「個人的文學創作」。

　　現代兒童文學最狹義的定意，應該是：以兒童為讀者對象的文學創作。不過，本文指的「兒童文學」定義：則涵括創作、研究、出版、傳播、教學在內。

　　臺灣地區，由於地緣關係與歷史背景關係，自十七世紀以來，一直是列強覬覦之地。也由於這種環境，使得臺灣的文化發展無法以單一文化觀點視之。尤其二次大戰後的歷史變局，更促使臺灣發展成為一個很特殊的文化區域。就兒童文學的源頭而言：有民間的口傳文學、傳統的啟蒙教材、中國的兒童文學、日本的兒童文學、歐美等翻譯的兒童文學作品。

　　又一地區的兒童文學發展，涉及社會環境（政經、教育體制等）、兒童文學工作者（作家、畫家、編輯、理論研究者等）的素質，和市場成熟度（圖畫、期刊出版量、國民所得、文化消費指數、圖書館普及率、版權保護程度等）等因素。因此，要談論一地區的兒童文學發展狀況，不能僅從作品創作的角度來觀察。本文擬從宏觀的歷史觀點，尤其是後殖民論述的史觀。亦即是從臺灣的政治、經濟、

社會發展狀況，配合兒童文學的史實來加以考察。

　　有關臺灣現代兒童文學發展歷史分期，論述者不多，但仍有不同的劃分方式。

　　臺灣的現代兒童文學，一般說來，始於一九四五年，這一年臺灣光復，重回中國。陳芳明於《臺灣新文學史》第一章〈臺灣新文學史的建構與分期〉裡，從後殖民史觀的立場，將臺灣新文學史分成日據的殖民時期，戰後的再殖民時期與解嚴迄今的後殖民時期（見1999年8月《聯合文學》15卷10期，頁162-173）。本文所指臺灣的兒童文學，就區域而言，是以臺灣地區為主；就書寫文字而言，是漢語為主，並兼及閩、客語、原住民語等。臺灣的兒童文學，在一九四五年以前少有漢語書寫者，是以本文雖是建構於後殖民論述，而論其萌芽則始自一九四五年。

二　萌芽期（1945-1963）

　　從一九四五年臺灣脫離日本統治，到臺灣經濟起飛前一年，我們稱之為萌芽期。

　　一九四五年八月六日，美國在日本長崎、廣島丟下原子彈。八日日本宣布無條件投降。臺灣亦於十月二十五日正式脫離日本的統治，改中國國民黨政府統治。由於大陸局勢逆轉，國民黨政府於一九四九年十二月七日由廣州遷抵臺北。

　　萌芽初期，雖然政治局勢不隱定，但由於有大批學術、教育、文化界人士隨政府來臺，再加上相關機構的先後成立與刊物的相繼創刊，對以後的兒童文學發展有著深遠的影響。若就臺灣兒童讀物的發展，自以一九四五年十二月十日創立的東方出版社為濫觴。

　　本期擬以具有指標性的團體（含出版社、委員會等）、報章雜誌與其他等三項分別說明之：

（一）團體（含出版社、委員會等）

1 國語推行委員會

　　一九四五年十月二十七日教育部派何容來臺主持推行國語的工作，翌年四月二日，正式成立國語推行委員會，積極推行國語運動。由於推廣教材工具之通俗化，這些都如國語推行委員會曾於一九五七年編輯過一套《寶島文庫》，有助於童蒙教育與平民教育的推展。

2 東方出版社

　　臺灣光復後，當時擔任財政部特派員的游彌堅有鑑於本省同胞大部分不懂國語，於是結合一羣朋友；范壽康、吳克剛、陳啟清、林柏壽、劉明朝、陳逢源、柯石吟、黃得時、廖文毅等人，創立以「協助政府推行國語文教育」為職志的東方出版社，第一個響應國語推行委員會「充分利用注音符號，大量閱讀」口號來出版圖書。東方出版社的創立，揭開了臺灣兒童讀物出版的序幕，才有臺灣兒童文學的濫觴與萌芽。

　　一直到七○年代初期，東方出版社始終是執臺灣兒童讀物出版社的牛耳，在翻釋或改寫外國兒童文學名著及中國通俗小說方面的確立下不少建樹。

3 臺灣省教育會

　　早在日據時期，本省即有教育會之組織。臺灣光復後，於一九四八年七月一日臺灣省教育會正式成立，並接收前教育會的會務，首任理事長即當時擔任臺北市市長的游彌堅。該會的宗旨在研究教育事業、發展地方教育、協助政府推行政令、教育書刊之編輯與出版等。該會在游彌堅擔任理事長任內，曾經編過《兒童劇選》（1948年12

月)、《臺灣鄉土故事》(1949年12月)等文化叢書,以及適合幼稚園小朋友閱讀的《愛兒文庫》,皆由東方出版社印行。

4 中華兒童教育社

中華兒童教育社為兒童教育的學術團體,一九二九年七月成立於杭州。大陸撤退後,隨政府遷臺。於一九五三年間,經理監事聯席會議決定主編《新中國兒童文庫》,由司琦規畫其事。

文庫共一百冊,分低、中、高三輯,低、中各三十冊,高年級四十冊,由正中書局印行。文庫的撰寫依國小低、中、高三個階段的教育科目,來決定冊數和內容,並要撰述者依階段、科目和內容寫稿,力求配合各科教材。文庫中除朱傳譽《愛爾蘭童話》、邵夢蘭《奧德賽飄流記》是譯作外,其餘均由國人撰述。文庫作者知名者如謝冰瑩、祁致賢、吳鼎、林國樑等。

在《中華兒童叢書》尚未編印之前,本文庫對倡導兒童讀物寫作,可說是不遺餘力。

(二)報章雜誌

1 《國語日報》

《國語日報》創刊於一九四八年十月二十五日,以普及與推廣國語教育為目的。〈兒童版〉同日創刊,主編張雪門。〈少年版〉則於翌年三月二日創刊,主編為魏廉、魏納。這兩個版全部是國語注音,為小學生提供了學習國語及兒童文學作品的園地。

《國語日報》原非兒童專屬的報紙,但由於附加注音,有助於兒童學習語文,且闢有許多專為兒童設計、編輯的版面,很自然成為兒童閱讀最多的報紙,也是影響臺灣兒童文學發展最大的報紙。

2 《臺灣兒童月刊》

《臺灣兒童月刊》創刊於一九四九年二月二十五日，這是臺灣光復後創刊最早的兒童刊物，由當時臺中市政府教育科支助，全市各公私立國民小學聯合發行。

《臺灣兒童月刊》的創刊，為臺灣地區的兒童刊物點燃了希望的火把，而在整個臺灣兒童文學發展的過程中，也扮演著歷史性的角色。該刊的最大特色是內容充實，除全市師生作品外，當時寄寓臺中的孟瑤、張秀亞，北部的謝冰瑩、張淑涵，南部的蘇雪林等馳名文壇的女作家，也有作品在該刊中發表。這些作品後來由該社輯成《冬瓜郎》一書，列於《臺灣兒童月刊》故事叢書中。

3 中央日報〈兒童週刊〉

中央日報〈兒童週刊〉創刊於一九四九年二月十九日。首任主編孔珞，後改由陳約文主編，她是在職最久的報社兒童版主編。該刊曾提供園地讓作家發表兒童詩，而楊喚和茲茲是該刊發表兒童詩比較多的兩位詩人，楊喚首次在該刊發表的兒童詩是〈兒童裡的王國〉（1949年9月5日第二十五期）。如果說〈兒童週刊〉是推動兒童詩的搖籃，那陳約文就是推動這個搖籃的褓姆。因為自創刊以來，該刊就陸續發表兒童詩、故事詩、兒歌、童謠以及翻譯的外國兒童詩。除楊喚和茲茲外，丁真、樂水、阿鸞、單福官、樂園、譚聖明等都是經常發表作品的作家和畫家。

4 《小學生》雜誌、《小學生畫刊》

一九五一年三月二十日臺灣省教育廳在當時陳雪屏廳長的指示下，推出《小學生》雜誌。《小學生》雜誌的內容首重教育，配合當

時的教育政策。經常為《小學生》雜誌執筆的名家有如謝冰瑩、何容、梁容若、唐守謙、高梓等人。在一九五三年三月，為配合低年級小朋友的需要，《小學生》雜誌更增刊了一種《小學生畫刊》，內容以圖畫為主，五彩精印。

這兩份姊妹刊物都是半月刊，發放到小學各個班級，比《國語日報》還普及，並一直發行到教育廳另外成立「兒童讀物編輯小組」，開始出版《中華兒童叢書》為止。它的影響力，在早期來說，無疑是居兒童讀物正統領導地位，而它所出版的二十幾本《小學生叢書》，如《阿輝的心》、《臺灣民間故事》、《小黃雀》、《小仙人》、《小野貓》更是五、六〇年流行很廣的兒童叢書。並且其中不乏優良創作作品，如林鍾隆的少年小說《阿輝的心》，就是在《小學生》發表的。

5 《學友》、《東方少年》

一九五三年二月臺北市學友書局創辦一份兒童刊物──《學友》。社長白善、總編輯彭震球。其編輯重點有二：灌輸民族意識和介紹科學知識。

一九五四年元月東方出版社為慶祝開幕八週年而創辦《東方少年》並得到「臺灣省文化協進會」的全力支援。

《學友》、《東方少年》是五〇年代兩家同時並存長達七年的民營刊物，風格雖然略有差異，卻不失為民間兩本最早的代表性刊物。儘管它們在內容編排方面，深受日本影響，但它們版面變化的活潑性與加入較多的漫畫篇幅，卻是官方系統的《小學生》雜誌所不能及的。它們的創刊為臺灣帶來第一個兒童刊物黃金時代，也為獨立的漫畫刊物闢下生存的空間。且往後五、六〇年代的兒童刊物，不論內容或編排均無法超越《學友》、《東方少年》。因此，《學友》、《東方少年》可說是戰後臺灣第一階段兒童文學發展的標竿。

（三）其他

其他是指不屬於上述兩項者，且與兒童文學發展亦有相關者。

1 兒童電視劇

臺灣電視公司於一九六二年十月十日正式開播，翌日即播出國內電視發展史上第一齣兒童電視劇——〈民族幼苗〉。該劇是單元劇，由黃幼蘭領導的「娃娃劇團」擔任演出。

由於〈民族幼苗〉兒童電視單元劇的播出，揭開了長達十年兒童電視節目的序幕。而從事兒童電視劇本工作者先後有馬景賢、黃幼蘭、陳約文、吳青萍、嚴友梅、林雪等人。

2 政府當局重視兒童讀物

在政府方面，無論是中央圖館、教育部都有重視兒童讀物的實際活動。

一九五七年兒童節，教育部舉辦了「優良兒童讀物獎」的徵選，藉以鼓勵兒童讀物的創作和譯述。入選第一名的作品是：

（一）幼稚園組：吳承硯的〈動物〉。

（二）低年級組：曾謀賢的〈愛國的孩子〉。

（三）中年級組：魏訥和陳洪甄的〈好的故事〉。

（四）高年級組：朱秀霞的〈孤帆萬里征〉。

這些作品於頒獎後洽交正中書局出版。一九五八年至一九六二年，教育部未繼續辦理，到了一九六三年，教育部又舉辦〈優良兒童讀物獎〉，入選第一名的作品是：〈少年兒童歌謠〉。

一九五七年十一月，教育部國教司和中央圖書館聯合舉辦「兒童讀物展覽」，這在政府播遷來臺後尚屬創舉。展出中國兒童讀物約七百八十三冊，外國兒童讀物約兩百冊，為期一週。

　　從展覽目錄我們可以了解到當時比較著名的作者或譯者有：謝冰瑩、洪炎秋、黃得時、朱傳譽、江肖梅、施翠峯、林良、蘇尚耀等人。這次展覽是針對政府遷臺後有關兒童讀物出版的成績的一次驗收。

　　一九五七年十一月又有《中華民國兒童圖書目錄》的印行。這是政府遷臺以後第一本兒童圖書目錄。編輯者是教育部國教司和國立中央圖書館，由正中書局印行。全書共八十四頁，所收圖書以一九四九年以後，臺灣及香港出版的兒童圖書，並經參加「兒童讀物展覽」者為限。

　　目錄之編排，是暫依國民學校課程標準所訂學科分類，計有總類、國語類、算術類、常識類、史地類、音體類、美勞類、幼稚園類等八大類，分類號碼並未列入。全書共收錄七百八十三冊兒童圖書，附錄部分是兒童雜誌、報紙的介紹（計雜誌13種、報紙1種）。

　　又自一九六〇年起臺灣省師範學校陸續改制為師範專科學校，於是「兒童文學」正式進入師專的課程裡，中師劉錫蘭的《兒童文學研究》（1963年10月修訂再版），即是因應教學之需的第一本教科書。

　　綜觀萌芽期的團體與報章雜誌等出版的作品，官方系統是語文推廣成分重於文學表達；其旨在配合政策，偏重傳遞中國傳統文化，同時也譯介不少美國的兒童文學作品。而民間系統，則呈現濃厚日本味，但有較豐富的本地題材。總之，這個時期的兒童文學創作和書刊編輯的方式，大體上仍沿襲傳統較為規矩，缺乏創作。其作品偏重民間故事或古書改寫，以及教訓意味頗濃的故事或童話。

三　成長期（1964-1979）

　　本期始於臺灣經濟起飛的第一年，止於臺灣各縣市正式開始進行籌建文化中心，該年元旦，美國正式跟我國斷交。

　　經過萌芽期的撫育，尤其是官方系統的支持下，臺灣的兒童文學已然邁向成長期，以下略述其間重要的指標事件。

（一）教育廳兒童讀物編輯小組

　　兒童讀物編輯小組係因應聯合國兒童基金會資助中華民國編印兒童讀物出版計畫，而該出版計畫由省教育廳四科承辦，科長陳梅生遂網羅師大教授彭震球出任總編輯，林海音擔任文學類編輯，潘人木擔任健康類編輯，曾謀賢擔任美術編輯，柯太擔任科學類編輯，所謂的「教育廳兒童讀物編輯小組」於一九六四年六月正式成立。翌年九月推出了《中華兒童叢書》第一批《我要大公雞》（1965年9月）等十二本。

　　編輯小組成員均是一時之選，且由於經費充裕，加上聯合國兒童基金會派有專家指導，編輯小組在當時可說擁有相當超前的現代兒童讀物編輯理念。大膽使使用圖片，強調空間留白，以及採用近乎正方形的二十開本和全面彩色印刷的方式，是臺灣兒童讀物出版界中所少見的。《中華兒童叢書》可說是繼《新中國兒童文庫》之後，又為國內的兒童文學創作點燃了另一盞明燈。

　　臺灣的兒童讀物編輯，真正有比較大幅度的提升，確實起於省教育廳兒童讀物編輯小組。而該編輯小組的成立，亦代表西方美式文化開始加大對臺灣兒童文學界的影響。

（二）美國兒童文學家相繼來華訪問

　　一九六五年夏天，有兩位美籍兒童文學工作者先後應邀來華，介紹美國的兒童文學和兒童讀物插畫。一位是海倫・史德萊（Helen. R. Sattley），另一位是孟羅・李夫（Monro Leaf）。

　　海倫・史德萊是兒童文學家及圖書館學專家。她是受美國亞洲協

會之邀，前往遠東各國訪問並介紹兒童文學時，應邀順道前來我國訪問的。

　　負責接待的省教育廳為配合她的來華，在臺中師專設立「兒童讀物研究班」。招訓對象是各縣市教育局督學及各師專任兒童文學課程的老師。該研究班附屬於「臺灣省師專教師及國教輔導人員研習會」，海倫‧史德萊先後以「兒童閱讀心理研究」及「兒童文學研究」為題發表演講。她特別強調「培養兒童自己閱讀的習慣是最重要的。兒童需要豐富的經驗去了解事務」。此外，她也提供兒童文學研究的方向給學員參考，對爾後國內研究兒童文學的風氣不無幫助。

　　孟羅‧李夫是位兒童文學家，也是一位兒童讀物插畫家。他是應美國國務院邀請前來東南亞各國考察兒童讀物的出版情形，我國是被訪問的國家之一。因此他在華期間，似乎更著重在兒童讀物的插畫。經由陳梅生的安排，先後在臺中師專及臺南美新處圖書館發表數場專題演講。儘管孟羅‧李夫在華期間很短，至少他提供一些新觀念給本地的兒童文學工作者。他始終認為「培育兒童是造福社會的不二法門」，所以每當提到有關兒童文學寫作的問題，他總是興致勃勃地以為替兒童寫作是一件令人賞心悅目的事。更何況培育今日的孩子就是改造明日世界的主人。也就是說，培育兒童是改進人與人之間相互了解的最佳途徑。

　　孟羅‧李夫同時也是《猛牛費地南》一書的作者，自一九二六年出版以來，已經被翻譯成四十多種語文。該書中文版由何凡翻譯，國語日報社出版。

　　海倫‧史德萊女士和孟羅‧李夫先生的來訪，是國內的兒童文學工作者首次和外國兒童文學家接觸。就國內兒童文學的發展而言，是一種尋求突破的契機；對從事兒童讀物寫作的人而言，不啻是一種喜訊。也許並沒有實質上的助益，但就知識和經驗分享的層面而言，為

推廣兒童文學及研究兒童文學帶來一種新的氣象。

（三）國立編譯館接辦審核連環圖畫書出版

　　漫畫書是兒童讀物重要的一支，而影響臺灣漫畫類兒童讀物出版最大的，無疑的是國立編譯館介入連環畫出版審核事宜。漫畫書原也是採行出版後審核，至一九六六年起才改由出版前審核，經審核通過的才能出版。一九六六年原先是由教育部負責審核，次年改由國立編譯館接辦迄至一九八七年十二月廢除審核制度為止。此一審核制度功過如何，將來當有歷史定評。唯五〇年代後期隨著《學友》、《東方少年》帶動而起的漫畫期刊、漫畫圖書黃金時代，在審核制度付諸實施後，即一蹶不振，有些創作者甚至更憤而封筆，因此有人認為審核真正抑制的是道地的創作者，而不是那些模仿抄襲者，此不論是否言過其實，卻仍存有幾許的真實。就漫畫出版審核存在的事實而言，它給臺灣兒童文學界帶來的感受仍是一股「白色恐怖」的壓力。這對臺灣的兒童文學發展是有無形傷害的。此外，它也造成臺灣兒童文學漫畫類人才的斷層，新生代的兒童文學漫畫類人才，大部分是由成人四格漫畫或單幅諷刺畫人才兼跨或轉入者，跟早期有不少專走兒童漫畫路線有所不同。

（四）兒童戲劇活動的推行

　　一九七一年由教育部文化局、中等教育司、社會教育司、國民教育司、中國戲劇藝術中心、臺灣省政府教育廳、臺北市政府教育局等聯合徵求兒童舞臺劇。應徵的中小學教師非常踴躍，共計錄取長短劇三十二部。

　　自一九六八年開始，中國戲劇藝術中心主持人立法委員李曼瑰教授繼游彌堅先生之後，對兒童劇藝運動之倡導與推廣，不遺餘力。一

九六八年她獲得臺北市教育局長劉先雲先生鼎力支持，委託該中心於是年暑假舉辦臺北市國中國小教師戲劇、編、導、演研習會，由各校保送教師九十九人，受訓兩個月。這是國內兒童劇運的第一塊基石。翌年邀集兒童教育家與戲劇教育家成立「兒童戲劇推行委員會」。後又成立「兒童教育劇團」，每年暑期舉辦兒童戲劇訓練班，並作示範演出。一九七〇年商請中國電視公司設置兒童節目，播演兒童電視劇（1970至1972年，由委員吳青萍女士及王慰誠先生相繼主持）；是年暑假續辦「臺北市教師導演人員訓練班」，學員六十人，仍由各校保送。一九七一年於省訓團特設戲劇編導班，由省立中小學保送八十位教師前往中興新村受訓。總計三次共訓練二百三十九人，這些都是爾後推動兒童劇運的基本幹部。

前述兒童戲劇推行委員會吳青萍女士以《兒童電視劇集》榮獲一九七二年度中山文藝獎。

翌年十二月臺灣省國校教師研習會第一五四期設「兒童戲劇研習班」。學員三十五人。該中心後來曾出版《中華兒童戲劇集》（共26部，分4冊出版）。李教授希望我們提倡兒童戲劇應多採用本國題材，弘揚中華民族正大博雅的精神，以及優美的倫理道德。創造中國式的戲劇，以教育中國的兒童，這才是兒童戲劇運動真正的目的。

（五）兒童文學教材的編寫

由於師範學校改制為師專，課程中有兒童文學。兒童文學教材的編寫始於臺中師專的劉錫蘭，其後有可見的教材與論述成書者有：
- 兒童文學　林守為編著　自印本　1964年2月
- 兒童文學研究　吳鼎編著　臺灣教育輔導月刊社　1965年3月（1980年改由遠流出版社出版）

- 兒童讀物研究（第一輯）　張雪門等著　小學生雜誌社　1965年4月
- 兒童讀物研究（第二輯）——童話研究　吳鼎等著　小學生雜誌社　1966年5月
- 國語及兒童文學研究　瞿述祖編　臺中師專印　1966年12月
- 兒童讀物的寫作　林守為著　自印本　1969年4月
- 談兒童文學　鄭蕤著　光啟出版社　1969年7月
- 童話研究　林守為著　1970年11月
- 師專兒童文學研究（上）　葛琳編著　中華出版社　1973年2月
- 師專兒童文學研究（下）　葛琳編著　中華出版社　1973年5月
- 兒童文學創作選評　曾信雄著　國語日報出版部　1973年10月
- 兒童文學研究（第一集）　謝冰瑩等著　中國語文月刊社　1974年11月
- 兒童文學研究（第二集）　葉楚生等著　中國語文月刊社　1974年12月
- 兒童文學散論　曾信雄著　聞道出版社　1975年1月
- 淺語的藝術　林良著　國語日報出版部　1976年7月
- 我國兒童文學的演進與展望　許義宗著　自印本　1976年12月
- 兒童文學論　許義宗著　自印本　1977年
- 如何實施兒童文學教學　陳東陞著　北市女師專　1977年6月
- 兒童的文學教育　王萬清著　東益出版社　1977年10月
- 西洋兒童文學史　許義宗著　臺北市師專　1978年6月
- 兒童文學的認識與鑑賞　傅林統著　作文出版社　1979年10月

其中小學生雜誌社出版的《兒童讀物研究》第一輯、第二輯等兩冊，這兩本理論叢書是臺灣第一代兒童文學工作者的心得結晶，影響不少年輕輩創作者和研究者的思考方向，迄今仍不失其價值與影響力。

（六）兒童讀物寫作班

前臺灣省教育廳第四科科長陳梅生後來出任設在板橋的「臺灣省國校教師研習會」主任，任內他開辦「兒童讀物寫作研究班」，旨在培養兒童讀物寫作人才，提高國語文教學效果。該班召訓對象為全省國小教師且有寫作經驗者。總共舉辦十一期，學員共三百六十八名。像藍祥雲、徐正平、傅林統、黃郁文、徐紹林、許漢章、張彥勳、陳正治、顏炳耀、林武憲、陳宗顯、曾信雄等是前二期的學員，目前仍然致力於兒童文學的推廣耕耘工作，是當前推動兒童文學的一股力量。

「兒童讀物寫作研究班」自一九七一年五月三日該會第一三六期舉辦（即一般人所稱之第一期）到一九八三年為止，總共是十一期。可惜迄今尚未再舉辦過。此外，該會分別在第一五四期、第一六一期、第一六五期舉辦「兒童戲劇研習班」。臺灣省國校教師研習會「兒童讀物寫作研究班」可以說是推動國內兒童文學發展及兒童讀物寫作的推手，並不為過。這是政府有計畫、有組織的為國內培植兒童讀物寫作人才的具體表現。

（七）《國語日報・兒童文學週刊》的創刊

一九七二年四月二日國語日報社〈兒童文學週刊〉創刊，首任主編馬景賢認為：「兒童文學」有一個值得注意的含義，那就是為兒童寫作，是有理論與技巧的，這是所有兒童讀物作家所應該講求的。因此，這個週刊的第一目標，是闢出一塊園地，讓所有兒童讀物工作者共同討論為兒童寫作的種種理論技巧。園地是公開的，文章只要是有關國內外兒童讀物動態、兒童書市場情形、書評、兒童讀物作家畫家介紹、寫作經驗和理解，都願意刊登；同時該刊為增加趣味性、可讀性，而希望能夠有圖片一齊刊出。（見發刊詞）

該刊曾於第二十九期刊載徵求兒童詩的啟事：「《國語日報》的〈兒童版〉，為了鼓勵兒童文學工作者多寫一些有益兒童的詩，決定為『兒童詩』闢出版地，向大家徵稿，希望大家共同耕耘。」

（八）洪建全兒童文學創作獎的設立

財團法人洪建全教育文化基金會是企業聞人洪建全先生出資成立的。基金會認為中國的兒童缺乏具有代表中國文化的讀物，他們從小所接觸的兒童讀物，不是白雪公主，就是米老鼠，一直受到外國文化的浸淫，思想及行為的模式，都是西方的型態，失去了中國人應有的特性。基金會盼望能有更多的作家，以寫故事、寫詩、畫畫，建構出具有中國文化特性的童稚世界，讓孩子們從小就認同自己的文化，建立民族的自尊心。

就是憑藉著這股力量，基金會從一九七四年兒童節創設了「洪建全兒童文學創作獎」，它的宗旨是：

1 國內的孩子有更好的讀物。
2 提高國內兒童讀物的水準。
3 培養國內的兒童文學作家。

這個「洪建全兒童文學創作獎」，因來自民間，具有深遠的意義。它意味著民間企業界開始關懷起兒童讀物，願意每年撥款獎勵優良的兒童文學創作；它也鼓舞了已經或即將在兒童文學創作領域上努力的作家和準作家們。

洪建全教育文化基金會資助兒童文學活動，不只是提供兒童文學創作獎金，最重要的是資助設立「洪建全視聽圖書館」（1975年9月設置，1987年11月結束），附設有兒童閱覽室及資料室，不但購進許多優秀的國外兒童圖書及理論書籍，並且是長年定期邀請國內兒童文學專家作專題講演，次數之多、範圍之廣，遠比臺灣分館偏重國內兒童

圖書更為生色；此外同屬洪建全企業旗下的《書評書目》雜誌（1972年9月創刊至1981年9月停刊）也經常刊登一些有關兒童文學訊息與研究的文章，並出版了臺灣第一本《兒童文學論著索引》（馬景賢編著，1975年1月25日出版）。這些有助於臺灣兒童文學創作水準的提升與研究視野的拓寬。

「洪建全兒童文學創作獎」的設立和「國校教師研習會兒童讀物寫作研究班」的開辦，就培養國內兒童讀物寫作人才及提高兒童讀物水準而言，實在有異曲同工之效。

綜觀成長期的兒童文學，可說是遇上最艱困的時代；同時亦是再生的時代。這個時期可以說是自我覺醒的時期，其關鍵是緣於政治性的衝擊：

一九七〇年十一月的釣魚臺事件。

一九七一年十月，政府宣布退出聯合國。十二月，臺灣長老教會發表國是聲明，希望臺灣變成「新而獨立」的國家。

一九七二年二月，尼克森和周恩來發表〈上海公報〉。

一九七二年九月，日本承認中共，同時廢除中日和平條約。

一九七五年四月五日，總統蔣中正去世。

一九七八年，中美斷交。

一九七九年十二月，發生高雄美麗島事件。

這些衝擊具有足以動搖國本毀滅性的衝擊，使國人提高了反省的層次，也使得社會上層建築的文化掀起了壯大的覺醒運動。在這覺醒過程中，就新文學而言，有唐文標論現代詩事件（1972年2月～1973年）、報導文學（1975）、鄉土文學論戰（1976年前半期～1979年底）等三大事件。這些政治衝擊與文學事件正是覺醒的觸媒。於是本土化的意識也隨著對外關係的挫折而迅速滋長。這個時期的臺灣兒童文學，最值得重視的是二次大戰後在臺灣受完整教育的年輕一代，開始

成為兒童文學創作、編輯的第一線尖兵，他們不但是現成臺灣兒童文學的開拓者；同時也是臺灣新文化的傳遞者，這個時期創刊的《兒童月刊》、《小讀者》皆是由新生代所編輯、經營的刊物，它們不論在行銷、編排都展現充分的創意，是七〇年代臺灣兒童文學發展上最具代表性的兩份兒童刊物。

申言之，這個時期的臺灣兒童文學，在政府與民間的努力下，可見且可喜的現象有二：

1 教師作家團隊

從一九六〇年起，師範學院陸續改制為師範專科學校，於是課程中安排「兒童文學」。爾後成立教育廳兒童讀物編輯小組，於是所謂的教師作家隱然成形。作品集有：

- 玉梅的心（13位小學教師文集）　黃基博主編　屏東縣潮州鎮幼苗月刊社　1966年4月
- 花神　黃基博主編　屏東縣潮州鎮　幼苗月刊社　1967年4月
- 自私的巨人　顏炳耀編著　臺北市青文出版社　1970年12月
- 聰明的傻瓜　顏炳耀編著　臺北市青文出版社　1970年12月

其後，省教育廳國民學校教師研習會開辦有「兒童讀物寫作研究班」。自研習會一三六期始，至三八〇期（1989年10月2日～28日）止，受訓者是在職的小學教師，而且都必須具有兒童文學創作經驗者，於是所謂的教師作家團隊於焉形成。又一九七三年度，廣播電視開始播授師專「兒童文學研究」課程，由市師專葛琳教授主講，兒童文學也深入了各個國小，蔚起寫作的風氣。如曾信雄的《兒童文學創作選評》（1973年10月國語日報社），亦是針對十八位教師作家而選評的。同年十二月國語日報社亦出版《兒童文學創作選集》壹套十本。內容計有：張彥勳《獅子公主的婚禮》、許義宗《小狐狸學打獵》、林

鍾隆《毛哥兒和季先生》、陳正治《小猴子找快樂》、黃基博《玉梅的心》、康子瑛《奇異的花園》、徐正平《大熊和桃花泉》、徐紹林《小泥人和小石人》、黃郁文《金蝶和小蜜蜂》、顏炳耀《象寶寶的鞋》。

2 兒童詩創作熱潮

臺灣兒童詩的教學與創作，自一九七〇年屏東縣仙吉國小黃基博老師開始嘗試指導兒童寫詩後，開始漸漸的形成一股風潮，而其蓬勃發展的原因則有下列幾個助力：

（1）各報章雜誌開闢發表園地

一九七一年十月《笠詩刊》開闢〈兒童詩園〉。

《國語日報》的〈兒童文學週刊〉自一九七二年四月二日創刊起，便不遺餘力的推廣兒童詩教育。而第廿九期（1972年7月13日）更刊載徵求兒童詩的啟事。於是不但激起了寫作兒童詩漣漪，同時，也促進了兒童詩寫作和理論探討的熱潮。

又一九七七年四月，兒童詩刊《月光光》創刊，林鍾隆是創辦人兼主編，採同仁制。這是臺灣第一份兒童詩專刊。

（2）「洪建全兒童文學獎」的設立

「洪建全兒童文學獎」前五屆設立了四項創作獎，兒童詩獎是其中的一項。這個獎的設立，除了獎金高（首獎獎金三萬元，相當於當時教師半年的薪津），對創作者來說是一個很大的誘因之外，同時也是對創作者的肯定與鼓勵。

（3）各公私立機關團體「兒童文學研習會」陸續開辦

板橋教師研習會與臺北市教育局分別於一九七一年、一九七五年

起開始舉辦「兒童文學研習會」，並將兒童詩納入研習課程。研習會的開辦，對兒童詩寫作人才和師資的培育，產生了深遠的影響。

此外，各縣市教育局文復會、文教機構所舉辦的兒童文學研習活動，也紛紛將兒童詩納入其研習的內容中，使得全省中小學教師及文藝青年認識兒童詩，並產生兒童詩創作的興趣，進而參與指導兒童詩的行列。

（4）師專兒童文學課程的開設

由於師專兒童文學課程受到重視，各師專的準教師也透過課程的安排及教授的啟發，逐漸接觸兒童詩，了解兒童詩，並且開始創作兒童詩或指導兒童寫詩。在臺灣，兒童詩能夠全面性被被展開來，這一羣基層的國小教師扮演了極重要的角色。

從兒童文學創作來看，成長期可以說是兒童詩的蓬勃期。不論是創作量或創作人口，兒童詩都是居於領先的地位。而且迄今為止，臺灣兒童文學唯一較具「陣容」的，也是兒童詩。七〇年代臺灣的兒童詩創作熱潮，至八〇年代中後期，始為幼兒文學熱潮所取代。

四　發展期（1980-1987）

本期始於一九八〇年，是年七月十五日零時起宣布解除戒嚴，實施國安法，十月十五日內政部公布〈赴大陸探親實施細則〉十二月一日宣布自一九八一年元月起接受新報紙之登記，解除了三十六年的報禁。十二月高雄市兒童文學寫作學會正式成立。

這個階段的臺灣兒童文學發展主力來自民間系統，並逐漸形成爭鳴與分化的發展態勢。

本期可見指標事件有：

（一）高雄市兒童文學寫作學會

　　高雄市兒童文學寫作學會於一九八○年十二月成立，當時會員人數有五十人。

　　高雄市開兒童文學寫作風氣之先，主要得力於當時任教育局長的陳梅生。陳梅生歷任教育行政主管，先後推動成立教育廳兒童讀物編輯小組，創辦板橋兒童讀物寫作研習班，是兒童文學發展史上開拓格局、主導趨勢的擘畫者。他結合高雄市教育界寫作人士，開發社會資源，成立學會，先後創辦柔蘭兒童文學獎，余吉春兒童詩獎，兒童文學研習營，透過教育局的支持，輔導學會舉辦各項活動。

　　目前該會活動仍以配合學校，舉辦創作及朗誦比賽為主，同時也為高雄地區兒童文學界的聯誼聚會之所。

（二）《小袋鼠》幼兒期刊創刊

　　《小袋鼠》月刊（4-7歲適合）是由信誼基金會學前教育發展中心所創辦，於一九八一年四月四日創刊，發行僅兩年，並不是臺灣最早的專屬幼兒期刊，但在臺灣兒童文學發展史上，它卻具有特殊的代表性意義：

　　一方面《小袋鼠》的出版者是永豐餘財團旗下的信誼基金會學前教育發展中心，為臺灣開啟大財團介入兒童期刊出版的先河（因洪建全基金會未出版兒童刊物）。它象徵臺灣兒童讀物市場已發展成熟，其中幼兒讀物市場更是潛力無窮，並宣示幼兒文學在臺灣已經可以成為獨立發展的新領域。

　　一方面《小袋鼠》月刊本身深具開創性。早於《小袋鼠》創刊的幼兒專屬刊物有兩家：一是《紅蘋果》（1977年12月創刊，1984年8月停刊），一是《小樹苗》（1977年1月創刊，於1978年8月才改為幼兒刊

物），前者是法國的舶來品，後者雖為國內自己的獨特風格。而《小袋鼠》內容走國內兒童文學作家創作路線，版本獨特（大九開本），全部彩色印刷，版面大膽留白。自《小袋鼠》之後，臺灣的幼兒刊物全面進入大版本全彩色時代，而兒童讀物出版業界也開始重視幼兒圖畫書的開發，如漢聲《精選世界最佳兒童圖畫書》是在一九八四年一月開始推出。

八○年代幼兒圖畫書成為臺灣兒童讀物出版的主流，《小袋鼠》創刊是有其重大影響與導引作用的。

（三）慈恩兒童文學研習營

「慈恩兒童文學研習營」是「佛教慈恩育幼基金會」所創辦。創辦的緣起是開證法師接受林世敏先生建議，認為救貧只能救急一時，開啟智慧才是永遠的，因而改為支持出版兒童圖書。要編輯兒童叢書，卻遇到了人才荒的問題，因而又創辦「慈恩兒童文學研習營」，並出版兒童文學理論研究叢書。

「佛教慈恩育幼基金會」自一九八一年暑假起，每年均支持舉辦一期的「慈恩兒童文學研習營」，前後共辦六期，除第一期為綜合營外，其餘均為專科研習——計有童話（第二期）、唱唸兒童文學（第三期）、少年小說（第四期）、圖畫書（第五期）、編輯企畫（第六期）。這種「專科研習」的方式，是就連板橋國校教師研習會「兒童讀物寫作班」也是少見的。這六期「專科研習」是民間唯一真正有計畫在辦兒童文學的研習活動，可說是在板橋國校教師研習會「兒童讀物寫作班」之外，提供有志於兒童文學活動者另一條進修的管道。從參加過的學員對研習會的感恩讚許，以及他們日後在兒童文學界所嶄露的頭角看來，它的確對臺灣兒童文學界人才的培育有所貢獻。

此外，「佛教慈恩育幼基金會」藉著舉辦兒童文學研習營之便，

結合臺灣當時眾多優秀的兒童文學作家、插畫家，出版了二十本佛教兒童叢書，並資助出版兒童文學理論研究叢書：(1)《我國兒童讀物市場之調查分析》（楊孝濚撰，1979年12月31日出版）、(2)《卅年來我國兒童讀物出版量之研究》（余淑姬撰，1979年12月31日）、(3)《改寫本西遊記研究──情節取捨與標題製作之探討》（洪文珍撰，1984年7月）、(4)《從發展觀點論少年小說的適切性與教學應用》（吳英長撰，1986年6月）。

（四）師專改制為師院，兒童文學列為必修課程

為提高小學師資，師院自七十六學年度（1987年8月～）開始改制升格為學院，兒童文學課程由原先只有語文組選修，改為每班制中各科系必修。這一措施使臺灣兒童文學的普及，由點擴及到面。因為師院畢業生，將來都是第一線的小學老師，以往小學老師只有語文組的少數學生接觸過兒童文學，現在則是所有的新老師都修過兒童文學，這對在小學落實兒童文學欣賞教育，必然會有積極的促進作用。並且對兒童讀物市場的擴大以及兒童文學從業人口的增加，應是非常有助益的。

然而師院改制對臺灣兒童文學發展影響較大的，還不只是兒童文學課程列為各系必修（1994年大學法制定後，大學院校自主，已有不少師院，除語教系保留必修外，其餘科系又把兒童文學改為選修），另有兩項配合師院改制而實施的舉措：一是一年一度的「臺灣區省市立師範院校兒童文學學術研討會」（1987年起連續舉辦八屆）；一是設立「師院生兒童文學創作獎」（1994年舉辦第一屆徵獎，迄今仍繼續舉辦中），對於兒童文學研究與創作人口的培養，同樣影響不小。

同前臺灣各類兒童文學獎的參與者與獲獎者，師院畢業生所占比例逐年增加，已約略可看出它的影響。可預期的是，臺灣兒童文學隨

著師院畢業生的增加，將進入追求的兒童文學內涵的時代，它對臺灣
兒童文學發展的影響將是根本而深遠的。

綜觀本期的兒童文學活動與現象，除上述指標事件外，民間系統
已然成為主流。洪文瓊認為這個階段的臺灣文學展現出爭鳴與分化的
態勢，它顯示在四方面：（詳見《臺灣兒童文學手冊》，頁57-59）

1 兒童文學社團

在兒童文學社團方面，除了地方性的「高雄市兒童文學寫作學
會」率先成立外，全國性的「中華民國兒童文學學會」是在一九八四
年成立，隨後臺北市、臺灣省也在一九八七、一九八九年分別成立了
「臺北市兒童文學教育學會」、「臺灣省兒童文學協會」，這多少表示
「爭鳴」的意味。

2 論述性刊物

刊物代表言論的園地，論述性刊物的出現，也意謂著理論建構與
詮釋主導權的競爭。本期論述性刊物除兒童文學社團會刊外，可分為
童詩與綜合性兩類。

有關童詩刊物，在七〇年代的蓬勃期中，只見《月光光》兒童詩
刊（1977年4月創刊），創刊於八〇年代的計有：

- 《大雨》童詩刊　一九八〇年一月一日創刊，一九八〇年七月
  三、四期合刊後即停刊。
- 《風箏》兒童詩刊　一九八〇年一月二十日創刊，前後計出十
  期。
- 《布穀鳥》兒童詩學季刊，一九八〇年四月四日創刊，前後計出
  十五期，於一九八三年十月十日發行第十五期後停刊。
- 《滿天星》兒童詩刊　一九八七年九月一日創刊，出版十一期

後，改為《滿天星兒童文學》，十五期起，該刊物改為「臺灣兒童文學協會」的會刊，目前仍在出版。

綜合論述性刊物有兩種，是臺灣最早較有分量者：

- 《兒童圖書與教育雜誌》　一九八一年七月一日創刊，這是臺灣地區第一份專業性兒童文學理論雜誌，發行到十三期後遂告停刊。
- 《海洋兒童文學》四月刊　一九八三年兒童節創刊，這是住在臺東的林文寶、吳當等兒童文學工作者所發行的同仁刊物，於一九八七年兒童節發行第十三期後停刊。

3 幼兒文學

幼兒文學在八〇年代之所以成立為臺灣兒童文學最耀眼的明星，主要來自於幼稚園階段沒有升學的壓力，其次是父母在經濟穩定無虞的情況下，開始重視幼兒的起步教育，再者是政府的重視，於是，兒童文學的市場漸趨成熟。

信誼出版社在一九八一年創刊的《小袋鼠》幼兒期刊揭開幼兒讀物的市場序幕，一九八三年省臺北師專，臺北市師專率先開設幼師科，隨後一九九四年英文漢聲出版公司推出《精選世界最佳兒童圖畫書》把幼兒讀物市場帶入高潮。其實，在《小袋鼠》創刊之前，信誼基金會已成立「學前教育發展中心」（1977年9月），設立「學前教育資料館」（1979年5月22日）及創刊「學前教育」月刊（1978年4月4日）；在此之後，又創設「信誼幼兒文學獎」（1987年1月13日）及「幼兒圖書館」（1988年1月18日），這些都是信誼基金會介入幼兒讀物出版的舉措。尤其是一九八七年信誼基金會創設高獎額的「幼兒兒童文學創作獎」，更進一步把臺灣兒童文學的創作熱潮推向幼兒文學，為臺灣的幼兒文學開啟發展的大門。七〇年代臺灣的童詩熱潮，到八〇年代中後期，可說已完全被幼兒文學熱潮所取代了。這一熱潮

一直到九〇年代仍未止歇，而熱潮所及，使臺灣的兒童文學作家、插畫家，幾乎很少不捲入幼兒文學創作的領域。

幼兒文學在臺灣成軍，意謂臺灣的現代兒童文學已經始走上分化的階段。

4 民間專業兒童劇團

兒童劇，到了八〇年代也有了突破性的發展，那就是年輕一代藝人勇敢走出來組織以娛樂性、藝術性為訴求的專業兒童劇團，擺脫傳統兒童劇團作為制式教育的工具——尤其是民族精神教育的工具。而就兒童文學來說，兒童劇也是兒童文學另一種形式的分化。也唯有到民間專業兒童劇團的成立，臺灣兒童文學發展才可說全面進入「現代」的領域。何以民間的兒童劇團到八〇年代才發展開來，這當然有多方面因素。最重要的不外是市場需求，由於劇團維持費用龐大，而帶兒童觀劇又遠比為兒童購書更處於消費的周邊，在消費市場需求不大的情況下，民間劇團是難以維持的。臺灣經濟環境與消費能力真正有大幅度的改善正好也是在八〇年代以後，也即一直到八〇年代臺灣才具備較成熟的專業兒童劇團發展空間。在這之前，臺灣兒童劇的推動，政府一直扮演火車頭的角色。

除了市場需求因素外，兒童劇的發展也牽涉到人才的問題。在這方面，臺灣現代的民間兒童劇團無疑的是受到「雲門舞集」成立（1973），以及「蘭陵劇場」成立（1980）的影響。前者開改藝術本土化的訴求，後者則為臺灣的實驗劇坊樹立新的里程碑，導致各種實驗劇坊如雨後春筍般紛紛設立。由於社會對「雲門舞集」、「蘭陵劇坊」的肯定，鼓舞年輕一代的舞劇工作者，勇於嘗試組織兒童劇團，臺灣的現代兒童劇團就是在這種情況發展起來的。八〇年代後期以至九〇年代，行政院文化建設委員會更是資助兒童劇團下鄉巡迴演出，也為兒童劇提供更大的發展空間。

於一九八〇至一九八七年間，所成立的民間專業兒童劇團有：

成立時間	劇團團名	說明
1982	快樂兒童劇團	「快樂兒童中心」義工羅正明發起並成立，以該中心義工為主要團員，在各社區演出。
1982年2月	方圓劇場	由陳玲玲所組成的，「方圓劇場」曾參與「民間劇場」的活動，在青年公園演出三齣兒童劇，後又曾於師大禮堂演出，是為正式戲劇演出中，成人為兒童演出兒童劇的先例。
1984年7月	湯匙劇團	由吳麗蘭所組成的，她曾在歐洲參與兒童戲劇的製作與演出，劇碼有《一湯匙的夢》。
1986年9月	杯子兒童劇團	幼兒造型教育專家董鳳酈創立，以黑光劇著稱。
1985年7月	水芹菜兒童劇團	由陳芳蘭創立，在國立藝術館首演由王友輝、蔡明亮改編自義大利的童話《木偶奇遇記》，該團於一九九〇年一月解散。
1986年4月	魔奇兒童劇團	隸屬益華文教基金會，由謝瑞蘭與民歌手鄧志浩等人創立，一九八六年八月創團，首演《魔奇夢幻王國》。
1987年9月28	九歌兒童劇團	原隸屬於「魔奇兒童劇團」的鄧志浩率部分班底另組「九歌兒童劇團」，鄧志浩重視國際交流，其演出劇目有《判官審石頭》、《頑皮大笨貓》、《兒童安全維他命》、《畫貓的小和尚》等。
1987年9月	鞋子兒童實驗劇團	原隸屬於「成長兒童學園」校內兒童劇場之「鞋子兒童實驗劇團」，與「快樂兒

成立時間	劇團團名	說明
		童劇團」共同在中國時報親子月中演出《大象的鼻套》。
1987年11月	一元布偶劇團	由郭承威、李錦蓉成立，首演短劇《蛀牙之舞》等劇，先後以偶劇形式演出《小紅帽》、《三隻小豬》、《夢幻山的故事》。

五　多元共生期（1988年至今）

　　一九八七年臺灣解除戒嚴，並開放大陸探親，一九八八年報禁解除，一九八九年李登輝當選總統，可說是臺灣正式告別舊社會的里程碑，也是社會體制重構的時代。對兒童文學而言，是多元共生，眾聲喧嘩的時期。

　　在多元共生的時期，可見的指標事件有：

（一）光復書局創辦《兒童日報》

　　一九八八年臺灣解除報禁，新報刊紛紛申請創設，光復書局於一九八八年九月一日所創辦的《兒童日報》，即是在此大環境下第一家真正為兒童創辦的報紙。在報禁解除之前，臺灣並沒有兒童專屬的報紙，《國語日報》雖擁有廣大的兒童讀者羣，但是它有三分之一的版面，並不是以兒童為對象。因此嚴格來說，《國語日報》並不是兒童的專屬報紙，所以《兒童日報》的創刊是具有歷史意義。

　　《兒童日報》對臺灣兒童文學的影響並不在於它是臺灣第一份兒童報，而是它對臺灣兒童文學的發展有指標性的意義，以及它為兒童文學界帶來的作法及理念。《兒童日報》是臺灣首家以嚴謹態度委託

洪文瓊規畫而創辦的報紙。其所採行的「兒童文化」編輯政策，更是一新臺灣兒童圖書出版界的耳目。《兒童日報》創刊後，《國語日報》被迫放大字體，調整版面，這可說是某種程度《兒童日報》效應的最具體例證。

然而《兒童日報》對臺灣兒童文學界影響最大的，應是它為臺灣兒童文學界培養出一批具有兒童文學理念的新秀工作者。現今在臺灣兒童文學界嶄露頭角的，不乏第一代《兒童日報》的工作者。儘管一九九八年二月二十八日，《兒童日報》正式宣布停刊，並改為書本型的週刊，但它所培育的新秀，它所立下的工作典範，依然在臺灣兒童文學界流布、影響著。

(二)《小朋友巧連智》

如果說信誼基金會創刊的《小袋鼠》是為臺灣幼兒讀物時代揭開序幕，而日本福武書店於一九八九年兒童節在臺灣創刊的幼兒期刊《小朋友巧連智》中文版，應是臺灣幼兒讀物出版進入戰國時代的開始。

九〇年代成為臺灣幼兒讀物出版最為蓬勃的時代，幼兒文學取代童詩成為臺灣當代兒童文學新顯學。然而《小朋友巧連智》的創刊，不只意謂臺灣幼兒讀物市場的競爭進入白熱化，更標示出它的發展潛力已足以吸引國際出版商的注意。也因大財團的相繼介入，臺灣的兒童讀物出版業已逐漸演變成資本密集、技術密集（包括行銷技術）的行為，小出版社的時代已經過去。福武創刊《小朋友巧連智》事前所做的市場調查與研究，以及創刊前、創刊後的廣告與行銷手法，無一不令臺灣的兒童讀物出版界瞠目結舌。為因應國際化的挑戰，臺灣兒童讀物的出版經營，以及兒童文學創作方向，在在面臨一個新的思考點。

《小朋友巧連智》創刊後，不但極為茁壯地在臺灣存活下來，而且很有野心的開拓新市場。一九九七年八月又進一步將《巧連智》分齡化，分別以小班「快樂版」、中班「成長版」、大班「學習版」，三種版本同時發行。這種開創性的舉措，除了意謂臺灣有很大的消費市場外，更有領頭主導臺灣幼兒讀物市場的意味。

（三）兩岸兒童文學交流

自從一九八七年十一月，政府開放民眾赴大陸探親以來，海峽兩岸開始步入民間交流階段。全面推動民間交流，是〈國統綱領〉近程階段的重點，而各項交流中，又以文化交流最不具政治色彩，爭議性最少。

在文化交流中，兒童文學亦不落於其他文化項目之後。雖然，曾有有關兩岸兒童文學是否交流之爭，尤其是一九九一年四月，《中華民國兒童文學學訊》七卷二期刊載邱傑〈玄奘、張騫、吳三桂、林煥彰〉一文，引發交流之爭議，但一九九二年以後，似乎再無爭議，亦即皆肯定交流之必要。但對大陸輸入臺灣的兒童文學作品，則仍有對大陸的過度依賴、社會主義思想的入侵、打壓臺灣兒童文學作家等之質疑。

兩岸就兒童文學交流中，在臺灣就團體而言主要是以「中國海峽兩岸兒童文學研究會」、《民生報》為主導，就個人而言，則是林煥彰、桂文亞。

「中國海峽兩岸兒童文學研究會」的前身是「大陸兒童文學研究會」，於一九八八年九月十一日成立，林煥彰任會長，謝武彰任執行長。並於一九八九年三月創刊，一九九一年一月，改為《兒童文學家》季刊，一九九二年六月七日正式成立「中國海峽兩岸兒童文學研究會」，林煥彰為理事長，帥崇義為秘書長。研究會以推動兩岸兒童文學交流為主要職責。

　　在海峽兩岸的兒童文學交流中，早期皆以出版品為主，即以文化的表現及活動為主，如今，已進入對文化的價值體系與思想、道德、倫理有關的文化交流。

（四）圖畫書走向國際

　　九〇年代的幼兒文學，尤其是以圖畫書最為耀眼。九〇年代的圖畫書是以自我品牌融入國際市場，其中最大的助力來自郝廣才和格林文化出版公司，郝氏積極與國外名插畫家合作，製作精美圖畫書，同步發行中文、外文多種版本，使臺灣版圖畫書，在國際童書市場中增加能見度。又臺灣本土圖畫書向外推展，以參加義大利的波隆那國際書展最具可觀成效。此外，臺灣插畫家的作品，亦多次入選國際童書插畫原作展：

國內插畫家得獎紀錄

得獎者	時間	獎項	作品	文字	出版社／年
徐素霞	1989	義大利波隆那國際兒童圖書插畫展	水牛與稻草人	許漢章	臺灣省教育廳讀物編輯小組／1986年12月
陳志賢	1991	義大利波隆那國際兒童圖書插畫展	長不大的小樟樹	蔣家語	格林文化公司／1990年4月
王家珠	1991	亞洲插畫雙年展首獎	懶人變猴子	李昂	遠流出版公司／1989年6月
	1992	義大利波隆那國際兒童圖書插畫展西班牙加泰隆尼亞國際插畫展	七兄弟	郝廣才	遠流出版公司／1992年5月

得獎者	時間	獎項	作品	文字	出版社／年
段匀之	1992	義大利波隆那國際兒童圖書插畫展	小桃子（MoMo）		
劉宗慧	1992	西班牙加泰隆尼亞國際插畫展	老鼠娶新娘	張玲玲	遠流出版公司／1992年10月
王家珠	1993	西班牙加泰隆尼亞國際插畫展	巨人和春天	郝廣才	格林文化公司／1993年8月
	1994	義大利波隆那國際兒童圖書插畫展	新天糖樂園	郝廣才	格林文化公司／1994年2月
劉宗慧	1994	受邀參加義大利 Sarmede 國際插畫巡迴展	元元的發財夢	曾陽晴	信誼基金出版社／1994年3月
	1995	義大利波隆那國際兒童圖書插畫展			
楊翠玉	1996	義大利波隆那國際兒童圖書插畫展 西班牙加泰隆尼亞國際插畫展	兒子的大玩偶	黃春明	格林文化公司／1995年11月

（五）兒童文學研究

　　國立臺東師範學院於一九九六年八月十六日獲准籌設「兒童文學研究所」，一九九七年五月二十九日正式招進首屆研究生十五名。

　　兒童文學理論的建構、研究，在臺灣可說是極為薄弱的一環。這從臺灣一直缺乏有分量的相關理論刊物，研究所也很少以兒童文學方面的問題為學位論文。當然有關研究社群的形成以及研究風氣的激發，需要長期的培育。七〇年代洪建全文教基金會配合文學獎徵獎舉辦的專題講座與研究，八〇年代兒童文學社團，特別是「中華民國兒

童文學學會」舉辦論文研討會，以及八〇年代師院改制後，連續舉辦八屆的兒童文學學術研討會，可說都有助於臺灣兒童文學研究社羣的形成與研究風氣的激發。這些講座或研討會也可說是導致臺東師院兒童文學研究所得以籌設的熱身運動。東師兒童文學研究所獲准設立，正是表示兒童文學理論建構與解釋權將逐漸回歸學術單位，終於走上理論與創作正式分工的道路。就長遠來看，東師兒童文學研究所的成立，象徵臺灣兒童文學的新典範已逐漸在形成。

　　綜觀本時期的兒童文學發展與現象，洪文瓊於〈九〇年代中後期臺灣童書出版管窺〉一文，認為「如此時代大環境，深深影響臺灣的文化出版事業，特別是與時代脈動息息相關的童書出版上」。洪氏並從內外兩方面來觀察之：

> 臺灣舊體制解體與新價值重建，基本上可從兩方面來觀察。在內部，它意謂威權時代結束，民主政治獲得穩健發展，不但促使結社（包括組政黨）、出版自由進一步落實，而且促成經濟鬆綁、教育鬆綁，以及環保意識、本土文化意識、原住民文化意識抬頭，使得社會呈現多元價值奔騰競逐的局面；對外方面，臺灣正式放棄以往「漢賊不兩立」的僵硬政策，不但跟大陸展開交流、接觸，也跟其他共產國家積極往來，使「國際化」成為臺灣重要的基底政策之一。這些內外環境的改變，需要新的價值體系以為肆應，同時也影響到文化出版的走向。九〇年代中後期，臺灣童書出版邁向更多元化、國際化、本土化與視聽化，基本上即是受到臺灣內外社會大環境的影響。
> （見1998年5月《出版界》第五十四期，頁31）

　　其實，洪氏所謂多元化、國際化、本土化與視聽化，似乎就可以

多元化涵攝之。所謂多元化，正是有多元共生與眾聲喧嘩的勢態。以下試就五方面說明之：

（1）內容類型的多元：由於文化霸權、後殖民論述以及環保意識等觀念的抬頭，環保與本土鄉土的圖書明顯的增加與重視。又由於社會的多元化，藝能類（音樂、體育、美術）宗教等童書也一一呈現。

（2）出版媒介類型的多元：一九九四年德國法蘭克福書展，電子書首次以打破傳統國別的分類法進駐主題區，不啻宣告「後書本時代」（Post-book Age）的來臨。電子書改變了閱讀快感——直接、強烈、短暫——掀起了認知的革命，加速與催化了圖像族的出現。這種出版媒介的電子化與視聽化，乃是世界共通性的問題。傳統閱讀偏重文字，隨著傳播科技的進步，傳播信息的媒介不限於文字印刷。於是童書呈現視聽化的趨勢，尤其是電子書，在九○年代中後期，更成為童書的新寵。

（3）文體類型的多元：童書的消費市場，亦反映在文體類型上的多元。如散文、繪本、小說，非但數量有明顯的增加，且亦已形成了氣候。尤其是繪本，更成為九○年代的主流文類。

（4）刊物類型的多元：解嚴初期，期刊報紙曾有短期的繽紛，而後則以幼兒、漫畫等期刊為主流，且漸趨專類化與視聽化之途。

（5）稿源類型的多元：由於社會多元化，資訊流通快速，以及著作權法的實施（1992年6月起），從出版社開拓稿源的層面來看，臺灣童書國際化走向有增強且多元的趨勢。一九八八年以後，不再像以往大部分以美日作品為主，德、法、義大利、加拿大、蘇俄等國家的作品，也不斷在臺灣出現。而大陸的兒童文學作品，更是大量被引進臺灣。

六　結語與展望

　　臺灣自一九八七年解除戒嚴法,使臺灣從此走向一條多元開放的道路。但就兒童文學而言,仍有本土化與國際化之爭。這種爭執主要是對殖民文化的反動,因此,它也是一種自然的趨勢。每個人都將成為世界公民,但在同時又不能失去本源頭的認同下,每個人都必須在所屬的國家與社區扮演積極參與的角色。我們雖然要邁入國際化,但相對的,地方化、區域化的觀念越來受到重視。國際化和地方本土化到底如何去化除緊張,亦是不可避免的事實。吉妮特・佛斯(Jeannette Vos)、高頓・戴頓(Gordon Dryden)於《學習革命》(*The Learning Revolution*)中認為塑造明日世界有十五個大趨勢,其實是「文化國家主義」,他們說:

> 當全球愈來愈成為一個單一經濟體,當我們的生活方式愈來愈全球化,我們就愈來愈清楚的看到一個相反的運動,奈斯比稱之為文化國家主義。
>
> 「當世界愈來愈像地球村,經濟也愈來愈互賴時,」他說,「我們會愈來愈講求人性化,愈來愈強調彼此間的差異,愈來愈堅持自己的母語,愈來愈想要堅守我們的根及文化。
>
> 即使是歐洲由於經濟原因而結盟,我仍認為德國人會愈來愈德國,法國人愈來愈法國。」
>
> 再次的,這其中對於教育又有極為明顯的暗示。科技愈加發達,我們就會愈想要抓住原有的文化傳統──音樂、舞蹈、語言、藝術及歷史。當個別的地區在追求教育的新啟示時──尤其在所謂的少數民族地區,屬於當地的文化創見將會開花結果,種族尊嚴會巨幅提升。
>
> (見林麗寬譯,中國生產力中心出版,1997年4月,頁43-44)

　　本土化、國際化，皆不悖離多元化。而所謂多元化、本土化的主張，不是口號，是趨勢。在歷經長期的努力，我們已經有了對臺灣與本土文化自然的情感。其實自一九六〇年代末期，有愈來愈多的作家、學者對另一種殖民作為──新殖民主義，尤其是美國好萊塢文化及其商品侵略──開始注意。針對新舊殖民經驗，如何界定自己本土文化，珍視傳統文化再生的契機及其不同之處。

　　申言之，在多元化的弔詭中，我們看到的仍是殖民文學，而非後殖民文學。後殖民文學的一個重要特色，便是作家已自覺到要避開權力中心的操控。這種去中心的傾向，與後現代主義的去中心有異曲同工之妙。因此，有人把解嚴後的臺灣兒童文學的多元化現象，解釋為國際化或後現代狀況。不過，我們必須辨明的是後殖民與國際化或後現代狀況之間有一最大的分野，乃在於前者強調主體性；而後者傾向於主體性的解構。國際化或後現代主義並不在意歷史記憶的重建，後殖民主義則非常重視歷史記憶的再建構。

　　展望臺灣的兒童文學，仍是多元共生與眾聲喧嘩。但在多元性，可見我們的記憶，我們的歷史，更見我們主體性與自主性。

參考書目

一

《我國兒童文學的演進與展望》　許義宗著　自印本　1976年12月
《我國兒童讀物發展初探》　邱各容著　自印本　1985年4月
《兒童文學談叢》　邱各容著　自印本　1988年10月
《中華民國臺灣地區兒童期刊目錄彙編》　洪文瓊策劃主編　臺北
　　　市：中華民國兒童文學學會　1989年12月

《兒童文學史料初稿（1945-1989）》　邱各容著　臺北市：富春文化
　　　公司　1990年8月

《宜蘭縣兒童文學史料初稿》　邱阿塗著　宜蘭縣：宜蘭縣教育局
　　　1990年9月

（西元1945-1990年）華文兒童文學小史　洪文瓊主編　臺北市：中
　　　華民國兒童文學學會　1991年5月

（西元1945-1990年）兒童文學大事紀要　洪文瓊主編　臺北市：中
　　　華民國兒童文學學會　1991年6月

《臺灣兒童文學史》　洪文瓊著　臺北市：傳文文化公司　1994年6
　　　月

《一所研究所的成立》　臺東師範學院兒童文學研究所編輯　臺東
　　　市：臺東師範學院兒童文學研究所　1997年10月

《臺灣區域兒童文學概述》　林文寶主編　臺東師範學院兒童文學研
　　　究所　1999年7月

《海峽兩岸兒童文學交流之研究》　林文寶主持　臺東師範學院
　　　1998年7月

《臺灣兒童文學手冊》　洪文瓊編著　傳文文化公司　1999年8月

《臺灣‧兒童‧文學》　臺東師範大學兒童文學研究所　1999年8月

《臺灣（1945-1998）兒童文學100》　林文寶主編　行政院文建會
　　　2000年3月

二

《國語日報‧兒童文學週刊》　1972年4月2日創刊
《中華民國兒童文學學會會訊》　1985年2月創刊

　　　　——本文原載《臺灣文學》（臺北市：萬卷樓圖書公司，
　　　　　　2001年8月），頁263-304。

九歌「現代兒童文學獎」的觀察

一　前言

　　九歌「現代兒童文學獎」，是目前臺灣地區唯一以少年小說為徵文對象的兒童文學獎。又其參選資格是以海內外、華人為主。個人曾多次參與決選評審，且於九歌出版社二十年時撰有〈九歌「兒童書房」的觀察〉一文。今年，九歌現代兒童文學獎進入第十屆，並已預訂於六月八日、九日舉行「臺灣少年小說學術研討會」。屆時，除領獎外，更擬對一九四五年以來臺灣少年小說的發展與演進、創作與評論、閱讀與教學等進行深入探討。因此，對九屆以來的得獎作品，有必要進行研究或觀察，個人不揣譾陋，再度執筆以觀察之。

二　九歌現代兒童文學獎的緣起

　　提起九歌現代兒童文學獎，不得不從蔡文甫先生說起。

　　一九七八年三月，任職中華日報副刊主編的作家蔡文甫，秉持著「為讀者出好書，照顧作家心血結晶」的理念，在五十二歲這年獨資創辦了九歌出版社。

　　創業作均是文壇名家：夏元瑜《萬馬奔騰》、王鼎鈞《碎琉璃》、傅孝先《無花的園地》、葉慶炳《誰來看我》、楚茹譯《生命的智慧》及蔡文甫編《閃亮的生命》。前五書文學創作，列於九歌文庫，後者以報導殘而不廢的人士為主，列於九歌叢刊。

　　創業第一年，出版文庫十四本，叢刊三本，共計十七本書。除由蔡文甫任社長兼管編輯部，員工僅會計、發行經理，連蔡文甫本人，共計三名。

　　一九八三年三月，為提升國內兒童文學水準，為中國孩子提供更多的好書，出版「九歌兒童書房」，一集四冊，二十五開，大字正楷注音。第一集四冊分別是：楊思諶《五彩筆》、楊小雲《小勇的故事》、嶺月譯《巧克力戰爭》、蔡文甫著《中國名人故事》。本年度出版二集。

　　一九九二年六月五日，財團法人臺北市九歌文教基金會正式成立，由蔡文甫獨立籌措五百萬元，並敦請朱炎出任董事長，李瑞騰任執行長。基金會從第一年起，就固定每年舉辦九歌兒童文學獎及九歌小說寫作班。

　　九歌兒童文學獎，旨在鼓勵本土兒童文學的創作，期待我們能有更多屬於本國兒童的讀物，藉以提升兒童的鑑賞能力，啟發創意。在行政院文化建設委員會的贊助下，兒童文學獎首屆徵文首獎為新臺幣十五萬元，第二屆提高為十八萬元，第三屆更提高為二十萬元，在文建會長期贊助下，自第九屆起，首獎稱為文建會獎。海內外人士均可參加。得獎作品多由九歌列入「九歌兒童書房」書系出版。

　　九歌現代兒童文學獎，為了鼓勵新人，第二屆開始，限制曾經得過國家文藝獎、中山文藝獎及九歌現代兒童文學首獎者，不得參加。後來，又改為三年內不得參加。（以上參見1998年3月九歌出版社有限公司李瑞騰編《九歌二十》。）

三　徵文辦法與得獎者的基本資料

　　所謂相關的基本資料，是指徵文辦法裡的相關規定，以及參加徵文者、得獎者的基本資料。

（一）徵文辦法

　　九歌現代兒童文學獎徵文辦法，計有宗旨、獎項、獎金、應徵條件、徵文時間、評選、注意事項、附錄等八項。其中應徵條件、注意事項可參見文後附錄之徵文辦法。此外，將徵文相關規定，列表以見其異同。

屆別	文類	適讀年齡	文長	獎金	版稅
一	兒童小說	9歲～14歲	3萬5千字-4萬5千字	第一名15萬元	出版專集，不另付版稅
二	同上	同上	同上	第一名18萬元	初版4千冊不付版稅，再版支付8%版稅
三	同上	同上	同上	第一名20萬元	同上
四	同上	同上	同上	佳作改為5萬元	同上
五	同上	同上	同上	同上	同上
六	同上	同上	同上	佳作改為6萬元	出版與否，由主辦單位與九歌商定
七	少年小說	10歲-15歲	3萬5千字～4萬字	同上	出版專集，另行簽約支付版稅
八	同上	同上	同上	同上	同上
九	同上	同上	同上	同上	同上
十	同上	同上	同上	一、二、三名改為文建會獎、評	初版4千冊不付版稅，再版支付

屆別	文類	適讀年齡	文長	獎金	版稅
				審獎、推薦獎，又佳作獎金改為5萬元	8%版稅

（二）參獎作品件數與評審名單

徵文，其目的在發掘人才與作品，其方式與過程皆為關心者所注目，因此，透明與公平是必須的，今將歷屆九歌現代兒童文學獎參選作品件數與評審名單列表如下：

屆別	參選作品件數	決選作品件數	得獎作品件數	複審委員名單	決審委員名單
一	94	14	6	楊小雲、蔣竹君、林政華	林良、嶺月、鄭雪玫
二	104	14	6	楊小雲、蔣竹君、林政華	嶺月、馬景賢、桂文亞
三	122	12	6	楊小雲、林政華、康芸薇	蔣竹君、嶺月、傅林統
四	145	19	6	蔣家語、管家琪、陳木城	蔣竹君、張子樟、楊小雲
五	154	22	5	王宣一、鄒敦怜、陳木城	林文寶、劉靜娟、桂文亞
六	166	17	6	陳木城、鄒敦怜、管家琪	林文寶、楊小雲、蔣竹君
七	140	20	5	楊小雲、陳木城、馮季眉	林文寶、林政華、桂文亞
八	149	18	7	王宣一、陳木城、管家琪	楊小雲、張子樟、許建崑
九	176	21	8	管家琪、馮季眉、鄒敦怜	林文寶、陳土城、劉靜娟、許建崑、桂文亞

（三）得獎者的基本資料

　　歷經九屆徵文，其間四、五兩屆第一名從缺，今將得獎者性別籍貫資料統計如下：

屆別	性別		區域別				
					海外		
	男	女	臺灣	大陸	美國	英國	香港
一	3	4	4	1	2		
二	3	3	1	3	2		
三	1	5	3	1	1		1
四	3	3	3	2	1		
五	1	4	4		1		
六	2	4	4	1	1		
七	2	3	4	1			
八	2	5	6			1	
九	3	5	6	1		1	
統計	20	36	35	10	8	2	1

　　總計得獎篇數有五十五篇，其間，第一屆佳作《茵茵的十歲願望》，作者是兩位女性，是以得獎人次總數有五十六。

（四）多次得獎者

　　為了追逐更好的名次與成果，有人多次得獎，今統計得獎兩次以上者如下：

作者	屆別	名次	作品名稱	小計	備註
劉臺痕	1	第三名	五十一世紀	3	
	3	佳作	護令行動		
	6	佳作	鳳凰山傳奇		
趙映雪	1	佳作	茵茵的十歲願望	3	楊美玲、趙映雪兩人合著
	3	第三名	奔向閃亮的日子		
	5	佳作	Love		
馮傑	2	佳作	飛翔恐龍蛋	3	
	4	第三名	冬天的童話		
	9	第二名	少年放蜂記		
屠佳	2	佳作	飛翔吧！黃耳朵	2	
	5	第二名	藍藍天上白雲飄		
陳素宜	3	第二名	天才不老媽	3	
	4	佳作	秀巒山上的金交椅		
	5	第三名	第三種選擇		
盧振中	4	第二名	阿高斯失踪之謎	2	
	6	第二名	荒原上的小涼棚		
鄭宗弦	6	佳作	姑姑家的夏令營	4	
	7	第三名	第一百面金牌		
	8	第二名	又見寒煙壺		
	9	第一名	媽祖回娘家		
林音因	8	第三名	期待	2	
	9	佳作	藍天使		
王晶	8	佳作	世界毀滅之後	2	
	9	第三名	超級小偵探		
王文華	8	佳作	南昌大街	2	
	9	佳作	再見・大橋再見		

（四）得獎作品的觀察

　　所謂觀察，主要是針對得獎作品就類別、題材與內容、空間、敘述觀點、敘述方式、時間等項，作表面現象的考察，不作深入之分析與探討。

　　在歷屆得獎作品總計有五十五件。其中第三屆劉臺痕〈護令行動〉未出版。又第一屆得獎作品中，有兩件是由天衛文化出版，分別為李潼《少年龍船隊》、張如鈞《大腳李柔》；另有第七屆林峻楓《青春跌入了迷宮》，由富春文化出版。

　　至於小說類別則採拙著《兒童文學故事體寫作論》（見1994年元月毛毛蟲兒童哲學基金會版，頁322-324）的分類，將少年小說分為六種類別：現實、冒險、推理、動物、歷史、科幻等。

（一）得獎作品析論簡表

　　今將得獎作品現象觀察，並析論簡表如下：

屆別	獎項	書名	作者	作者性別	居住地	類別	題材與內容	空間	敘述觀點	敘述方式	時間	冊號
1	第一名	少年龍船隊	李潼	男	臺灣	現實小說	藉少年龍船隊的比賽化解兩庄的仇視	二龍河畔	第三人稱	順敘	現代	小魯
	第二名	九龍闖三江	戎林	男	大陸	現實小說	九龍離家掙錢，經過多次挫折而返鄉	大陸三江市	第三人稱	順敘	現代	53
	第三名	五十一世紀	劉臺痕	女	臺灣	科幻小說	由葉綠素萃取液化解瘟疫，喚醒對植物與自然環境的重視	海底城地底城	第三人稱	順敘	未來	54

屆別	獎項	書名	作者	作者性別	居住地	類別	題材與內容	空間	敘述觀點	敘述方式	時間	冊號
1	佳作	大腳李柔	張如鈞	女	臺灣	現實小說	一位女足隊員的成長	國小校園→國中校園	第一人稱	順敘	現代	小魯
	佳作	茵茵的十歲願望	楊美玲 趙映雪	女	美國	現實小說	父母遷美，小留學生各方面的適應問題	美國	第一人稱	倒敘	現代	55
	佳作	我們的土地	柯錦鋒	男	臺灣	現實小說	藉由旅行所見所聞呈現環保的重要	臺灣中部	第一人稱	順敘	現代	56
2	第一名	重返家園	陳曙光	男	大陸	現實小說	離家小孩的成長經驗	大陸徐州府	第一人稱	順敘倒敘交錯	現代	61
	第二名	少年曹丕	陳素燕	女	美國	現實小說	單親家庭的少年成長小說	臺灣北部	第一人稱	順敘	現代	62
	第三名	安妮的天空‧安妮的夢	胡英音	女	美國	科幻小說	喪母之痛的心理成長小說	美‧亞利桑那州	第一人稱	順敘	現代	63
	佳作	家有小丑	秦文君	女	大陸	現實小說	單親小孩到再婚父母的家庭所引發的風波	大陸	第一人稱	順敘	現代	64
	佳作	飛翔恐龍蛋	馮傑	男	大陸	現實小說	以恐龍考古現場為背景，探討鄉村困苦生活與古蹟保護	河南考古現場	第一人稱	順敘	現代	66
	佳作	飛翔吧！黃耳朵	屠佳	男	臺灣	現實小說	從一個國小學生與一隻土狗的親密生活談起	臺北市	第三人稱	順敘	現代	67

屆別	獎項	書名	作者	作者性別	居住地	類別	題材與內容	空間	敘述觀點	敘述方式	時間	冊號
3	第一名	老蕃王與小頭目	張淑美	女	臺灣	現實小說	描述守護拉壩這個排灣族部落的故事	排灣族部落－拉壩	第三人稱	順敘	民75至76年	69
	第二名	天才不老媽	陳素宜	女	臺灣	現實小說	媽媽想當作家，追求自我成長（以學校生活為襯）	臺北	第一人稱	順敘	現代	70
	第三名	奔向閃亮的日子	趙映雪	女	美國	現實小說	聽障少年的生活	臺灣嘉義	第一人稱	順敘	現代	71
	佳作	十三歲的深秋	黃虹堅	女	香港	現實小說	破碎家庭少女的成長小說	香港	第一人稱	順敘倒敘交錯	現代	72
	佳作	隱形的恐龍鳥	張永琛	男	大陸	科幻小說	未來的善惡之爭	臺灣阿里山	第一人稱	順敘	未來	75
	佳作	護令行動	劉臺痕	女	臺灣							
4	第一名	從缺										
	第二名	兩本日記	莫劍蘭	女	臺灣	現實小說	親子雙線互動故事	臺灣	第三人稱	順敘	現代	77
	第二名	阿高斯失踪之謎	盧振中	男	大陸	科幻小說	科幻、冒險、環保	大陸黃河河口	第三人稱	順敘	現代	78
	第三名	冬天的童話	馮傑	男	大陸	現實小說	描寫老人博大為懷，收養棄嬰的奮鬥過程	大陸	第三人稱	順敘	民初	79

屆別	獎項	書名	作者	作者性別	居住地	類別	題材與內容	空間	敘述觀點	敘述方式	時間	冊號
4	佳作	永遠的小孩	黃淑美	女	臺灣	現實小說	家庭衝突、學校適應問題	臺灣	第三人稱	順敘	現代	80
	佳作	秀巒山上的金交椅	陳素宜	女	臺灣	現實小說	一群青少女成長與鄉土傳說	臺灣	第三人稱	順敘	現代	83
	佳作	小子阿辛	李麗申	女	美國	現實小說	國中畢業生不愛升學，與現代社會衝突的情形	臺灣	第三人稱	順敘	現代	84
5	第一名	從缺										
	第二名	藍藍天上白雲飄	屠佳	男	臺灣	現實小說	描述一個男孩的暑假	臺北	第一人稱	順敘	現代	85
	第三名	第三種選擇	陳素宜	女	臺灣	現實小說	問題學生心路歷程	臺北	第三人稱	順敘	現代	86
	佳作	Love	趙映雪	女	美國	現實小說	運動選手車禍後，重新站起來面對現實	臺灣	第三人稱	順敘	現代	87
	佳作	紅帽子西西	林小晴	女	臺灣	現實小說	現代人對理想夢土之追尋	臺灣	第三人稱	順敘	現代	88
	佳作	少年行星	陳惠玲	女	臺灣	科幻小說	不管科技如何發達，愛與被愛是永遠不變的	少年行星	第三人稱	順敘	未來	95
6	第一名	我愛綠蠵龜	范富玲	女	臺灣	現實小說	自閉與環保	澎湖	第三人稱	順敘	現代	89

屆別	獎項	書名	作者	作者性別	居住地	類別	題材與內容	空間	敘述觀點	敘述方式	時間	冊號
6	第二名	荒原上的小涼棚	盧振中	男	大陸	現實小說	敘述在黃河三角洲教書的韓萍與學生之間動人的感情	黃河三角洲上的魚窩小學	第三人稱	順敘	現代	90
	第三名	學生國度	陳愫儀	女	臺灣	科幻小說	以複製人的話題，強調心性活動的珍貴與不可取代性	臺北	第三人稱	順敘	21世紀	91
	佳作	蘋果日記	劉俐綺	女	美國	現實小說	描寫一位望女成鳳的母親與在美國求學的女兒之間生活的點滴	紐約	第三人稱	順敘	現代	92
	佳作	鳳凰山傳奇	劉臺痕	女	臺灣	歷史小說	藉中部橫貫公路開墾為背景，討論多元文化與族群融合課題	南投，林杞埔	第三人稱	順敘	一八七四年代	93
	佳作	姑姑家的夏令營	鄭宗弦	男	臺灣	現實小說	阿明由都市到鄉村的生活經驗，並化解姑姑與大嫂之間的衝突	嘉義鄉下	第三人稱	順敘	現代	94
7	第一名	阿公放蛇	陳瑞璧	女	臺灣	現實小說	以孩子的口吻說爺爺奮鬥成長與尋根的故事	彰化王功海邊	第一人稱	順敘倒敘交錯	日據現代	97
	第二名	藍溪紀事	匡立杰	男	大陸	現實小說	以文革為背景，描寫兩個家庭對立的化解	大陸北方	第一人稱	順敘	文革	98
	第三名	第一百面金牌	鄭宗弦	男	臺灣	現實小說	以少年追求成為名廚的過程，討論自我實現的課題	高雄	第三人稱	順敘	現代	100
	佳作	姊妹	劉碧玲	女	臺灣	冒險小說	描寫國小小女生《三年級大逃亡》的故事	臺北－彰化	第一人稱	順敘	現代	99

屆別	獎項	書名	作者	作者性別	居住地	類別	題材與內容	空間	敘述觀點	敘述方式	時間	冊號
7	佳作	青春跌入了迷宮	林峻楓	女	臺灣	現實小說	探討國中生的性別迷思、親子關係、友誼愛情等問題	臺灣	第三人稱	順敘	現代	富春
8	第一名	二〇九九	侯維玲	女	臺灣	科幻小說	以描述未來科技戰爭，見人性	地球東邦聯的峽北市	第三人稱	順敘	未來	101
	第二名	又見寒煙壺	鄭宗弦	男	臺灣	現實小說	描述九二一大地震十年後，女主角因一隻寒煙壺重回苦難的記憶，並由其中得到安慰與溫暖	鹿谷梅山	第一人稱	倒敘順敘交錯	現代	106
	第三名	期待	林音因	女	臺灣	現實小說	描寫一位高中生，因家庭變故的成長故事	高雄	第三人稱	順敘	現代	102
	佳作	世界毀滅之後	王晶	女	寓居英國	科幻小說	描述核戰爆發造成世界毀滅，小威一家人幸運逃過一劫，卻從此展開他們的歷險	地球上的某小國	第三人稱	順敘	未來	107
	佳作	南昌大街	王文華	男	臺灣	歷史小說	介紹南昌大街在地震前的風華，地震後的慘狀	南投埔里	第三人稱	順敘	現代	103
	佳作	成長的日子	蒙永麗	女	臺灣	現實小說	兩個分別在火災與地震中受創的心靈，藉由彼此的友誼重新建立希望	臺北	第三人稱	順敘	現代	108
	佳作	蘭花緣	鄒敦怜	女	臺灣	現實小說	親子生活故事	臺北	第一人稱	順敘	現代	104

屆別	獎項	書名	作者	作者性別	居住地	類別	題材與內容	空間	敘述觀點	敘述方式	時間	冊號
9	第一名	媽祖回娘家	鄭宗弦	男	臺灣	現實小說	結合臺灣民間信仰活動，描繪長者對子孫無盡的愛。「回娘家」一詞，語帶雙關	臺中→嘉義新港	第一人稱	倒敘順敘交錯	現代	109
	第二名	少年放蜂記	馮傑	男	大陸	現實小說	鄉村少年「九餅」穿越中國南北，歷經一段豐富多彩的放蜂生活	大陸南北	第一人稱	順敘	文革時代	113
	第三名	超級小偵探	王晶	女	英國	推理小說	四個小五的學生組成「超級小偵探」偵破一連串謎案的故事	臺北	第一人稱	順敘	現代	110
	佳作	藍天使	林音因	女	臺灣	現實小說	描述父親經商失敗，母親赴國外上班還債，寄養在外婆家的安琪，姊代母職，勇敢獨立的故事	高雄	第一人稱	順敘	現代	111
	佳作	河水流啊流	臧保琦	女	臺灣	現實小說	描寫一個國小女生隨著父母工作異動轉學，面對新環境、新生活裡的故事	臺灣	第一人稱	順敘	現代	112
	佳作	送奶奶回家	陳貴美	女	臺灣	現實小說	俐方在送奶奶回家與爺爺重聚的過程中，學習面對嚴肅的生死問題	臺灣都會區	第一人稱	順敘	現代	114
	佳作	再見，大橋再見	王文華	男	臺灣	現實小說	原住民為理想而離鄉奮鬥，最後返回家鄉的故事	臺灣城市	第一人稱	順敘	現代	115

屆別	獎項	書名	作者	作者性別	居住地	類別	題材與內容	空間	敘述觀點	敘述方式	時間	冊號
9	佳作	我們的山	陳肇宜	女	臺灣	現實小說	家境貧困的兩兄弟和富家女佳君成為好友，他們領她一起享受大自然的樂趣，並經歷一場驚險的綁票事件	臺北	第三人稱	順敘	現代	116

（二）作品類別統計表

　　得獎作品由九歌出版社有限公司出版者，依九歌兒童書房的編號將其類別統計如下：

類型	現實小說	冒險小說	推理小說	動物小說	歷史小說	科幻小說
冊別	53、55、56 61、62、64 66、69、70 71、72、77 79、80、83 84、85、86 87、88、89 90、92、94 97、98、99 106、102 108、104 109、111 112、113 114、115 116	100	110	67	93、103	54、63 75、78 95、91 101、107
單計	38	1	1	1	2	8

以上合計有五十一件，另外三件由他家出版者，亦屬於現實小說，是以現實小說合計有四十一件。

（三）現象觀察

縱觀前列兩種統計表，可觀察的現象有四：

1 小說的類別

得獎作品以類型分，現實小說占百分之七十六，可說比率偏高，而冒險小說、推理小說、動物小說、歷史小說則偏低。

所謂現實是指從現實生活中，描寫兒童、少年們的歡笑、悲傷、煩惱、憧憬，而追求正確的生活方式，也就是給讀者提示了人生的一面縮圖。廣義的說，冒險、推理、動物、歷史、科幻等小說亦不離現實面。

在現實小說中，題材有原住民、親子、環保、教育、友誼、殘障者、反毒等多重面貌。

其實，少年小說主題不離啟蒙與成長，類型的區分是形式，張子樟於〈啟蒙與成長──少年小說的永恒主題〉一文中有云：

> 每個青少年有他獨特的成長時空，不同的生活遭遇形成不同的成長故事。優秀的作家常能憑藉想像，探幽鉤沉，銳意伸拓，擷取適當的生活素材，加以篩選、提煉，寫成一篇篇不同類型的感人故事。這些故事雖然是以曲折動人的情節來呈現文中主角生命的種種轉折，但其主題始終離不開啟蒙與成長，類型的區分是形式，而啟蒙與成長才是作品極力想表達的內容。從類型可以聯想到更廣闊的內容。內容和形式互相交錯、互相傳遞，是不可剝離的。如此一來，我們似乎可以斷定啟蒙與成長

是少年小說的「內涵」（connotation），不同類型的故事只是擔任詮釋啟蒙與成長過程的「外延」（denotation）而已。由於不同類型故事從不同角度切入，對啟蒙與成長的詮釋也就顯得特別圓滿與周全。這些類型故事有如一面面的鏡子，青少年站在不同的鏡前，彷彿看到自己成長的過程，從中汲取他人的經驗，便慢慢懂得如何調適自我、超越自我。（見馬景賢編《認識少年小說》，天衛文化出版社，1996年11月，頁32）

張子樟並將少年小說區分為：「辨認善惡、體驗愛情、經歷考驗、友情試煉、戰爭洗禮、死亡威脅、面對恐懼克服恐懼、環保與自然生態、歷史尋根、人性的折射、愛的尋覓」等十一種類型。（同上，詳見頁32-41）

基本上小說的類型或類別，與所選擇的題材有關。一般說來，小說表現人生、描述人生，材料從人生中來。每個人都有他經歷的事件和生活環境，不論是坎坷或平順，都是小說的材料。只要加以收集、選擇、組合便足以寫小說，材料是完整或零碎的，必須透過作者的匠心，始能成為作品。而所謂的匠心，其基本要領則在於觀察、體驗與想像。（詳見黃武忠著《小說家談寫作技巧》，學人文化，1979年9月，頁19-25）

總之，我們可以從得獎作品中，看到作者主要是從現實面取材，且取材也多樣，當然也看到啟蒙與成長的內涵意義，只是少見豐富的想像與探幽鈎沉的細心。

2　場景

首先，我必須對場景作個界定。

有人說場景，即是指小說中必要元素「人、事、時、地、物」中

的地。（見黃武忠著《小說家談寫作技巧》，學人文化，1979年9月，頁49）

又有人說場面是小說中具有時空限界的片段；換句話說，一個場面有一定的開場端和結束（時間限界），並發生於一定的場所（空間限界）。（見丁樹南譯《寫作的方法和經驗》增訂再版，大地出版社，1983年5月，頁75）

而本文所指場景，即是五元素中的「時、地」，亦即是指時間與空間，它是小說中人物活動場域的座標。

得獎作品，就時間言，要皆以現、當代為主。就空間言，雖以臺灣為主要場域，但亦有大陸、美國、英國、香港等地。

3　敘述觀點與敘述手法

敘述觀點是小說的一種不可或缺的寫作技巧，它是指敘述者與故事之關係的運用上。

所謂觀點（view-point），照字面解釋是指從什麼角度觀看之謂。用於小說技巧，則有兩義，一是「由誰來敘述故事」，通稱為「敘述觀點」；另一義，則可稱之為「見事觀點」，即小說的「本身世界」中，人物的樣貌、場景的現況、人物的姓名、事件之發生等，是通過什麼方式，而顯現出來的。（見胡菊人著《小說技巧》，遠景出版社，1978年9月，頁83）

敘述觀點的選取，並非只是為選擇交代故事的人物而已，它也是與作者要表現的題旨相關。因此，敘述觀點是寫作的關鍵，也是閱讀的關鍵。

至於敘述手法，可說是作者處理時間的方式。

縱觀得獎作品的敘述觀點，主要是第一人稱。又敘述方式，以順敘為大宗，其間順敘、倒敘交錯使用者有五篇，《重返家園》、《十三

歲的深秋》、《阿公放蛇》、《又見寒煙壺》、《媽祖回娘家》，至於雙線順敘者有《兩本日記》。

五　結語

一九九四年十月十卷五期的《中華民國兒童文學學會會訊》有〈兒童文學獎〉主題，謝武彰的前言〈「獎」不「獎」的關係〉有言：

> 在兒童文學的創作、繪畫、出版和學術研究之外，無疑的，還有一個重要的部分，深深影響著兒童文學的發展，那就是兒童文學獎項。目前在圈內十分活躍的作家、畫家，大家經過文學獎的試煉脫穎而出，然後展開一波又一波的創作。
>
> 兒童文學提供了一個競賽場，給予有志者舒活筋骨，向前衝刺的機會。又要大家遵守規則，不做出犯規動作，破紀錄、得金牌、領賞格，豈不妙哉！
>
> 對自己有期許的創作者，一定要有登高望遠的壯志。寫作、畫畫，最大的目的，是在完成自我。如果能意外獲得某種獎項，可以看成是額外的報酬，不必太在意得不得獎。因為，獎項也許能激勵創作者大步向前，然而，得獎以後的「續航力」也非常重要，以免曇花一現。
>
> 但願創作者能盡量調整自己的心情、盡量培養自己的器度、盡量發展自己的風格，使文學獎發揮更上一層樓的功能。（頁36）

培植兒童文學家並非一蹴可幾，有兒童文學獎，或可維持創作者的興趣於不墜。況且，得獎乃是今日晉身作家的必然與必須的條件。

九歌現代兒童文學獎九年以來，肯定得獎者的才華，給以信心，

進而培植了不少的本土作家，以及優秀的本土作品，這是有目共睹的事實。而文建會能長期的贊助，更是對兒童文學的肯定。

九年以來，徵文辦法已漸臻完善，比賽的公平性和客觀性亦已建立。或許應徵稿件應全部採電腦打字，且大陸簡體字也應轉換為正體字。

張子樟在區分少年小說類型之後說：

> 以上這些類型的區分只是為了凸顯少年小說的啟蒙與成長的內涵意義，並不是詮釋啟蒙與成長的唯一方式，例如以少年小說的取材角度同樣可以襯托出啟蒙與成長的意蘊。如果認定形式與內容是相輔相成的，則少年小說的形式（包括表達方式、類型、取材、功能、欣賞層次等），無一不是直指啟蒙與成長的。（同上，見天衛文化出版社，頁40-41。）

今觀得獎作品，或許由於徵文辦法的限制，作品寫作技巧不夠多元，同時亦嫌單薄，也就是說寫作策略太以讀者取向為依歸，兒童文學作品的讀者雖然是兒童，但兒童文學作品不是餵招的糖果。我們認為兒童文學的先決條件是文學，它只能把文學的全部屬性作為自己的屬性。兒童文學在性質和知識分類結構上都是屬於文學。文學是藝術的一環，而「美」是藝術的本質，因此兒童文學的本質也是美。太多的兒童策略，並非兒童文學發展的正途。為今之計，補救之道有：

首先，建議主辦單位改徵長篇。目前徵文以三萬五千字至四萬五千字為限，這種篇幅字數是中篇。九年以來的徵文，理當已喚起大家對少年小說的重視與肯定。這種重視與肯定的階段性功能應該可以結束、接續的是要開花與結果。只有長篇出現，才有大河的波濤，也才有深度、廣度與多元技巧可言。

　　其實，短篇、中篇與長篇的真正區分，並不完全在字數的多寡，而是在「結構特徵」。因此長篇更可見創作者的功力與匠心。就少年小說而言，長篇字數至少在五萬字以上，或許徵文可以六萬字至七萬字。

　　其次，建議創作者能回歸文學的基本面。所謂我們的兒童文學創作較少高質量作品的很重要的原因，即是在於過度兒童取向，而缺乏文學性的自覺。「文學」是兒童文學探討的主題，「兒童」是它的方向、它的屬性狀態。它的目的是給兒童提供美的感受，促進兒童身心的發展，幫助兒童達成社會化。因此，所謂的文學性的自覺即是在於美學與想像，以及多元的技巧。只有回歸文學的基本面，才會有優質的作品出現。

附錄

第一屆現代兒童文學獎徵文辦法

主辦單位：九歌文教基金會

贊助單位：行政院文化建設委員會

協辦單位：九歌出版社有限公司

一　宗旨：鼓勵國人創作兒童文學，以提升兒童的鑑賞能力，啟發其創意，並培養其開闊的世界觀以及社會人生之關懷。

二　獎項：兒童小說——適合九歲至十四歲兒童及少年閱讀，文長三萬五千字至四萬五千字為限。

三　獎金：第一名——獎金十五萬元、獎牌一座。

　　　　　第二名——獎金十二萬元、獎牌一座。

　　　　　第三名——獎金十萬元、獎牌一座。

　　　　　佳作若干名，獎金每名八萬元，獎牌一座。

四　應徵條件

　　1 海內外中國人均可參加，唯須以白話文寫作。每人應徵作品以一篇為限。

　　2 作品必須未在任何報刊發表或出書。獲獎作品得由本基金會委請媒體發表及出版，以擴大影響力；但出版專集時，不另付版稅。

五　徵文時間

　　1 徵文期限：即日起至82年2月28日止（以郵戳為憑）。

　　2 揭曉日期：82年4月4日。

六　惠稿及請合作事項：

　　1 作品須用無銜名之有格稿紙謄寫，或用電腦列印清楚，凡字體潦草以及影印、複印者，均不列入評選。

2　發現抄襲、模仿、頂用他人名義應徵者，除取消資格外，並公布其真實姓名及地址。

3　應徵者資料，請另以稿紙一張，寫明真實姓名、可隨時連絡之地址、電話（含機關、住宅），並附簡歷、照片、身分證影印本，浮貼於稿末，以便彌封及獲獎時連絡。（如有疑問，請電02：7526564查詢）

4　作品掛號郵寄臺北市36-445號信箱九歌文教基金會。如需退件，請附退件用之大型信封一個，書明收件人姓名、地址。

七　評選

應徵作品經彌封後，即進行初審、複審、決審。評審委員名單於得獎揭曉時同時公布。

八　附記：如有未盡事宜，得另行公告補充。

第二屆現代兒童文學獎徵文辦法

主辦單位：九歌文教基金會

贊助單位：行政院文化建設委員會

協辦單位：九歌出版社有限公司

一　宗旨：鼓勵作家創作兒童文學作品，以提升國內兒童文學水準，並提高兒童的鑑賞能力，啟發其創意，並培養其開闊的世界觀以及社會人生之關懷。

二　獎項：兒童小說——適合九歲至十四歲兒童及少年閱讀，文長四萬字至四萬五千字為限。

三　獎金：第一名——獎金十八萬元、獎牌一座。

　　　　　第二名——獎金十二萬元、獎牌一座。

　　　　　第三名——獎金八萬元、獎牌一座。

　　　　　佳作若干名，獎金每名五萬元，獎牌一座。

四　應徵條件

　　1 海內外華人均可參加，須以白話文寫作。每人應徵作品以一篇為限。為鼓勵新人及更多作家創作，凡獲國內重要兒童文學獎首獎者，不得參加。

　　2 作品必須未在任何報刊發表或出版。獲獎作品是否出版專集，由本會與協辦單位商定；如由協辦單位出版專集時，初版四千冊不另付版稅；再版時可支定價百分之八版稅。

五　徵文時間

　　1 徵文期限：即日起至83年2月15日止（以郵戳為憑）。

　　2 揭曉日期：83年5月15日。

六　評選

　　應徵作品經彌封後，即日進行初審、複審、決審。評審委員於得獎名單揭曉時同時公布。

七　注意事項

1 作品須用無銜名之有格稿紙謄寫（或用電腦報表列印），並分頁裝訂成冊。凡字體潦草以及影印、複印者，均不列入評選。

2 發現抄襲、模仿、頂用他人名義應徵者，除取消資格外，並公布其真實姓名及地址。

3 應徵者須尊重本辦法有關之規定，不得提出異議。

4 應徵者資料，請另以稿紙一張，寫明真實姓名、可隨時連絡之地址、電話（含機關、住宅），並附簡歷、照片、身分證影印本，浮貼於稿末，以便彌封及獲獎時連絡（如有疑問，請電02-5776564查詢）

5 作品掛號郵寄臺北市36-445號信箱九歌文教基金會。如需退件，請附退件用之大型信封一個，書明收件人姓名、地址。

八　附記：如有未盡事宜，得另行公告補充。

第十屆現代兒童文學獎徵文辦法

指導（贊助）單位：行政院文化建設委員會

主辦單位：九歌文教基金會

協辦單位：九歌出版社有限公司

一　宗旨：鼓勵作家創作兒童文學作品，以提升國內兒童文學水準，並提高兒童的鑑賞能力，啟發其創意，並培養其開闊的世界觀以及社會人生之關懷。

二　獎項：少年小說──適合十歲至十五歲兒童及少年閱讀，文長三萬五千字至四萬字為限。

三　獎金：文建會獎──獎金二十萬元、獎牌一座。

　　　　　評審獎──獎金十五萬元、獎牌一座。

　　　　　推薦獎──獎金十萬元、獎牌一座。

　　　　　佳作若干名，獎金每名五萬元，獎牌一座。

四　應徵條件

　　1 海內外華人均可參加，須以白話中文寫作。每人應徵作品以一篇為限。為鼓勵新人及更多作家創作，凡獲國內重要兒童文學獎（包括國家文藝獎、中山文藝獎及九歌現代兒童文學獎）首獎者，三年內不得參加。

　　2 作品必須未在任何報刊發表或出版。獲獎作品由協辦單位出版專集時，初版四千冊不另付版稅；再版時可支定價百分之八版稅。

五　徵文時間

　　甲、徵文期限：即日起至91（2002年）2月15日止（以郵戳為憑）。

　　乙、揭曉日期：91年5月4日。

六　評選

應徵作品經彌封後，即進行初審、複審、決審。評審委員於得獎
名單揭曉時公布。

七　注意事項

1　稿件採電腦打字為主，以 A4規格之白紙由左至右橫打，每行
30字，每頁30行，行與行間距離為一字間隔。請以中文
WORD6.0以上版本編寫，不加排版指令。如用手寫稿，須用
無銜名之六百字有格稿紙謄寫，和電腦打字稿相同，均分頁裝
訂成冊。凡字體潦草以及影印、複寫者，均不列入評選。

2　發現抄襲、模仿、頂用他人名義應徵者，除取消資格外，並公
布其真實姓名及地址。

3　應徵者須尊重本辦法有關之規定，獲獎後不得提出異議。

4　應徵者資料，請另以稿紙或以 A4規格之白紙電腦打字（規格
如注意事項1），寫明真實姓名、可隨時連絡之地址、電話（含
機關、住宅），並附簡歷、照片、身分證影印本，浮貼於稿
末，以便彌封及獲獎時連絡（如有疑問，請電02-25776564查
詢）

5　作品掛號郵寄臺北市105八德路三段十二巷五十七弄四十號三
樓・九歌文教基金會。如需退件，請附退件用之大型信封一
個，書明收件人姓名、地址；未附信封者，恕不退件。

八　附記：如有未盡事宜，得另行公告補充。

——本文原載《少兒文學天地寬》（臺北市：九歌出版社公司，
2002年6月），頁5-30。

臺東大學兒童文學資訊網的建構

林文寶、蔡東鐘、嚴淑女

一　前言

　　臺東大學擁有成立八年多的「兒童文學研究所」和從一九九一年就成立的「兒童讀物研究中心」，一直是臺灣專門以兒童文學為主的研究機構。藉由辦理許多學術性研討會、徵文活動、推廣服務及兒童讀物史料蒐集等活動，已在臺灣兒童文學界建立良好的基礎和知名度。加上在華文地區，積極與香港、大陸、馬來西亞進行深度的學術交流，使臺東大學成為華文兒童文學研究的重鎮。

　　除了實質的研究成果、相關學術活動及希望達到資源共享並促進學術研究風氣的理想，促成藉由方便的網際網路建置兒童文學資料庫，有系統蒐錄國內外兒童文學資料，以統合成一個完整資料查詢系統，提供國內外兒童文學領域研究人員一個查詢兒童文學資料的豐富資料庫的動機。若能完成本系統之規畫設計與製作，除了可為臺灣爭取國際兒文資料庫索引中心之有利地位外，並可有效整併兒童文學相關資料，為國內兒文學術研究提供良好的資料來源，對於擴展國內相關研究領域與研究水準助益莫大，並能建立臺東大學以兒童文學為重點發展學門的方向，奠定更良好的基礎。

　　為了完成兒童文學資料的建製，並積極計畫成立臺灣第一個以數位及實體典藏為基礎的「臺灣兒童文學館」。本所積極撰寫「兒童文

學館」和「兒童文學資料庫與虛擬博物館」計畫爭取相關經費補助。
終於在「九十一年教育部補助健全發展計畫科技化教學研究環境設
置」正式通過。其中教育部提出七點核准補助的理由：

1 宜優先補助，係該校之特色。

2 衡諸國內以本計畫最具補助價值，宜優先補助。

3 該校多年來在兒童文學方面的努力已獲不少積極肯定。

4 兒童文學資料庫在於兒童文學資料的蒐集，建議補助。

5 甚具特色，值得支持與努力落實。

6 重點發展兒童文學研究中心，略具發展潛力。

7 該校設有臺灣地區唯一的兒童文學研究所，本計畫旨在建立
完整的本土資料，可考慮予以補助。

　　本中心將製作兒童文學資料庫的經費，納入全校數位典藏計畫當
中，希望能整合資源，完成全臺唯一的兒童文學資料庫，同時為了提
升研究風氣，並讓臺東大學成為華文世界及世界兒童文學研究中心，
計畫提供類似日本大阪兒童文學館的研究管道和獎勵研究制度。因此
另外成立「財團法人兒童文學藝術基金會」期盼籌措更多經費，提供
完善的研究資源，逐步達成成為華文世界「國際兒童文學研究中心」
的理想。而具有良好的研究空間、豐富的兒童文學資料典藏室、方便
查詢的兒童文學資料庫、兒童圖書館讓研究者進行研究，是成立「兒
童文學館」的首要目標。

二　兒童文學資訊網的內容

　　文學數位化是個趨勢，能保存珍貴史料、達到資訊傳遞無國界及

資源共享的目的。因此「臺東大學兒童文學資訊網」內容不僅包含「兒童文學數位典藏資料庫」、「兒童文學虛擬博物館」、「兒童文學研究所網站」，並製作「事務性網站」。希望運用資料庫的概念，將資料整理及研討會徵文消息、研討會論文蒐集、整理、線上報名、手冊製作、成果照片發表及研究案成果報告等皆以資料庫形式來管理，不僅能節省人力及時間，並自動將網站內容，如：大事記、新書資訊、學術及徵文活動等自動轉成數位典藏的資料。另外建置「兒童樹：全球兒童文學創作網」，在網路上進行網路兒童文學的經營與創作，朝多方位數位化兒童文學的新世紀邁進。

　　兒童文學資訊網內容規模如下：

（一）兒童文學數位典藏資料庫

　　共十七個子庫和一個總索引庫組成，各子庫分類與內容如下：

類別	子庫數量	子庫內容
論著類	5	博、碩士論文
		期刊論文
		研究專著
		書刊志：優良童書及童刊、專業期刊、兒童期刊
		兒童文學相關書目及出版品
人物類	4	兒文作家
		兒文畫家
		兒文評論家
		兒文編輯出版家

類別	子庫數量	子庫內容
機關團體類	4	兒文資料及研究中心
		兒文出版社
		兒文社團
		兒童劇團
獎勵活動類	3	兒文大事記
		兒文獎
		研討會
術語典類	1	兒文術語典
索引類	1	總索引庫：人名、詞條名、術語名合併納入一庫供檢索用。

（二）兒童文學虛擬博物館

　　兒童文學相關史料（包含知名兒童文學作家影像、手稿、原畫、錄影帶、訪問稿、早期圖書相關資料，計畫能以數位典藏模式製作成虛擬博物館或兒童文學史料影像資料庫）。主要設計構想為在入口網站設計一個展示平臺的模組，根據每月主題或特殊規畫，進行主題館展示。系統可以自動從資料庫中捉取、整合資料，並提供管理者篩選，在網站上呈現一個多媒體的展示。建檔欄位參考「文建會國家文化資料庫詮釋資料格式」。[1]

　　博物館內容及架構：

1 蒐集知名兒童文學創作者的相關史料，並製作成各種影像檔、聲音檔等。

---

1 建立詮釋資料格式時，參考文建會國家文化資料庫詮釋資料格式及全國文化資料庫系統架構、詮釋資料規範及數位檔案格式研究計畫等，再根據實際需要欄位做增刪。
http://www.cca.gov.tw/2002/metadata.htm

2 建立及拍攝相關出版品、史料及圖書。

3 利用3D 虛擬實境讓讀者可以瀏覽作家的創作、圖畫畫廊、回溯
　成長歷程影像等。

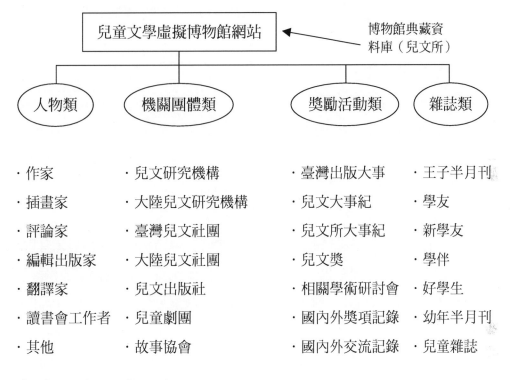

（三）兒童文學研究所網站

　　兒童文學研究所網站資料豐富，除了所上的活動、課程之外，同
時建立兒童文學界的活動資訊、國內外相關研討會資料，自成立以來
上網的人數眾多，成為兒文所和外界聯繫接觸的窗口，許多國內外學
者經由網站建立良好溝通和交流的機會，是網際網路便利的例證。因
此希望藉由資料庫的設計，將網站中的相關史料自動轉入數位典藏資
料庫中，累積成為一座自動、有豐富內容的資料庫。

（四）事務性網站

由於兒文所和臺東大學每年需要辦理許多學術活動，希望藉由這次系統整合將事務性工作數位化，以簡化工作流程，並將歷屆的資料自動轉入資料庫成為珍貴的史料和資料庫內容，提供查詢和整理。

事務性網站製作內容

1 學術研討會

2 兒童文學徵文活動

3 工作坊

4 演講活動

（五）「兒童樹：全球兒童文學創作網」網站

在網路上進行網路兒童文學的經營與創作，利用資料庫的管理方式，進行華文世界網路兒童文學獎的徵文比賽，建立評審制度，邀請駐站作家發表作品、對談等，朝多方位數位化兒童文學的新世紀邁進。

因此整個兒童文學資訊網的架構，在系統設計呈現上分為前端及後端的設計，後端為主要數位典藏的資料庫，提供管理者進行檔案管理，並儲存前端網頁自動轉入的資料。前端為提供訪客使用的入口網站、查詢系統、展示平臺等。

```
┌─────────────────────────────┐        ┌──────────────────┐
│ 前端                        │        │ 後端             │
│ 1 兒童文學數位典藏資料庫的  │        │                  │
│    查詢系統                 │        │                  │
│    資料探採系統             │   ◀─── │                  │
│ 2 兒童文學虛擬博物館        │        │ 兒童文學數位典藏資 │
│    展示平臺                 │        │ 料庫             │
│    查詢系統                 │        │                  │
│ 3 兒童文學研究所網站        │        │                  │
│ 4 「兒童樹：全球兒童文學創作 │        │                  │
│    網」網站                 │        │                  │
│ 5 事務性網站                │        │                  │
└─────────────────────────────┘        └──────────────────┘
```

三　兒童文學資訊網的建構過程

　　要建立完整並具有參考價值的資料庫，必須蒐集大量史料。所謂史料的蒐集與整理是砌磚的工作，也是學術研究的基礎。這些史料蒐集之後需經過專家學者審訂、分類，在正確及適用性確認之後，才能納入電腦資料庫中。同時必須設計方便的搜尋介面，並採用多媒體的影音呈現方式，透過無國界的網際網路傳輸，才能讓使用者搜尋到完整、正確並多樣性的資料。因此在計畫執行中，必須要有嚴謹的方法及執行步驟，並在眾多史料中進行過濾、整理出值得典藏的資料。

　　首先，在數位典藏內容取得，主要來源為本校從兒讀中心設立以來，經由老師們蒐集的書籍、資料、研究計畫、對外募集的史料、來自海內外捐贈、蒐購的史料及八年多來的研究成果。期間除進行逐年編寫年度兒童文學書目外，致力於史料的蒐集與整理，並且重視兒童文學發展史中的指標事件；作家、插畫家、出版者、編輯及相關兒童

文學團體、歷年兒童文學獎的設立、得獎作品及其歷史意義、事件
等，涵蓋範圍相當廣泛。

　　除了本所主動蒐集資料，持續在網站和刊物上刊登長期蒐集兒童
文學史料的消息，老師在課堂設計、研究生論文及國科會計畫等，都
會針對史料的蒐集貢獻許多心力，最後都會將這些資料提供給兒童讀
物研究中心，當成典藏及數位化的資料。

（一）資料性蒐集及整理

　　資料性蒐集初期主要針對臺灣地區為主，陸續蒐集大陸、香港及
華文地區的相關史料，希望兒童文學資料庫未來朝「華文兒童文學資
料庫」的大目標邁進。

　　資料性蒐集，包含書目整理、論述書目、臺灣兒童文學事件、作
家插畫家訪問稿、兒童文學指標事件及兒童文學獎及各項研究計畫，
所整理出來的資料。

　　目前本所完成之兒童文學史料蒐集整理及相關研究計畫有：

　　　　一九四五年以來臺灣地區兒童文學論述書目（含摘要）掃描圖
　　　　　書影
　　　　一九四五年以來臺灣地區童話論述書目
　　　　一九四五年以來兒童文學書目（含本土創作與論述、2000年以
　　　　　後翻譯書目）
　　　　一九四五年以來臺灣兒童文學一○○（含10類102本）
　　　　兩性平等書目與教案設計：兒童版各一百、少年版各一百
　　　　大陸地區兒童文學論述書目
　　　　臺灣每年年度新書書目
　　　　臺灣圖畫書發展年表、相關論述書目及論文

臺灣兒童文學相關博碩論文

臺灣兒童文學的創作與活動（臺灣兒童文學大事記）

臺灣地區兒童文學作家訪問稿

臺灣兒童文學作家作品目錄

臺灣兒童文學發展中的指標事件

兒童讀物寫作小組的歷史與身影

臺灣圖畫作家訪問與臺灣圖畫書發展研究

兒童文學的搖籃——「國語日報」的歷史書寫

二〇〇〇至二〇〇四年文建會兒歌一百

臺灣兒童文學獎的沿革、得獎作品及名單：

已停辦者：臺灣省兒童文學創作獎、教育部師院生兒童文學創作獎、東方少年文學、洪建全兒童文學獎、高雄市文藝獎兒童文學類、楊喚兒童文學獎、陳國政兒童文學獎

尚舉辦者：吳濁流文學獎、九歌現代兒童文學獎、臺北市政府文化局青少年兒童優良劇本徵選、南瀛文學獎、國語日報牧笛獎、文建會兒歌一百徵選活動、信誼幼兒文學獎、文建會臺灣文學獎兒童文學類、臺東大學兒童文學徵文獎

　　在資料性典藏技術上，因為上述史料均以紙本方式出版呈現，因為委託研究生進行資料蒐集，所以必須事先規畫固定欄位，以 Excel 方式進行建檔作業，之後再轉至資料庫中。但是受限於紙張出版及版面限制，往往令許多珍貴詳細之資訊細節被割捨，唯賴將之數位化典藏，方有機會以多媒體方式具體呈現相關兒童文學史實及活動內容。

（二）在實體典藏方面

在實體典藏史料上，分多方面進行，包括主動蒐集、募集史料或借閱影印存檔，同時為了未來「臺灣兒童文學館」的成立及展示，已向政府各單位爭取經費蒐集圖畫作家的原畫、手稿等真跡作品。在二〇〇二及二〇〇三年陸續購買典藏資深圖畫作家鄭明進、趙國宗、洪義男、曹俊彥等原畫作品及早期圖畫書等相關資料。

本所目前受贈及購入者，共計有圖畫書原畫，絕版兒童文學讀物刊物文獻近五千冊，絕版之早期兒童期刊《小學生》、《王子》、《兒童世界》等，因書籍狀況不佳，為保存全文，已將全文掃描建檔。現存已蒐集之原畫作品與珍貴史料也陸續進行數位化，而後邀請相關的專家學者參與座談，提供數位典藏品之詮釋資料及相關歷史事件整理，進而將作品置入數位平臺，並規畫線上導覽、虛擬實境及著作權授權機制。

（三）在圖畫書原畫方面

1 鄭明進圖畫原件、早期大陸、日本、歐美圖畫書及世界著名插畫家及國際插畫展海報三百多幅及相關國內外早期圖畫書等珍貴史料二百多本等。
2 趙國宗《錢鼠來了》、《小紅鞋》、《你會我也會》原畫。
3 曹俊彥《圓仔山》、《白米洞》原畫。
4 洪義男《雅美族的神話故事》、《赴宴記》、《女兒泉》原畫

（四）書刊史料方面

計有嚴友梅、馬景賢、李南衡、林武憲等捐贈珍貴絕版書刊及夏祖焯捐贈作家林海音手稿史料等近五千餘冊及「茉莉二手書店」捐贈的香港《兒童樂園》期刊等。

　　絕版之早期兒童期刊《小學生》、《王子半月刊》、《兒童世界》、《幼年半月刊》、《兒童的雜誌》、《學友》、《小學生》、《好學生》、《幼獅少年》、《正聲兒童期刊》、《東方少年》、《月光光》、《滿天星》、《兒童文學週刊》、《小袋鼠幼兒期刊》、《福幼》、《好孩子》、《臺灣兒童》、《世界兒童》、《小學生畫報》等。

（五）影音記錄方面

　　典藏兒童文學相關研討會、講座、作家、圖畫作家訪談錄音帶約三百捲、錄影帶約一百捲。相關活動照約三千張。兒文所近年來積極規畫資深兒童文學作家影音訪問記錄，初期規畫有林良、李潼等作家及圖畫書作家共二十人，謀求為本土兒童文學發展留下真實、豐富且永恆不滅的印記。

　　在典藏的技術方面，分成平面原畫作品、海報及書籍等以幻燈片及掃描進行高檔儲存及低檔在網路上傳輸為主。立體雕塑品及陶瓷畫作之類，利用3D 環場攝影技術及立體動畫模型製作等方式來進行數位化。

　　因此，針對數位典藏內容，配合本所業已進行之兒童文學資料庫及兒童文學虛擬博物館計畫，希望除了文字電子檔等一般資訊外，亦能將本所蒐集之珍貴原畫作、腳本、手稿、絕版經典刊物、書冊等，利用數位典藏技術，辦理線上博覽會，將成果公開分享國人，使國人能夠接近瀏覽、認識並了解本土兒童文學發展脈動。同時將實體典藏放存放在未來即將成立的「臺灣兒童文學館」當中，提供研究者作為學術參考。

　　本所目前正進行資深兒童文學作家及圖畫書作家影音訪問記錄，希望將之數位化以留存兒童文學之珍貴資產。唯影音拍攝錄製須專業人員共同參與，方能達致珍藏質感，絕非信手可成，故此部分極需經

費補助奧援。目前各資料蒐集中心少見對於本土兒童文學作家成長紀錄之史料收藏，紙本資料亦往往節省過略，鑑於目前兒童文學機關團體消失的速度、作家史料失佚程度，此珍貴史料留存之數位典藏計畫正與時間賽跑，利用數位網路技術，呈現作家成長，留下作家身影，保存珍貴史料，實屬當下之急。

　　蒐集史料是長期的，因此本中心更陸續計畫性地蒐集作品、作家手稿、作家家譜、族譜與相關文學團體等資料。而如原畫、絕版刊物、作家手稿等珍貴史料，典藏不易且民眾接近困難，不容易分享本所努力成果，極需以數位典藏方式留存珍貴本土兒童文學發展之記憶，以迎合數位學習及社會學習之風氣。並利用網際網路與世界兒童文學接軌，為地球村貢獻本土特色。

（六）預期完成之工作項目

　　建立資料庫是長期的作業，必須分階段來實施，先以短期計畫三年預計達到的目標為例：

第一年：數位兒童文學館技術探討與數位化內容之建立	
1 預期完成之工作項目	一、完成本所珍藏史料之數位化。 二、持續蒐集如早期期刊及相關值得珍藏原作。（購買、接受贈書、影印）。 三、配合兒童文學博物館史料之線上展覽功能。 四、數位典藏電子報之發行。 五、商務授權機制之建立。 六、兒童文學研究者對典藏資料之介紹與詮釋資料之建立。
2 對於學術研究、國家發展及其他應用方面預期之貢獻	一、絕版史料影像存檔，可供學術研究者完整線上資料庫搜尋。

	二、對留存本土兒童文學發展記憶，促進國人了解本土文化，保存本土特色，創造多元文化。 三、典藏之兒童文學文字、圖畫及影像等史料，可進一步創造智慧財產經濟，鼓勵文化創意產業參與，將本土文化包裝，行銷國際。
3 對於參與之工作人員，預期可獲之訓練	一、了解本土兒童文學發展軌跡。 二、訓練數位典藏相關知識及技能。 三、史料鑑定及保存方法。 四、數位管理及智慧財產授權。 五、周邊商品設計及行銷管理。
第二年：推廣數位兒童文學館之理念及落實兒童文學教育與交流	
1 預期完成之工作項目	一、完成兒童文學作家數位影音訪問記錄數位典藏。 二、完成兒童文學作家數位影音訪問記錄線上查詢。 三、兒童文學及美術教育教案設計及線上學習功能。 四、兒童文學研究者對典藏影音訪問資料之介紹與詮譯資料之建立。
2 對於學術研究、國家發展及其他應用方面預期之貢獻	一、留存兒童文學作家創作理念、環境及作家身影。 二、各時期作家對創作背景的描述。 三、歷史記錄影像之留存。 四、現在本土兒童文學發展之軌跡。 五、影音資料等智財權授權媒合。 六、國際資訊交換交流。
3 對於參與之工作人員，預期可獲之訓練	一、線上影音播放相關技術。 二、作家訪問影像數位剪輯保存技術。

	三、培養作家資料蒐集、分析、整理與撰寫的能力。
第三年：數位兒童文學館虛擬實境技術之探討與實現	
1 預期完成之工作項目	一、兒童文學博物館數位典藏虛擬實境導覽系統完成。 二、數位虛擬實境閱覽室——結合視訊隨選系統。 三、虛擬教室之建立。 四、資料增補、修改、確定。
2 對於學術研究、國家發展及其他應用方面預期之貢獻	一、配合相關文學資料庫，提供既有平臺系統及機制。 二、數位教育及線上學習、教會教育之結合。 三、數位展覽商務平臺及數位內容授權。
3 對於參與之工作人員，預期可獲之訓練	一、3D立體動畫及模型製作。 二、虛擬展館動線及虛擬建築美學應用。 三、展覽平臺提供及授權管理。

　　三年的規畫將與電腦公司密切合作，先建置資料庫的管理系統，讓資料陸續輸入並檢視系統的穩定性及適用性，再不斷的修正，直到系統能包含所有需要建構的資料為止。

四　兒童文學資訊網執行遭遇之困境

　　建立資料庫是長期，而且需要投入許多人力、設備及經費的工作。本計畫在執行中遭遇到許多的問題及困境。

（一）人力問題

　　本所發展之兒童文學資料庫、兒童文學虛擬博物館、兒童文學研究所網站及事務性網站四大部分，每一部分都需要嚴密組織規畫才能

達到資料庫建置的完整性、正確性並維持運作，同時建立專業的形象。而資料庫系統建置完成之後，龐大的內容蒐集、資料建置及著作權授權等工作，必須投入大量人力及物力。

目前兒讀中心只有一位專任研究助理負責規畫相關內容、參與系統分析會議、提供四大項計畫資料給程式人員進行系統設計，請工讀生協助，但工讀時間短且不固定，無法順利整理相關資料進行內容及系統規畫。因此數位典藏計畫必須增置人力以應付大量數位化工程及影音訪問錄製、轉檔分工等作業。

解決的途徑為：

1 增設人力

除了研究生之外，尚需要配合大學部工讀生長期支援。

為了建置系統及持續性的內容輸入，需要專門人力長期支援。本計畫執行迫切需要人力規畫及分工。

2 委託專業

由於海報、原畫、年代久遠之珍貴書刊為珍藏史料，加上有些海報尺寸大，為達影像品質，及永久收藏之計，應聘請專業攝影公司拍攝幻燈片保存，並轉成電子檔以利後續建檔、備份、印製書籍及數位典藏用或邀請美教系和熟悉電腦掃圖作業之學生參與，以維持良好的影像品質。此外，要有系統建立作家、相關研習活動的聲音、影像、錄影、手稿等資料予以數位化，建置於資料庫及虛擬博物館之數位典藏館中，這些影音拍攝亦需專業人士配合。

3 增列經費

大量的史料珍藏數位化工作，無論委託專業與否，均需長期投入

人力作業及測試平臺。實體史料原本之蒐集及保存亦需相關經費。但是這些人力問題必須學校及相關單位大力支持及經費上的援助，才能完成一個良好的系統及持續運作。

（二）資料分類、整理、建置

由於資料庫建置是屬於長期作業，長期維護需要學校相關技術人員及專業人員的投入，才能提供正確及豐富的內容。因此必須將圖書館及視聽中心的人力納進來提供更專業的資訊。另外，也必須聘請專家擔任顧問提供固定的諮詢、審查作業，才能提供資料庫的多方向蒐集、確認資料的正確性等問題。

1 內容組

由兒讀中心為主導，提供內容相關架構，請圖書館專業人員及兒童文學界專業人員提供分類建議及相關意見。

2 技術及內容建置配合作業流程分成

（1）資料蒐集、彙總小組（彙總組）：負責資料蒐集、影印、保管及作業表單之提供，並負責校核輯錄完成的資料。

（2）資料輯錄小組（數位組）：負責拍攝建立數位原始資料再輯錄成各子庫的資料，建置在資料庫及虛擬博物館中。

（3）資料鍵入小組（鍵入組）：負責將校核的輯錄資料鍵入電腦，並印出鍵入的資料供校核。

（4）入庫上網及維護小組（維護組）：負責將鍵入電腦的資料進行校對，並將資料上網、測試，同時負責上網後的維護和更新。（必須經過最高人員審核過後）

工作內容說明	
總主持人	負責統整整個組織架構的工作內容及進度
專業諮詢委員會	包含兒童文學專業人士提供關於內容專業知識和意見
資訊相關人員提供技術意見	
內容組	
1　兒讀中心	提供有關兒文資訊網相關內容規畫
2　兒文所	提供相關資料及諮詢
技術組	
視聽中心	提供數位化及相關媒體製作及數位化工作
圖書館	
1　資訊組	技術支援及數位化
2　採編組	負責相關史料蒐集後之編目、資料圖書媒體採購
3　期刊組	蒐集訂閱相關資料、授權業務

兒童文學資訊網組織架構圖

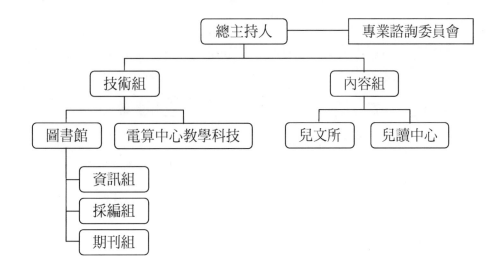

（三）史料保存、數位化及影音轉檔作業

在進行史料數位化的過程中，其中早期兒童期刊或書籍有的殘缺不全，或是紙質脆弱不亦保存，必須要進行整本掃描再進行轉檔作業。此外，原畫作品更需要防潮、防濕的特殊收藏櫃，以確保原畫的安全。這些都需要專業的人、儀器設備來進行史料數位化及保存作業。本所的作業方式是添購相關儀器、防潮櫃等來保存史料，並委託專業攝影棚將史料先行拍製成幻燈片及電腦檔案，以利將來輸入資料庫使用。

另外，在影音及錄音帶的轉檔作業上，因為以前採用磁帶作業，錄音帶、錄影帶，若是要上傳至資料庫必須將內容經過轉檔作業數位化。因此，必須僱用專門人力或與學校視聽中心合作，配合轉檔程式進行轉檔作業。因為將早期史料轉檔完成必須投注金錢與人力，因此現在相關研討會或作家插畫家訪問稿皆採用數位錄音或數位錄影方式進行，以節省轉檔作業的問題。

（四）與電腦公司合作的問題

文學數位化除了資料蒐集及整理之外，還需要許多電腦設備、系統設計來提供紙本或影音資料數位化輸入的欄位及程式。因此，首先就必須將龐大資料整理、分類，並挑選出合適的欄位提供電腦工程師進行系統設計的參考。在合作的過程中，執行者必須要和工程師進行密集的會議、訪談，提供資料及需求，進行程式撰寫、測試……等作業。然而，電腦工程師對設計程式非常熟悉，但是並不了解文學的東西及需求；而對於熟悉兒童文學分類、內容提供的執行者一般而言並不是非常熟悉電腦的程式設計，因此在溝通上就會出現許多的誤解和錯誤，必須要花更多時間在會議溝通上。

　　此外，在設計欄位時，必須要涵蓋所有的可能性，因此需要一個團隊去蒐集資料、進行分類、校正、分析之後再提供電腦公司轉成電腦語言及程式。在人力及專業人事上的問題上，並無法完全配合得很好。雖然做出一個基本雛型了，但是仍然無法提供本所對於資料庫的需求，最後加上電腦的人事問題而將案子整個暫時中止，必須重新進行發包設計。

　　因此在失敗的經驗中得知與電腦公司的合作非常重要。專業的電腦公司可以提供最先進的軟體，系統分析師很快掌握客戶的需求而運用其專業知識並根據對方的需求而設計簡單的作業環境，讓後端管理及前端頁面呈現都是非常完美而容易操作的平臺。將文學數位化的執行者只要提供需求並進行資料蒐集、分析、整理，提供電腦公司即可。在合作上可以減少溝通與製作的時間。

五　結論

　　文學數位化是未來的趨勢，本所及中心不管在資料、專業、知名度上皆擁有極佳的資源來製作臺灣第一個「數位兒童文學資料庫」。我們願意投資許多人力、精神去製作，就是希望能將本所蒐集而得之珍貴兒童文學史料，透過數位典藏之模式得以讓大眾接近，並與國際接軌，進行資訊交流。而本所於國內外兒童文學界已頗具名聲，由本所主導兒童文學史料數位典藏，對有意捐贈珍藏的國內外兒童文學史料收藏家，更具吸引力及說服力。

　　我們也積極向國科會「數位典藏計畫」[2]爭取經費，因為本所先前進行「兒童文學資料庫」計畫已建置有完備之數位平臺的相關規畫

2　參考「93年度數位典藏公開徵選計畫說明暨展示會簡報資料」，希望設計時朝與國科會數位典藏內容及方向相融合為主。

及經驗，且相關設備亦可重複使用，可節省網站設置及部分設備經費。其次，對於兒童文學史料及資料之整理蒐集，均符合國科會相關資料庫詮釋資料格式之標準要求及文建會國家文化資料庫詮釋資料格式，以之進行數位典藏內容建置時，可以儘速完成基本的規模。

　　而本所購入的畫作原本均享有完整著作權財產權，而相關史料更是絕版已久，坊間難見。本計畫之典藏資料本所皆願免費公開供國人個人且非商務性之利用。其中數位典藏品性質及虛擬實境數位展覽平臺均具智慧財產業利用性，可創造商機，逐步建立授權金回饋機制。

　　在擁有這麼多資源及條件之下，雖然第一階段的資料庫系統建立，最後因為電腦公司的問題而暫時中斷，必須重新尋求廠商重新建置新的系統。但是也累積許多資料及經驗，可以提供未來想要進行文學數位化的專家學者參考。

　　在實際執行的過程中，深刻體認到兒童文學資料的建立是一項漫長而艱辛的過程，但是我們深信資料庫對於保存史料、資料典藏及學術研究的貢獻。加上數位典藏是數位學習的基礎，而本土兒童文學亦運載著本土文化精髓；資深兒童文學作家正逐漸凋零，相關早期兒童文學史料蒐集亦漸趨不易，唯賴即時之典藏行動，方能為現代及未來的國民留存歷史的記憶，這是支持我們繼續努力的精神動力。

六　參考網站

Art museum　http://www.artmuseum.net/

MuseumStuff　http://www.museumstuff.com

Virtual Museum Canada　http://www.virtualmuseum.ca/English/index_flash.html

Academy of Achievement　http://www.achievement.org/

Museum　http://www.museum.com

童書榨汁機　http://books.wownet.net

文學咖啡屋　http://www.cca.gov.tw/coffee/

國家圖書館　http://www.ncl.edu.tw/cncl.html

國科會數位博物館之蝴蝶生態面面觀

行政院國科會數位博物館──臺灣建築史

商王大墓重現

3D 數位故宮──得意博網（內有國內外博物館連結150個）

捷運博物館

清蔚園

臺灣農田水利數位博物館

蘭嶼數位博物館──人之島

礦物化石收藏網

蛇類虛擬博物館

中醫藥、針灸虛擬數位博物館

新竹中學數位博物館

物理治療數位博物館

織品服飾數位博物館

中國軍艦博物館

平埔族虛擬博物館

臺灣社會人文電子影音數位博物館

臺灣老照片數位博物館計畫

衛生署疾病管制局數位博物館

臺灣民間藝術家數位博物館──楊英風

──本文原載張高評主編：《文學數位製作與教學》

（臺北市：五南圖書出版公司，2007年1月），頁131-152。

臺灣兒童文學的歷史與記憶

　　兒童文學的產生，是源於教育兒童的需要，考各國的兒童文學的源頭有三：口傳文學、古代典籍、歷代啟蒙教材。兒童文學一詞組合「兒童」與「文學」而成。它最簡單而又明確的解釋為：兒童的文學。也可以將兒童文學分為兩個部類來看，就是「以兒童為本位」與「非兒童本位」。這兩類又可分為四個層次，幼兒文學（3-6歲）、童年文學（6-12歲）、少年文學（12-15歲）與青少年文學（15-18歲）。

一　臺灣兒童文學的發展與事實

　　臺灣兒童文學的發展，是緩慢與閉鎖。就其源頭而言，除口述之源頭外，又受中國的兒童文學、日本的兒童文學以及其他外來翻譯作品三者之影響。

　　自一九四五年以來，臺灣地區有關兒童文學史著作有：《我國兒童文學的演進與展望》、《兒童文學史料初稿1945-1989》、《華文兒童文學小史1945-1990》、《兒童文學大事紀要1945-1990》、《臺灣兒童文學史》、《臺灣兒童文學年表》。

　　臺灣兒童文學的發展，基本上是與師範院校相關。以下略述「兒童文學」課程在師範體系下的流變。

二　從師範時期到師專時期

臺灣地區師範院校開設「兒童文學」課程，始於一九六〇年七月，臺灣省師範學校陸續改制為師範專科學校。當時中師校長朱匯森曾提起當年在草擬師專課程之初，他擔任兒童文學一科教學的劉錫蘭老師，到處收集有關兒童文學的參考資料。最後在美國開發總署哈德博士和亞洲協會白安楷先生等的協助下，好不容易找到幾本可供參考。（見邱各容《兒童文學史料初稿1945-1989》，富春文化事業股份有限公司，頁192）。許義宗於《我國兒童文學的演進與展望》一書裡，認為師專是培育國小師資的搖籃，因而「兒童文學研究」科目的開設，至少有下列兩點功用：

1　建立兒童文學體系，有助兒童文學的發展。
2　激發師專從事兒童文學研究興趣，給兒童文學做傳播的工作。（頁14）

臺灣光復後，為配合師範教育目標，發展本省師範教育，於一九四七年即頒行「臺灣省師範生訓練方案」。中樞遷臺後初期，不論各類型師範學校（普通師範科、師資訓練班、二年制簡易師範班、簡易師範科補習班），就課程言，都沒有兒童文學。至一九六〇年秋，臺灣省臺中師範學校改制為臺中師範專科學校，即著手擬定課程綱要，一九六一年五月又加以修定，其中選修科甲組列有「兒童文學習作」兩學分。這是臺灣地區有「兒童文學」的開始。隨後一九六三年二月修定公布的《師範學校課程標準》，在「國文」課程標準裡即列有許多有關兒童文學的字樣：

「三、課外讀物：課外讀物之選材，除令學生經常閱讀報章雜誌外，可分文藝性、常識性及修養性三類：

1. 文藝性讀物可酌選：a.近代優美純正之文藝作品；b.古文中明白曉暢之傳記書牘雜記；c.兒童文學作品（凡民間有關兒童之傳說故事歌謠等，可令兒童多方採集，繳由教師為之整理修訂，以供課外閱讀之用）。

2. 常識性讀物：包括語文文法修辭各體文法寫作（包括應用文及兒童文學寫作法）、文學史綱、文字源流、國學概論、名人文論、演說辯論術等，以三學年統籌分配，每學期閱讀一、二種。

3. 修養類讀物：可酌選民族輝煌事蹟之傳記及古今賢哲之嘉言懿語錄等。」（頁23）

「四、第二學年下學期起，應酌選童話、兒歌及適合兒童之精采民間歌謠，令學生隨時略讀，即據以指導兒童文學之理論及寫作方法，俾能自行研究寫作。」（頁26）

「五、自第二學年下學期起，教師宜聯繫教材教法課程，指導學生閱讀國民學校國語課本及有價值之兒童讀物。」（同上，頁27）

「六、自二年級起，可酌令學生於課外擬作應用文件，編寫兒童故事及批改小學生作文之練習。」（頁28）

而後，在師專時期，不論是二專或五專，都列有「兒童文學研究」之科目兩學分，供國校師資科語文組（有時亦稱文組、文史組）學生選修。一九六七年師專夜間部亦開設「兒童文學研究」科目，供夜間部學生選修。一九七〇年九月，增開「兒童歌謠研究」四學分，供五年制音樂師資科學生選修。一九七二年師專暑期部也列「兒童文

學研究」科目，供全體學生選修。一九七三年度，廣播電視開始播授「兒童文學」課程，由葛琳教授主講。

五年制國校師資科之課程經過四次修訂。至一九七八年三月十一日，教育部公布「師範專科學校五年制普通科科目表」，易國校師資科為普通教師資料，而語文組選修中的「兒童文學研究」，則增為四學分，並訂名為「兒童文學研究及習作」。

又近年來普遍重視學前教育，各師專先後皆設有幼師科，其中選修科目有「故事與歌謠」，使兒童學有類似顯學之趨勢。

三　師院時期：從邊緣到核心

一九八四年十一月七日行政院通過師專改制案。並於一九八七年七月一日起，將國內九所師專一次改制為師範學院。在新制師範學院的一般課程，列有兩個學分的「兒童文學」，且是師院生必修科目。而語教系則有三個學分的「兒童文學及習作」。

至一九九三年學年度起實施的「師範學院各學系必修科目表」，初教、語教、社教及數理四學系於普通課程共同必修「語文學科」中列有兩個必修學分「兒童文學」。至於體育、音樂、美勞、特教及幼教等五學系，則列為選修。

就師範學校而言，「兒童文學」從師專時期語文組選修到師院必修，已然由邊緣課程升為核心必修課程。

四　兒童文學研究的展開

一九九六年八月十六日，國立臺東師院獲准籌設「兒童文學研究所」，隔年五月二十九日正式招進首屆研究生十五名。洪文瓊在《臺

灣兒童文學手冊》一書中，認為東師兒文所的成立，象徵臺灣兒童文學新典範已在形成（頁82）。其後，又於二〇〇三年六月招收博士生。同年八月，臺東師院轉型為綜合大學，名為臺東大學。

洪文瓊於《臺灣兒童文學手冊》一書中，有「影響臺灣近半世紀兒童文學發展十五樁大事」一節。其十五樁大事如下：

一、　《國語日報》創刊——一九四八年十月二十五日。

二、　《小學生雜誌》創刊——一九五一年三月二十日創刊。

三、　《學友》、《東方少年》創刊——《學友》一九五三年二月創刊；《東方少年》一九五四年一月創刊。

四、　省教育廳兒童讀物編輯小組成立——一九六四年六月。

五、　國立編譯館接辦審核連環圖畫書出版——一九六七年一月二十三日。

六、　省教育廳國校教師研習開辦「兒童讀物寫作研究科」——首梯次於一九七一年五月三日至二十九日舉辦。

七、　國立中央圖書館臺灣分館闢設兒童閱覽室——一九七四年三月一日正式開放。

八、　洪建全教育文化基金會設立「洪建全兒童文學創作獎」——一九七四年四月四日。

九、　信誼基金會學前教育發展中心創辦《小袋鼠》幼兒期刊——一九八一年四月四日。

十、　佛教慈恩育幼院基金會創辦「慈恩兒童文學研習營」——第一屆（1981年8月17日至22日）至第六屆（1986年7月20至26日）

十一、中華民國兒童文學學會成立——一九八四年十二月二十三日。

十二、師專改制升格為師院，兒童文學列為全體師院生必修課
　　　程──一九八七年七月。

十三、日本福武書店在臺灣投資創刊《小朋友巧連智》中文
　　　版──一九八九年四月四日。

十四、光復書局創辦《兒童日報》──一九八八年九月一日。

十五、國立臺東師範學院成立「兒童文學研究所」──一九九六
　　　年八月十六日獲准籌設，一九九七年五月二十九日正式招
　　　進首屆研究生（詳見頁67-83）。

其中有「國立中央圖書館臺灣分館闢設兒童閱覽室」一事。兒童閱覽
室於一九七四年三月一日正式開放。其實圖書館（含分館）一直與兒
童讀物界有良好的互動。其間，除舉辦展覽、會議或研討會之外，
（參見邱各容《臺灣兒童文學年表》）更有務實的工具書編印：《中華
民國兒童圖書總目》、《全國兒童圖書目錄》、《全國兒童圖書目錄續
編》、《兒童讀物研究目錄》、《臺灣地區外國兒童讀物文學類作品中譯
本調查研究》、《全國兒童圖書目錄三編》。

　　身為一名兒童文學研究者，臺灣分館是不能忘記的歷史與記憶。
如今，分館親子資料中心重新整修與啟用（見《國語日報》，2008年
12月28日，10版）。其實在臺灣兒童文學的發展與演進中，仍有許多
值得稱道或懷念的出版社、雜誌、事件、人物與獎項，試分述如下：

（一）出版社

1 東方出版社

　　東方出版社創立於一九四五年十二月十日，創辦人游彌堅先生一
九四六年三月榮任臺北市長，無暇兼顧「東方」業務，遂邀集當時臺
灣文化界及工商界知名人士林獻堂、林呈祿、羅萬俥、陳逢源、黃純

清、黃得時、黃朝琴、阮朝目、林柏壽、陳啟川、戴炎輝、廖文毅、鄭水源、陳啟清、柯石吟等人，共同籌辦「東方出版社」，公推林呈祿先生為社長。將出版目標定位於兒童教育的基礎札根工作。一九四八年三月正式成立東方出版社股份有限公司，簡稱東方出版社。首任董事長林呈祿，總編輯游彌堅。

《東方少年》月刊的發行，在臺灣的兒童文學發展中，扮演重要角色，包括提供創作舞臺，以培養人才，介紹外國優良兒童讀物，提供豐富科學知識、傳記。而雜誌社將發表過受歡迎的作品印成專輯，也成為當時兒童讀物重要來源。《東方少年》創刊於一九五三年十一月，至一九六一年二月停刊，共發行八十六期。

一九八〇年代以來的東方，曾致力於本土自然科學的出版，陸續推出《大家來逛動物園》（1986）、《漫畫科學小百科》（1994）等，培養兒童在地觀，亦致力於國際化，引進歐美、日本各國優良的知識性讀物，如《世界地理百科》、《東方口袋世界》、《昆蟲記》、《圖說生活文明史》、《動物求生術》、《世界地理百科》以及《世界百大系列》等圖書，以培養孩子成為地球人的能力。

「東方」為能永續經營出版事業，於二〇〇三年四月正式宣告結束「東方」重慶南路門市部，專責出版事業。而單一書店相繼結束營業，意謂著單點經營書店之不易，東方出版社重慶南路門市部的歷史終結，似乎也象徵著臺灣的出版者兼營書店的時代即將成為過去。

二〇〇八年十月，東方出版社決定將編輯部遷至五股，且資遣了泰半編輯人員，東方的搬遷、裁員，已引起童書圈的關切。東方撤離重慶南路書店街，這條日據時代便有的著名書街，將更形變調。

2 國語日報

《國語日報》，於一九四八年十月二十五日創刊。《國語日報》創

立的機緣，始於一九四八年一月教育部長朱家驊來臺視察，發現臺灣的國語教育非常成功，而一九四七年一月十五日教育部於北平創辦的三日刊《國語小報》，在北平發展不開，但在臺灣卻很受歡迎，教育部朱部長於是欣然答應省國語會何容的要求，在臺辦理注音版，並在臺北設立「教育部國語推行委員會閩臺辦事處」，辦事處的主要任務就是辦理《國語日報》，辦事處主任魏建功即為《國語日報》創刊發行人。

　　《國語日報》創辦宗旨在於推行國語；但其內容則多元豐富，也研究臺灣各地母語方言，介紹臺灣及大陸風土。除了注音，幾乎與其他成人報紙無異。

　　《國語日報》自一九五四年四月一日起，版面由少年版、兒童版取代，自此之後（1955），《國語日報》搖身一變，成了「兒童報」。

　　《國語日報》雖然很早便開始以注音書籍的出版及代印作為挹注報紙支出的手段，且獲利成效良好，但真正成立出版社，則是自一九六四年十月二十五日起。

　　出版組原附屬於經理部，在脫離為出版部之前，主要是以出售《古今文選》為主，偶爾也出版一、二種兒童讀物，經營十分保守，後調林良任編輯，並改組使之獨立為出版部，由總主筆夏承楹主持，此後方一步步展開業務，出版新書。尤其是《世界兒童文學名著》（自1965年-1969年）十二輯一百二十本、《兒童文學創作選集》（1973年12月）十本最為有名。

　　國語日報社另外又創辦《小作家》與《國語日報週刊》；並有兒童文學牧笛獎。牧笛獎有兩個獎項：一個是「童話獎」，一個是「圖畫故事獎」。獎勵的對象是優秀的童話作者和傑出的圖畫書作家。但自二〇〇九年第八屆起，只徵單篇童話，且每年舉辦一次。

（二）雜誌

以臺灣光復以後到八〇年代之前的兒童期刊來說，生命週期短，少年期刊難以生存。八〇年代後幼兒期刊競爭，但內容與取材和插畫則深受外來勢力影響。

以下略為介紹幾種早期較具指標性的期刊，這些光復初期至五〇年代左右發行的兒童期刊，不但為孩子提供了不少精神食糧，對後來的兒童文學發展和兒童讀物出版，都有很大的影響。

1 《臺灣兒童》月刊（《兒童天地》）

一九四九年二月十五日創刊，由當時的臺中市長林金標擔任發行人，社長陳德生，主編鄭洪初，這是戰後臺灣最早的兒童期刊。

由於初創期間過於匆促，經驗不足，出刊不久即中途停刊。而後於一九五一年元旦復刊。復刊後，雖然仍獲臺中市政府教育科支持，但每期的集稿編輯，改由全市各公私立小學輪流負責。

刊名於一九六二年二月改為《兒童天地》，目前仍發行中。

該刊早期筆耕隊伍除全市公私立小學教師外，還經常刊載名家作品：如孟瑤、張秀亞、蘇雪林、謝冰瑩、張漱涵等人。一九五六年七月曾輯印有《冬瓜郎》一書。

2 《小學生雜誌》、《小學生畫刊》

《小學生雜誌》創刊於一九五一年三月，前期發行人吳英荃教授。開辦初期，徵稿、閱稿、編排、設計，幾乎全由當時唯一的編輯李畊一手包辦。

一九五三年一月小學生雜誌社成立編輯委員會，社長徐曾淵。雜誌社決定將《小學生》分成「雜誌」和「畫刊」兩個姐妹刊。《小學

生雜誌》的閱讀對象為小學生中高年級學生；《小學生畫刊》則以低年級學生為對象。雜誌方面仍由李畊主編；而畫刊部分則由林良負責。

《小學生雜誌》於一九六六年十月二十日停刊，共發行十五年八個月三九四期。《小學生畫刊》創刊於一九五三年三月二十日，停刊於一九六六年十二月五日，共發行十三年八個月三二二期。

小學生雜誌社除了每半個月一期定期出版外，最值得稱道的是出版兩本兒童讀物論集；《兒童讀物研究》（1965年6月）《兒童讀物研究第2輯》——「童話研究專輯」（1966年4月）。除外，並發行《阿輝的心》等二十一種小學生叢書。

《小學生畫刊》最後一年（從307到322期），林良有位得力助手趙國宗負責美術編輯設計，每期一個獨立的圖畫故事，其中最可貴的是，有十四本是臺灣本土創作的圖畫書。

五〇年代兒童期刊，除前述《東方少年》、《臺灣兒童》、《小學生雜誌》、《小學生畫刊》外，值得稱道與懷念的雜誌有：

1 《學友》月刊。一九五三年二月創刊，一九五九年九月停刊。

2 《正聲兒童》月刊。一九五九年八月創刊，一九七七年十一月停刊。

3 《漫畫大王》（1958年）。一九五八年一月二十日創刊，十二月易名《漫畫週刊》。

4 《新生兒童》週刊。一九六〇年十二月二十四日創刊，一九七一年五月二十九日休刊，一九八七年元旦復刊，改為月刊。

六、七〇年代值得稱道的刊物有：

1 《王子》半月刊。一九六六年十二月十六日創刊，一九八二年十月一日停刊。

2《小讀者》月刊。一九七一年五月一日創刊，一九七四年三
　月休刊，同年八月復刊，一九八三年八月停刊。

3《兒童月刊》。一九六一年三月一日試刊，同年五月一日創
　刊，一九八二年八月停刊。

（三）事件

以下所敘事件，皆與陳梅生有關。

陳梅生，一九二三年生。一九四八年於國立中山大學師範學院教
育系畢業。一九四九年來臺任職於北師附小，從事基層國民教育工
作，做過學生對兒童讀物閱讀興趣的調查研究。後來調升國小校長，
期間曾主編兩本兒童雜誌《中國兒童週報》、《學園雜誌》。一九六一
年受命為省教育廳第四科長，稍後負責承辦「國民教育改進五年內計
畫」，成立「兒童讀物編輯小組」。一九七一年在臺灣省國民學校教師
研習會主任任內，成立「兒童讀物寫作研習班」。一九八一年在高雄
市政府教育局任內，又率先輔導成立國內第一個兒童文學團體——
「高雄市兒童文學寫作學會」。這些事蹟，就兒童文學的發展史而
言，舉足輕重、關係匪淺。

1 兒童讀物編輯小組（1964年6月-2002年12月）

兒童讀物編輯小組正式成立的時間是一九六四年六月。而其成立
緣起，最關鍵的人除陳梅生外，另有程秋怡。程氏我們只知道他是六
○年代被派駐在臺灣的聯合國官員。

兒童讀物編輯小組是透過陳梅生與程秋怡兩人的牽引，由聯合國
兒童基金會支持所成立的一個單位。後來我國退出聯合國，則由國人
經營。

兒童讀物編輯小組自一九六四年六月成立，八月開始編印小學生

課外讀物，至二〇〇二年十二月底結束，期間歷經三十八年又六個月。這個編輯小組除編輯《中華兒童叢書》外，並編輯過：《中華幼兒叢書》、《中華兒童百科全書》、《兒童的雜誌》、《中華幼兒圖畫書》。

2 兒童讀物寫作研習班（1971-1989）

一九六八年有鑑於當年兒童文學寫作、繪畫的人才不多，教育廳長潘振球認為要多培養作家、畫家，才能解決問題。而當時板橋教師研習會主任陳梅生，在一位參加自然科研習的徐正平老師建議下，首屆兒童讀物寫作班，便於一九七一年五月誕生。

自一九七一年五月三日起，至一九八九年十月二十八日止，教師研習會共舉辦十一屆（12次）寫作班，其開辦梯次、日期及部分代表學員列表如下：

表一　兒童讀物寫作班開辦梯次及日期

屆次	期別	研習期間	週數	天數	學員舉例
1	136	1971.5.3.-1971.5.29.	4	27	徐正平、藍祥雲、黃郁文、傅林統、張彥勳、許漢章、陳正治等
2	141	1971.11.15.-1972.12.12.	4	27	曾信雄、黃淑惠、林武憲等
進階	171	1975.8.25.-1975.8.30.	1	34	徐正平、陳正治、羅枝土等
3	177	1976.3.8.-1976.4.3.	4	35	范姜春枝、馮輝岳、曾妙容等
4	183	1977.1.10.-1977.2.5.	4	42	吳家勳、馮菊枝、許細妹等
5	198	1978.2.19.-1978.3.19.	4	39	洪醒夫、洪中周、沈蓬光等

屆次	期別	研習期間	週數	天數	學員舉例
6	209	1978.12.17.-1978.1.4.	4	47	杜榮琛、許臺英、張清池等
7	214	1979.5.13.-1979.6.10.	4	37	吳燈山、曾春、謝新福等
8	225	1980.5.4.-1980.6.1.	4	37	陳木城、蔡清波、游登掌等
9	238	1981.5.10.-1981.6.7.	4	37	呂紹澄、黃澄漢、毛威麟等
10	263	1983.7.11.-1983.8.6.	4	27	侯照枝、羅欽城、黃武南等
11	380	1989.10.2.-1989.10.28.	4	40	蔡金涼、許丕石、歐秋蘭等

　　寫作班自研習會一三六期至三八〇期，共舉辦十二次，其間因一七一期學員均為前兩期舊學員，受訓期間為期一週，與其他十一期為期四週不同，洪文瓊於《臺灣兒童文學手冊》討論影響臺灣兒童文學史十五件大事時，言及「兒童讀物寫作班」時，不列入此期。然而，該期確實為一期寫作班。

　　每期四週，若干期在五月四日文藝節前後開辦，其中一七一期徵調對象與研習時間與其他各期不同，研習時間縮短為一週，為進階寫作班，乃針對前兩期（136期、141期）學員再次訓練，只此一次，日後成為絕響。十二次寫作班研習地點均在臺北縣板橋市的「臺灣省國民學校教師研習會」。

　　研習會並於一四一期到一七一期中間舉辦三期「兒童戲劇班」，分別為：一五四期（1973年2月12日-1973年-3月10日）、一六一期（1973年12月26日-1973年1月19日）、一六五期（1974年7月15日-1974年8月3日）。研習時間分別為四週、四週、三週，分別招收三十五、五十一及三十位學員，兒童戲劇班與寫作班研習目標不同、課程不同，但講師、學員或有重複；研習會亦於一九八八年七月舉辦九四九期「自然科學童話研習」、一九八八年十月舉辦九九〇期「兒童文學創作坊研習」等。

3 高雄市兒童文學寫作學會（1980年12月）

時任高雄市政府教育局長的陳梅生，結合高市教育界寫作人士，開發社會資源，率先成立「高雄市兒童文學寫作學會」。學會先後創辦柔蘭兒童文學獎，余吉春兒童詩獎，兒童文學研習營。

（四）獎項

本文所指獎項是以創作徵選者為主，非關成就與貢獻，且參賽者亦以成人為限。獎項一直是激發創作有效的動力。臺灣兒童文學的創作與發展，一直與兒童文學創作獎相關。目前現存獎項首獎獎金超過十萬元者有：

1 信誼幼兒文學創作獎：設立於一九八七年，至今有二十一屆。
2 九歌現代兒童文學獎：設立於一九九二年，至今已有十六屆。
3 國語日報兒童文學牧笛獎：設立於一九九五年，已有七屆。
4 臺北市政府文化局兒童戲劇創作暨演出：設立於二〇〇二年。
5 臺東大學兒童文學獎：設立於二〇〇三年，已有五屆。

獎金在十萬以下者有：新竹縣兒童文學創作比賽、臺北縣文學獎、吳濁流文學獎、南瀛文學獎、桃園縣兒童文學獎。

至於已停辦的獎項中，重要者有：

1 洪建全兒童文學創作獎：設立於一九七四年，止於一九九一年，計十八屆。
2 東方少年文學獎：設立於一九八七年，止於一九九〇年，計四屆。

3 教育部師院生兒童文學創作獎：設立於一九九四年，止於二〇
〇二年，計九屆。

4 臺灣省兒童文學創作獎：設立於一九八四年，止於一九九九
年，計十六屆。

5 文建會臺灣文學獎兒童文學類：設立於二〇〇二年，止於二〇
〇四年，計三屆。

6 陳國政兒童文學獎：設立於一九九三年，止於二〇〇一年，計
九屆。

7 文建會兒歌一〇〇徵選活動：設立於二〇〇〇年，止於二〇〇
四年，計五屆。

五　展望

臺東師院成立「兒童文學研究所」，洪文瓊列為影響臺灣二十世紀後半世紀兒童文學發展的第十五樁大事。他說：「兒童文學理論的建構、研究，在臺灣可說是極為薄弱的一環。這從臺灣一直缺乏有分量的理論刊物，以及研究所很少以兒童文學方面問題為學位論文，可獲得例證。當然有關研究社群的形成以及研究風氣的激發，需要長期的培育。七〇年代洪建全文教基金會配合文學獎徵獎舉辦的專題講座與研習，八〇年代兒童文學社團，特別是中華民國兒童文學學會舉辦論文研討會，以及八〇年代師院改制後，連續舉辦八屆的兒童文學學術研討會，可說都有助於臺灣兒童文學研究社群的形成與研究風氣的激發。這些講座或研討會也可說是導致臺東師院兒童文學研究所得以籌設的熱身運動。東師兒童所獲准設立，正是表示兒童文學學術化的需求，在臺灣已趨於成熟，同時意謂兒童文學理論建構與解釋權將逐漸回歸學術單位，終而走上理論與創作正式分工的道路。就長遠來

看，東師兒童文學研究所的成立，象徵臺灣兒童文學新典範已在形成。東師兒文所將是新典範的建立者，在健全的發展情況下，如果近一、二十年沒有第二家兒文研究所成立，則東師兒文所將主導臺灣兒文理論的建構與詮釋。因而東師兒文所成立不但涉及新典範的建立，也涉及未來新典範主導權的爭奪。從而它的設立是有劃時代意義的。」（見《臺灣兒童文學手冊》，頁82）

　　兒童文學研究所於一九九六年八月十六日獲准籌設，隔年五月二十九日正式招進首屆研究生十五名。其後，並將所成立過程印成《一所研究所的成立》，列為兒文所兒童文學叢書第一種。六年後，招博士生。一九九九年並招暑期部與夜間部，二○○六年又招臺北班。就量而言，可說蓬勃；又就學術而言，除每年舉辦一至兩場的研討會外，並發行《兒童文學》學刊（1998年3月創刊，至今已有18期）、《繪本棒棒堂》季刊（2005年9月創刊，至今已有14期）。

　　又於二○○三年首度舉辦「臺東大學兒童文學獎」徵選活動。一方面慶賀臺東師院自該年八月正式升格為臺東大學；另一方面是慶賀兒童文學博士班成立與第一屆招生。至今已有六屆。

　　除外，亦於一九九七年七月至十二月間，受文建會委託舉辦「臺灣（1945-1998）兒童文學一○○」的活動，計送出一○二本臺灣兒童文學優良作品，並結集出版，並於隔年三月二十四至二十六日舉辦「臺灣兒童文學一○○研討會」。

　　同樣，也是受文建會委託，舉辦「兒歌一○○徵文活動」，自二○○○至二○○四年，共計五年，出版了《愛的風鈴：臺灣2000年兒歌一百》、《月娘光光：臺灣2001年兒歌一百》、《爺爺不吃棉花糖：臺灣2002年兒歌一百》、《月亮愛漂亮：臺灣2003年兒歌一百》、《臺灣好：臺灣2004年兒歌一百》。

　　又受臺灣文學館委託，有「臺灣兒童文學作家作品目錄」編輯計

畫，時間自二○○五年一月至二○○七年十二月，全案計收作家二五四人。

　　細數來時路，兒文所成立已有十二年，平實而言，乃有待努力，尤其是在基礎研究。盼望能早日成立「兒童文學館」，並完成資料庫的建構。

參考書目

《兒童文學論著索引》　馬景賢編著　臺北市：書評書目出版社　　　　1975年1月

《中華民國臺灣地區兒童期刊目錄彙編》　洪文瓊策劃主編　臺北　　　　市：中華民國兒童文學學會　1989年12月

《認識兒童期刊》　鄭明進主編　臺北市：中華民國兒童文學學會　　　　1989年12

《兒童文學大事紀要1945-1990》　洪文瓊策劃主編　臺北市：中華　　　　民國兒童文學學會　1991年6月

《臺灣兒童文學手冊》　洪文瓊編著　臺北市：傳文文化公司　1999　　　　年8月

《兒童讀物編輯小組的歷史與身影》　林文寶、趙秀金合著　臺東市：　　　　臺東大學兒童文學研究所　2003年10月　ISBN 9789570150711

《臺灣兒童文學史》　邱各容著　臺北市：五南圖書出版公司　2005　　　　年6月　ISBN 9789571139470

《臺灣兒童文學年表》　邱各容編著　臺北市：五南圖書出版公司　　　　2007年1月　ISBN 9789571145785

《2007臺灣兒童文學年鑑》　林文寶企劃總監　臺北市：中華民國兒
　　童文學學會　2008年6月　ISBN 9789572919279

《「國語日報」的歷史書寫》　林哲璋碩士論文　臺東市：國立臺東
　　大學兒童文學研究所　2006年

《「兒童讀物寫作班」研究（1971-1989）》　吳常青碩士論文　臺東
　　市：國立臺東大學兒童文學研究所　2006年

《一九四五年來臺灣兒童讀物出版業之演變：東方出版社的個案》
　　陳美貞碩士論文　臺東市：國立臺東大學兒童文學研究所
　　2007年

《「師院生兒童文學創作獎」現象觀察》　賴素珍碩士論文　臺東
　　市：國立臺東大學兒童文學研究所　2007年

〈臺灣兒童文學的觀察〉專輯　《文訊》102、103期　1994年4月、5月

延伸閱讀

《我國兒童文學的演進與展望》　許義宗著　臺北市：著者　1976年
　　12月

《兒童文學史科初稿1945-1989》　邱各容著　臺北市：富春文化公
　　司　1990年8月

《華文兒童文學小史1945-1990》　洪文瓊主編　臺北市：中華民國
　　兒童文學學會　1991年5月

《兒童文學大事紀要1945-1990》　洪文瓊主編　1991年6月　臺北
　　市：中華民國兒童文學學會

《中華民國兒童圖書總目》　中央圖書館編　臺北市：編者　1958年
　　10月

《全國兒童圖書目錄》　國立中央圖書館臺灣分館編　臺北市：編者
　　1977年6月

《全國兒童圖書目錄續編》　國立中央圖書館臺灣分館編　臺北市：
　　編者　1984年4月
《兒童讀物研究目錄》　國立中央圖書館臺灣分館採編組編著　臺北
　　市：國立中央圖書館臺灣分館　1987年11月
《臺灣地區外國兒童讀物文學類作品中譯本調查研究1945-1992年》
　　鄭雪玫計畫主持　臺北市：國立中央圖書館臺灣分館　1993
　　年6月
《全國兒童圖書目錄三編》　國立中央圖書館臺灣分館閱覽組、典藏
　　組編輯　臺北市：國立中央圖書館臺灣分館　1996年6月
　　ISBN 9570076399
《愛的風鈴：臺灣2000年兒歌一百》　林文寶計畫主持　2000年12月
　　臺北市：行政院文化建設委員會　ISBN 9570273933
《月娘光光：臺灣2001年兒歌一百》　林文寶、嚴淑女主編　臺北市：
　　行政院文化建設委員會　2001年12月　ISBN 9570298901
《爺爺不吃棉花糖：臺灣2002年兒歌一百》　林文寶計畫主持　臺北
　　市：行政院文化建設委員會　2002年12月　ISBN 9570128909
《月亮愛漂亮：臺灣2003年兒歌一百》　林文寶計畫主持　臺北市：
　　行政院文化建設委員會　2003年12月　ISBN 9570156155
《臺灣好：臺灣2004年兒歌一百》　張子樟、盧彥芬主編　臺北市：
　　行政院文化建設委員會　2004年12月　ISBN 9789570190229

　　——本文原載《全國新書資訊月刊》128期（2009年8月），頁4-14。

附錄

附錄一

臺灣圖畫書發展年表

資料整理：林文寶、蔡淑娟

年份	事件	性質性質
1945	「東方出版社」成立，創辦人游彌堅。	出版訊息
1946	「臺灣書店」成立出版，銷售各類別圖書，兒童讀物。	出版訊息
1946	陳國政先生創立「臺灣英文雜誌社」，以代理 *Time*、*Life*、*Redder's Digest* 刊物起家，1973年由第二代陳嘉南接手，於1974年引進「圖書直銷」制度。	出版訊息
1951	《小學生》雜誌創刊，由臺灣省政府教育廳發行。	刊物發行
1953	《小學生畫刊》半月刊創刊，由臺灣省政府教育廳發行。	刊物發行
1953	《學生》月刊創刊，內容包括科學、傳記、世界名著及圖畫故事等。	刊物發行
1954	《東方少年》創刊。	刊物發行
1963	「臺灣東方少年出版社」成立。	出版訊息
1964	「國語日報」出版社成立。	出版訊息
1965	《好學生》月刊創刊，以中國歷史文化及本土文學、藝術、科學為主要內容。	刊物發行
1965	1964年成立的「兒童讀物編輯小組」，在聯合國補助下，開始籌備策畫編輯國民小學兒童課外讀物，名為《中華兒童叢書》。 第一批叢書十冊，由臺灣省教育廳出版，首冊為林良撰文，趙國宗插畫——《我要大公雞》，叢書一律為本土作家、插畫家創作之作品。	圖書出版
1965	國語日報社引進《世界兒童文學名著》，多以歐美翻譯作品為主，其中一些是榮獲美國凱迪克（Caldecott）圖畫書	圖書出版

年份	事件	性質性質
	大獎的作品，例如《小房子》、《讓路給小鴨子》等，共12輯，合計120本。	
1965	邀請國外專家海倫・史德萊（Helen R. Sattley）及孟羅・李夫（Monro Leaf）來臺。海倫・史德萊於臺中師專設立兒童讀物研究班，招訓對象為各縣市教育局督學及各師專擔任兒童文學教學的老師；孟羅・李夫本身即圖畫書作家，在訪問期間曾發表多場與兒童讀物插畫介紹的課程。	交流推廣
1966	「臺灣新學友書局」成立。	出版訊息
1966	《王子》半月刊創刊，以日本兒童圖書月刊為範例引入臺灣。	刊物發行
1971	臺灣省教育廳出版「中華兒童叢書」。	出版訊息
1973	1970年兒童讀物編輯小組受省政府社會處委託，為全省農忙期間各地托兒所開始籌畫編輯幼兒讀物，名為《中華幼兒叢書》。 計有《哪裡來》、《小紅鞋》等共8冊，於1973至1974年由臺灣省政府教育廳陸續出版。	圖書出版
1974	「洪建全兒童文學獎」創辦（1974-1992），由洪建全文教基金會所主辦，獎項分：少年小說、兒童詩歌、童話、圖畫故事，共18屆，1992年停辦。	國內獎項
1978	將軍出版社出版《新一代幼兒圖畫書》。	圖書出版
1978	1976年兒童讀物編輯小組開始籌畫架構以小學四、五、六年級及國中一年級學生自我學習為基礎的《中華兒童百科全書》。 1978年4月出版第1冊，全套14冊，共歷時8年完成。	圖書出版
1978	國內第一個幼兒圖書書出版社「信誼基金會出版社」成立，爾後設有親子館、實驗託兒所、小袋鼠說故事劇團、父母學苑、學前教育月刊、親子書房。	出版訊息
1980	信誼基金會出版社開始出版《幼幼圖書》系列。	圖書出版

年份	事件	性質性質
1980	光復書局出版《彩色世界圖畫書全集》原出版社為義大利 Fratelli Fabbri Edition。	圖書出版
1980	《漢聲精選世界最佳兒童圖畫書》由英文漢聲雜誌社出版，以「套書直銷制度」銷售，全套105冊，分心理成長類、科學教育類，作品中包含歐美作品及許多優秀的日本作品，且以出版原尺寸發行，忠實呈現圖畫書原貌給讀者，主要書目有《第一次上街買東西》、《野獸國》、《諾亞方舟》等。	圖書出版
1981	「理科出版社有限公司」成立。	出版訊息
1981	由英文漢聲雜誌社出版《中國童話》12冊。	圖書出版
1983	「鹿橋文化事業有限公司」成立。	出版訊息
1983	「臺灣麥克股份有限公司」成立。	出版訊息
1984	「親親文化事業有限公司」成立。	出版訊息
1984	鄭明進的插畫《螢火蟲》等三件作品，參展日本世界至光社主辦的第十二屆世界圖畫書原作展，於東京、大阪、神戶三地展出。	交流推廣
1985	英文漢聲雜誌社出版《漢聲小百科》12冊。	圖書出版
1986	兒童讀物小組出版部規畫編印適合小學一至六年級閱讀的綜合性刊物——《兒童的》雜誌，10月10日為其創刊日。2002年12月兒童讀物編輯小組裁撤，《兒童的》雜誌也告停刊。自創刊至停刊，共發行十六年又三個月，計195本。	刊物發行
1986	《精湛》雜誌創刊，由台英社發行，於1997年9月停刊。	刊物發行
1986	「天衛文化圖書有限公司」成立，並於2002年09月推出「小魯繪本時間」系列。	出版訊息
1987	由農委會委託國語日報出版社出版《自然生態保育叢書》，介紹臺灣自然生態，包括《瀑布的故事》等15冊。	圖書出版

年份	事件	性質性質
1987	「上誼文化實業股份有限公司」成立，係信誼基金會為專門代理出版外文圖畫書成立之出版社。	出版訊息
1988	「信誼幼兒文學獎」設獎，對提升國內圖畫書創作的人才有很大的貢獻。第一屆首獎作品為郝廣才撰文、李漢文繪圖的作品《起床啦，皇帝！》。	國內獎項
1988	「中華兒童文學獎」由財團法人鄭彥棻文教基金會設立，獎項分：文學類、美術類，每類得獎者各1名。	國內獎項
1989	日本插畫大師安野光雅（1984安徒生大獎得主）應信誼基金會邀請，於「幼兒文學獎」頒獎典禮上演講「我的圖畫書」。	交流推廣
1989	徐素霞的插畫《水牛與稻草人》等五件作品，入選義大利國際波隆那1989年圖畫書原畫展，成為臺灣首度入選畫家。（臺灣省政府教育廳，1986年12月）	國際獎項
1989	英文漢聲雜誌社出版《漢聲小小百科》系列。	圖書出版
1990	「毛毛蟲兒童哲學基金會」於臺北市成立，另於2000年2月26日成立「圖畫作家」。	民間機構
1990	《田園之春》叢書自該年起以農林漁牧業為主題，以圖畫書的形式，由中華民國四健會協會受行政院農委會委託發行，到2000年已發行100本。	圖書出版
1991	漢聲雜誌社與臺灣英文雜誌社結束合作關係，漢聲收回圖書的代理權。	出版訊息
1991	鄭明進著《世界傑出插畫家》，由雄獅圖書公司出版。	圖書出版
1991	王家珠以《懶人變猴子》作品得到第一屆亞洲兒童插畫雙年展首獎。（遠流出版股份有限公司，1989年6月）	國際獎項
1991	陳志賢以《長不大的小樟樹》入選義大利波隆那國際兒童書展年度插畫家。（東方出版公司1990年4月）	國際獎項

年份	事件	性質性質
1992	奧地利童書作家莉絲白・絲威格（Lisbeth Zwerger）應邀在「第三屆臺北國際書展」展出個人原畫並發表演講。	交流推廣
1992	遠流出版「繪本童話中國」等共24本，由國內作家著作，大陸畫家繪畫的作品。	圖書出版
1992	劉宗慧所編的《老鼠娶新娘》，獲西班牙加泰隆尼亞國際插畫雙年展首獎。（此書由遠流出版股份有限出版，有英文版和日文版）。	國際獎項
1992	王家珠以《七兄弟》入選義大利波隆那國際兒童書展年度插畫家大展。（遠流出版股份有限公司，1992年5月）	國際獎項
1992	段勻之以「小桃子」入選義大利波隆那國際兒童書展年度插畫家大展。（未出版）	國際獎項
1992	臺灣英文雜誌社出版《世界親子圖畫書》並以「套書直銷制度」銷售，共100本。	圖書出版
1993	捷克的柯薇・巴可維斯基（KvtaPacovsk），1986年安徒生插畫大獎得主應邀於「第四屆臺北國際書展」展出個人原畫展及表演繪畫技巧。	交流推廣
1993	「陳國政兒童文學新人獎」由臺灣英文雜誌社設立，獎項分：圖畫書、童詩，每年一頒，新人獎3名、佳作1名。 1997年改名為「陳國政兒童文學獎」，獎項分：圖畫故事類、兒童散文類；社會組：首獎1名、優選1名、佳作1名，新人組：新人獎1名。共9屆，2002年停辦。	國內獎項
1993	臺灣出版社正式以「臺北出版人」名義參加波隆那國際兒童書展。	交流推廣
1993	王家珠以《巨人和春天》入選西班牙加泰隆尼亞國際插畫雙年展、布迪拉斯國際插畫雙年展、巴塞隆納插畫家大獎。（格林文化事業有限公司，1993年8月）	國際獎項
1994	1993年兒童讀物編輯小組出版部開始規畫《中華幼兒圖畫書》。	圖書出版

年份	事件	性質性質
	1994年開始出版第一批5本幼兒圖畫書，每年出版五至六種；另每三年一期，每一期舉辦一次「幼兒圖畫書金書獎」，並頒獎給文圖作者；出版後分送已立案之公、私立幼稚園。	
1994	王家珠以《新天堂樂園》入選義大利波隆那國際兒童書展年度插畫家大展。（格林文化事業有限公司，1994年1月）	國際獎項
1994	劉宗慧以《元元的發財夢》入選義大利 Sarmede 國際插畫巡迴展。（信誼基金會，1994年3月）	國際獎項
1994	「格林文化事業股份有限公司」成立，由郝廣才先生創立。	出版訊息
1994	「青林國際出版股份有限公司」成立，由林訓民先生創立。	出版訊息
1995	「花蓮縣新象社區交流協會」於花蓮市成立，並成立「繪本館」。	民間機構
1995	日本圖畫書評論家松居直先生，在臺北演講「親子共讀圖畫書」，其推廣閱讀的作品《幸福的種子》，同年並由台英社出版。	交流推廣
1995	布迪拉斯國際插畫雙年展的「1995年世界巡迴展」，於臺北市立美術館展出，展期至1996年1月。	展覽活動
1995	「國語日報兒童文學牧笛獎」由國語日報社設立，獎項分：童話、圖畫故事。每兩年一頒，首獎1名、優等2名、佳作3名。	國內獎項
1995	劉宗慧以《元元的發財夢》入選義大利波隆那國際兒童書展年度插畫家大展。（信誼基金會，1994年3月）	國際獎項
1995	劉伯樂以《黑白村莊》入選歐洲插畫展。（信誼基金會，1994年3月）	國際獎項
1995	「玉山社出版公司」成立，出版星月書房圖文書系列，於2003年出版「可大可小」圖畫繪本系列。	出版訊息

年份	事件	性質性質
1995	佛光出版社出版「百喻經」系列共20冊，同時發行中文、英文版。並於誠品書店舉辦「百喻經」原畫展。	圖書出版
1996	「圖畫書俱樂部」成立，成員來自於陳璐茜老師所創辦的「陳璐茜繪本教室」，為一個手製圖畫書的創作團體，並自1997年開始舉辦夏日聯展，迄今六年，舉辦過十餘次展出，創作的手製圖畫書超過120餘本。	民間機構
1996	行政院新聞局設立「小太陽獎」。	國內獎項
1996	文建會與民間出版界合作引進「布拉迪斯國際插畫雙年展」。	展覽活動
1996	郝廣才先生個人於1996年擔任「波隆那國際兒童書展」之兒童書插畫展的亞洲評審。	交流推廣
1996	楊翠玉以《兒子的大玩偶》入選義大利波隆那國際兒童書展年度插畫家大展，西班牙加泰隆尼亞國際插畫雙年展。（格林文化事業有限公司，1995年12月）	國際獎項
1996	新學友出版「彩虹學習圖畫書」系列共35冊。	圖書出版
1997	「三之三文化事業股份有限公司」成立。	出版訊息
1998	「1997年波隆那國際兒童原畫展」在臺北中正藝廊展出。	展覽活動
1998	由文化建設委員會主辦的「1998福爾摩沙童書原畫展」於臺北中正藝廊展出。	展覽活動
1998	鄭明進編著《圖畫書的美妙世界》一書，由國立臺灣藝術教育館出版。	圖書出版
1998	由教育部委託臺東師院主辦「圖畫書中的陰陽怪氣——兒童文學與兩性平等研討會」。	學術研討
1998	「和英出版社」成立，由周逸芬於新竹創立。	出版訊息
1998	由文建會委託雄獅圖書股份有限公司，配合教育部增設鄉土教學課程策畫編印《兒童文化資產叢書》，包括《瑄瑄學考古》等12冊。	圖書出版

年份	事件	性質性質
1998	《精湛兒童之友圖畫書》由臺英公司創刊，將圖畫書以月刊方式出版，共出版20本，於2002年11月停刊。	刊物發行
1998	遠流出版「大手牽小手」系列共43本，由林真美策畫翻譯。	圖書出版
1999	由臺南縣文化局配合社區總體文化營造及中小學鄉土教育文化政策出版的《南瀛之美》圖畫書系列，是一系列民俗、名勝、生態、產業、人物為題材的鄉土圖畫書。	圖書出版
1999	國際童書大師艾瑞・卡爾（Eric Carle, 1929-）的「艾瑞・卡爾原畫展」，由信誼基金會主辦，新光三越高雄館展出，同年12月則在臺北新光信義店6樓文化廳展出。	交流推廣
2000	「中華民國貓頭鷹親子教育協會」成立，於7月設立「貓頭鷹圖書館」，同時期開始培訓「貓頭鷹義工」。	民間機構
2000	邱承宗的《蝴蝶》原畫入選「2000波隆那國際童書原畫展」非文學類（Non-Fiction）作品。（紅蕃茄出版社，1999年）	國際獎項
2000	陳志賢以《嶄新的一天》參加波隆那千禧四頁圖畫故事書特展。（誠品股份有限公司，2000年11月）	國際獎項
2000	鄭明進的二十本圖畫書作品，在「2000波隆那國際書展」中代表臺灣於臺灣主題館展出，讓世人感受到臺灣的文化與生命力。	交流推廣
2000	「2000年國際安徒生插畫家大獎」得主的英國插畫家，安東尼・布朗（Anthony Brown）來臺北展出原畫，並發表演講。	交流推廣
2000	美國凱迪克獎的華裔美籍兒童插畫家楊志成（Ed Young），在臺北國際書展會場，暢談其成長背景及繪畫風格並舉行簽名會。	交流推廣
2000	臺灣麥克股份有限公司出版「臺灣麥克精選世界優良圖畫書」共50本。	圖書出版

年份	事件	性質性質
2000	國語日報社出版「中國民俗節日故事」共25本。	圖書出版
2001	由林真美成立的「小大繪本館」於臺中市成立。	民間機構
2001	「國際兒童圖畫書原畫展」於中正藝廊展出，展覽內容包括：臺灣兒童書原畫展、波隆那國際兒童童書原畫展、《田園之春》圖畫書原畫邀請展。	展覽活動
2001	以《十四隻老鼠》系列圖畫書聞名世界的日本插畫家岩村和朗（Kazuo Iwamura, 1939-）由臺北瑪咪書店邀請，於2月3日至9日在臺北台英社主講「我愛圖畫書的經驗及私人美術館的創辦」。	交流推廣
2001	由行政文化建設委員會策畫青林國際出版公司發行的《臺灣兒童圖畫書》中的《射日》、《三角湧的梅樹阿公》、《奉茶》、《大頭仔生後生》、《一放雞，二放鴨》、《勇士爸爸去搶孤》等作品出版。	圖書出版
2001	「孩子的第一套電腦圖畫書」系列叢書共8本，由資策會資訊科學展示中心出版，由管家琪、林小杯等創作。	圖書出版
2001	王家珠以《星星王子》入選義大利波隆那國際兒童書展年度插畫家大展。（格林文化事業股份有限公司，2001年7月）	國際獎項
2001	張又然以《春神跳舞的森林》入選義大利波隆那國際兒童書展年度插畫家大展。（格林文化事業股份有限公司，2003年3月）	國際獎項
2001	龐雅文以《小狗阿疤想變羊》入選義大利波隆那國際兒童書展年度插畫家大展。（格林文化事業股份有限公司，2002年1月）	國際獎項
2001	閩玉真以「青春泉」入選義大利波隆那國際兒童書展年度插畫家大展。	國際獎項
2001	吳月娥、王美玲以「大比爾、小比爾」入選義大利波隆那國際兒童書展年度插畫家大展。	國際獎項

年份	事件	性質性質
2002	「魔法花園——安徒生童話・繪本原畫展」由青林國際出版公司、中國時報系與國父紀念館合辦，於國父紀念館展出。	展覽活動
2002	「俄羅斯插畫展」於中正紀念堂中正藝廊，展出近百位傑出插畫家三百幅的插畫作品。其中邀請《安徒生故事》插畫作者基里爾・契魯許金，於書展現場舉辦簽名會。主辦單位：國立臺灣藝術教育館、財團法人中華圖書出版事業發展基金會。	展覽活動
2002	第十屆國際書展主題「品味東方・博覽世界」，將特別聚焦日本作家和出版物，邀請來賓日本畫家西卷矛子女士和松居直。	展覽活動
2002	英國繪本創作家芭貝・柯爾（Babette Cole）與法國童書編輯賽希莉・艾曼胡（Cecile Emeraud）來臺授課及舉行講座，由格林文化事業股份有限公司主辦，於城邦書店1樓講堂舉行。	展覽活動
2002	由文建會主辦，青林國際出版社、臺東師院兒文所協辦「安徒生童話之藝術表現與影響學術研討會」。	學術研討
2002	鄭明進於9月28日至10月13日於誠品書店敦南藝文空間舉辦「我和我站立的村子——鄭明進70圖畫書文件展」，展出作家原畫、著作及國外圖書之收藏，展後作品由臺東師院兒童文學研究所收購典藏。	展覽活動
2002	國內第一所「英語童書室」於雲林科技大學圖書館成立，由應用外語系規畫，收集有關英語童書。	民間機構
2002	臺北市立圖書館與美國 J&V 2000基金會合作成立全國第一座兒童外文主題圖書館——「小小世界外文圖書館」，位於市立圖書館總館地下二樓，收有萬餘冊外文童書。	民間機構
2003	「共遊小兔彼得故事花園——兒童文學百年經典巡迴展」，由臺北市立圖書館、毛毛蟲兒童哲學基金會及青林	展覽活動

年份	事件	性質性質
	國際出版公司主辦，於臺北市立圖書館總館 B1藝廊舉行。	
2003	第十一屆國際書展主題「文藝捷克」，邀請來賓國際安徒生大獎得主、瑞士插畫家約克・米勒（Jorg Muller）、捷克插畫大師柯薇・巴可維斯基（Kvta Pacovsk）、捷克插畫家阿道夫・波恩（Adolf Born）。	展覽活動
2003	「繪本創作研習營」由童書夏天學校主辦，臺北市立圖書館、墨色國際股份有限公司協辦。講師：林真美、幾米、劉鳳芯、李瑾倫、柯倩華、張淑瓊、賴馬，由創作經驗豐富的優秀作家與從事推廣、評論的專業兒童文學工作者，從各角度探討繪本的形式與本質。	民間機構
2003	由教育部指導，臺東師院主辦，兒童文學研究所承辦「臺灣兒童圖畫書學術研討會」。	學術研討
2003	遠流出版「臺灣真少年」系列共6冊，由吳念真、簡媜等描寫「童年」主題，官月淑、許文綺、何雲姿繪畫。	圖書出版
2003	教育部主辦，臺北市龍安國小承辦「我要大公雞」中華兒童叢書專題閱讀系列活動。	展覽活動

附錄二

臺灣地區圖畫書相關論述書目

資料整理：林文寶、蔡淑娟

書名	作者	譯者	出版地	出版社	出版時間	開數	頁數
幼稚園兒童讀物精選	華霞菱		臺北市	國語日報附設出版部	1983年12月	15×21	189
認識兒童讀物插畫	馬景賢編 王家誠著		臺北市	中華民國兒童文學學會	1987年11月	19×26	120
中華民國兒童文學學會第一屆第三次兒童文學論文、作品討論會手冊	洪德麟 徐素霞		臺北市	中華民國兒童文學學會	1987年11月	152×212	48
世界傑出插畫家	鄭明進		臺北市	雄獅圖書股份有限公司	1991年12月	19×26	169
插畫新技	詹楊彬		臺北市	藝術圖書有限公司	1992年10月	19×26	175
幼兒的一一〇本好書	信誼兒童文學委員會編		臺北市	信誼基金會	1993年5月	18.5×20	67
觀念玩具——蘇斯博士與新兒童文學	楊茂秀 吳敏而		臺北市	遠流出版事業股份有限公司	1993年6月	14.7×21	80
童書非童書：給	黃迺毓		臺北市	基督教宇	1994年4月	21×19	281

書名	作者	譯者	出版地	出版社	出版時間	開數	頁數
希望孩子看書的父母	李坤珊 王碧華			宙光全人關懷機構			
視覺與心靈的合奏——徐素霞插畫創作理念	徐素霞		臺北市	文晟股份有限公司	1994年5月	19×26.5	38
81、82年幼兒好書書目	信誼兒童文學委員會編		臺北市	信誼基金會	1995年3月	20×18.5	66
幸福的種子——親子共讀圖畫書	松居直	劉滌昭	臺北市	台英社	1995年10月	15×21	182
認識幼兒讀物	林良等著 張湘君編		臺北市	天衛文化圖書有限公司	1995年12月	15×21	181
幼兒文學：在文學中成長	Walter Sawyer, Diana E. Comer	墨高君	臺北市	揚智文化事業股份有限公司	1996年9月	17×23	302
認識兒童讀物插畫	鄭明進著 施政廷編		臺北市	天衛文化圖書有限公司	1996年11月	15×21	215
幼教天地第14期圖畫書與數學教育專輯	幸曼玲編		臺北市	臺北市立師範學院兒童發展研究中心	1997年6月	19×21	153
圖畫書、學習與探索	吳敏而等		臺北縣	光佑文化事業股份有限公司	1997年12月	19×26	143

書名	作者	譯者	出版地	出版社	出版時間	開數	頁數
圖畫書的美妙世界	鄭明進編著		臺北市	國立臺灣藝術教育館	1998年5月	23×27	166
幼兒文學	Mary Renck Jalongo	李侑蒔 吳凱琳	臺北市	華騰文化股份有限公司	1998年11月	17×23	188
在繪本花園裡——和孩子共享繪本的樂趣	林真美等		臺北市	遠流出版事業股份有限公司	1999年2月	15×21	98
手拿褐色蠟筆的女孩	維薇安·嘉辛·裴利 (Vivian Gussin Paley)	楊茂秀	臺北市	財團法人成長文教基金會	1999年2月	15×21	201
開放教育總動員：二十五本童書教學活動設計	張湘君 葛琦霞		臺北市	天衛文化圖書有限公司	1999年10月	18.7×26	208
童書是童書	黃迺毓		臺北市	基督教宇宙光全人關懷機構	1999年10月	21×19	301
幼兒文學	鄭瑞菁		臺北市	心理出版社股份有限公司	1999年11月	17×23	425
幼稚園繪本·童話教學設計	岡田正章		臺北市	武陵出版社	1999年11月	19×21	264
傑出圖畫書插畫家——歐美篇	鄭明進		臺北市	雄獅圖書股份有限公司	1999年11月	19×26	175

書名	作者	譯者	出版地	出版社	出版時間	開數	頁數
傑出圖畫書插畫家——亞洲篇	鄭明進		臺北市	雄獅圖書股份有限公司	1999年11月	19×26	175
瞬間的永恆——布赫茲畫冊	布赫茲(Quint Buchholz)	林酉媛	臺北市	格林文化事業有限公司	1999年12月	23×30	127
夢想的金鑰匙——彼德席斯畫冊	彼德席斯(Peter Sis)	劉逸媛	臺北市	格林文化事業有限公司	1999年12月	23×30	135
幼兒文學	鄭麗文編著		臺北縣	啟英文化有限公司	1999年	17×23	174
圖畫書的欣賞與應用	林敏宜		臺北市	心理出版社	2000年11月	17×23	258
編織童年夢——波拉蔻故事繪本的世界	楊茂秀黃孟嬌		臺北市	遠流出版事業股份有限公司	2000年2月	14.3×21	111
探訪英文繪本世界	林秀兒		臺北縣	臺北縣書香文化推廣協會	2000年4月	19×13	135
生命教育一起來：童書創意教學	張湘君葛琦霞		臺北市	三之三文化事業股份有限公司	2000年5月	21×29	248
繪本創作DIY	鄧美雲周世宗		臺北市	雄獅圖書股份有限公司	2000年7月	19×26	111
童書演奏——兒童讀物如何進入	趙鏡中賈文玲		臺北縣	教育部臺灣省國民	2000年12月	18.9×26	159

書名	作者	譯者	出版地	出版社	出版時間	開數	頁數
教學現場				學校教師研習會			
繪本與幼兒心理輔導	吳淑玲		臺北市	五南圖書出版股份有限公司	2001年10月	15×21	240
和小朋友玩閱讀遊戲：兒童繪本親師手冊	鄒敦玲		臺北縣	狗狗圖書有限公司	2001年6月	20.8×29	198
童書久久	臺灣閱讀協會編著		臺北縣	臺灣閱讀協會	2001年11月	20×20	119
臺灣兒童圖畫書導賞	徐素霞編		臺北市	國立臺灣藝術教育館	2001年1月	21×29.5	257
圖話書狂想曲	許慧貞編		臺北縣	螢火蟲出版社	2001年2月	19×26	88
藝出造化・意本自然 —— Ed Young 楊志成的創作世界	黃瑞怡 葉青華 黃迺毓 宋珮等著		臺北縣	和英出版社	2001年2月	20×20	94
繪本教學 DIY 2	鄧美雲 周世宗		臺北市	雄獅圖書股份有限公司	2001年2月	19×26	169
歡喜閱讀	連翠茉編		臺北市	遠流出版事業股份有限公司	2001年4月	15×20	117
從聽故事到閱讀	蔡淑媖		臺北縣	富春文化事業股份有限公司	2001年4月	15×21	183

書名	作者	譯者	出版地	出版社	出版時間	開數	頁數
原始與永恆的童夢——趙國宗磁畫展	趙國宗		臺北市	臺北市立美術館	2001年6月	23×30	101
多元智能輕鬆學——九年一貫課程統整大放送	張湘君 葛琦霞		臺北市	天衛文化圖書有限公司	2001年6月	18.8×26	187
我會愛	連翠茉編		臺北市	遠流出版事業股份有限公司	2001年7月	15×20	117
手製繪本 DIY	簡茂育		臺北縣	教育之友文化	2001年7月	19×20	72
帶著繪本去旅行	連翠茉編		臺北市	遠流出版事業股份有限公司	2001年11月	15×20	118
魔法花園·安徒生童話·繪本原畫展導賞手冊	鄭明進		臺北市	青林國際出版股份有限公司	2002年1月	24×24	67
繪本教學 DIY	鄧美雲 周世宗		臺北市	雄獅圖書股份有限公司	2002年2月	19×26	169
圖話書狂想曲2	許慧貞編		臺北市	螢火蟲出版社	2002年2月	19×26	88
傑出科學圖畫書插畫家	鄭明進		臺北市	雄獅圖書股份有限公司	2002年9月	19×26	155
幼兒文學概論：兒童文學在幼兒教育的學習與應用	黃郇媖		臺北縣	光佑文化事業股份有限公司	2002年10月	15×21	287

書名	作者	譯者	出版地	出版社	出版時間	開數	頁數
教室 V.S. 劇場好戲上場囉！：23本童書戲劇教學活動示範	葛琦霞		臺北市	信誼基金會	2002年9月	18.9×24.5	179
烤箱讀書會	劉清彥		臺北市	基督教宇宙光全人關懷機構	2002年3月	12×18.5	239
巫婆就是這樣的	馬柯曼·柏德(Malcolm Bird)	羅婷以	臺北市	遠流出版事業股份有限公司	2002年5月	20.5×23	95
巫婆的前世今生：童書裡的女巫現象	羅婷以		臺北市	遠流出版事業股份有限公司	2002年5月	15×21	148
五個故事媽媽的繪本下午茶	林寶鳳 蔡淑媖 葉青味 林秀玲 郭雪貞		臺北市	遠流出版事業股份有限公司	2002年7月	15×21	129
2002 Anderson 安徒生童話之藝術表現及影響學術研討會論文集	青林國際出版股份有限公司		臺北市	行政院文化建設委員會	2002年9月	21×29.8	239
打開繪本說不完	花蓮縣新象社區交流協會		臺北市	行政院文化建設委員會	2002年9月	17.3×26.2	128
童書三百聊書手冊（低年級）	吳敏而		臺北市	教育部	2002年9月	14.7×21	102

書名	作者	譯者	出版地	出版社	出版時間	開數	頁數
童書三百聊書手冊（中年級）	吳敏而		臺北市	教育部	2002年9月	14.7×21	108
童書三百聊書手冊（高年級）	吳敏而		臺北市	教育部	2002年9月	14.7×21	104
打開一本書！	凌拂總策畫		臺北市	遠流出版事業股份有限公司	2002年10月	19×26	150
打開一本書2	凌拂總策畫		臺北市	遠流出版事業股份有限公司	2002年10月	19×26	198
打開一本書3	凌拂總策畫		臺北市	遠流出版事業股份有限公司	2002年10月	19×26	116
小手做小書1生活書	陳淑華		臺北縣	天佑文化事業股份有限公司	2002年12月	21×20	82
小手做小書2五格書	陳淑華		臺北縣	天佑文化事業股份有限公司	2003年1月	21×20	82
故事媽咪 A1	繆慧雯		臺北縣	狗狗圖書有限公司	2003年1月	22×28.8	61
手工書55招	王淑芬		臺北縣	作家出版社	2003年2月	19×19.5	131
遇見小兔彼得：碧雅翠絲·波特和小兔彼得的世界	卡蜜拉·赫利南(Camilla Hallinan)	蔡正雄	臺北市	青林國際出版股份有限公司	2003年2月	26×30.5	128

書名	作者	譯者	出版地	出版社	出版時間	開數	頁數
繪本教學一套	黃慶惠		臺北市	天衛文化圖書有限公司	2003年3月	19×26	151
故事媽咪 A2	李赫		臺北縣	狗狗圖書有限公司	2003年3月	22×28.8	61
創思教育飛起來	潘慶輝		臺北市	三之三文化事業股份有限公司	2003年4月	21×29	187
讀繪本，遊世界：著名繪本教學與遊戲	吳淑玲編紀明美黃金葉著		臺北市	心理出版股份有限公司	2003年4月	17×23	280
藝術的童年	艾姿碧塔(Elzbieta)	林徵玲	臺北市	玉山社出版事業股份有限公司	2003年5月	19×24	250
圖畫書的生命花園	劉清彥郭恩惠		臺北市	基督教宇宙光全人關懷機構	2003年5月	18×23.1	120
手工書進階55招	王淑芬		臺北縣	作家出版社	2003年6月	19.1×19.5	143
FUN 的教學：圖畫書與語文教學	方淑貞		臺北市	心理出版社股份有限公司	2003年8月	17×23	256

＊備註一：僅將波隆那插畫年鑑詳列於下，不列入書目。

波隆那插畫年鑑於1994年出版第1.2.3.4.集

1995年出版第5集（分文學類、非文學類二種）

1996年出版第6集（分文學類、非文學類二種）

1997年出版第7集

1998年出版第8集

1999年出版《波隆那插畫年鑑1999》

2000年出版《波隆那插畫年鑑2000》

2001年出版《波隆那插畫年鑑2001》

2002年出版《波隆那插畫年鑑2002》

＊備註二：其如漢聲、臺英、臺灣麥克等套書之親子手冊、媽媽手冊等均不列入。

附錄三

臺灣地區圖畫書相關之學位論文

資料整理：林文寶、蔡淑娟

序號	研究生	專題	學校／系所／年份
1	許佩玫	兒童讀物插畫表現技法之創作研究	臺灣師範大學／美術研究所／1991
2	鍾玉鳳	近十年圖畫故事書內容價值觀之分析研究	文化大學／兒童福利學系／1995
3	洪慧芬	幼兒圖畫書中父親及母親角色之內容分析研究	臺灣師範大學／家政教育學系／1995
4	幸佳慧	兒童圖畫故事書的藝術探討	成功大學／藝術研究所／1997
5	李冠瑢	兒童插畫於平面設計之創作研究——以圖畫書為例	臺灣師範大學／美術學系／1997
6	葉紋陵	優良兒童讀物中兒童形象之敘事分析	輔仁大學／大眾傳播研究所／1997
7	林學君	幼兒圖畫書中社會行為之內容分析	臺灣師範大學／家政教育學系／1997
8	劉苓莉	兒童對童話中「友誼概念」之詮釋——以《青蛙和蟾蜍》為例	嘉義師範大學／國民教育研究所／1997
9	張珮歆	安東尼·布朗圖畫書作品中的諷刺性遊戲	臺東大學師範學院／兒童文學研究所／1998
10	黃孟嬌	莫里斯桑達克自寫自畫作品研究	臺東大學師範學院／兒童文學研究所／1998
11	林玲遠	科學圖畫書之類型、結構與插圖分析	臺東大學師範學院／兒童文學研究所／1998

序號	研究生	專題	學校／系所／年份
12	林孟琦	阿諾・羅北兒（Arnold Lobel）圖畫書中動物意象的呈現	臺東大學師範學院／兒童文學研究所／1998
13	黃美雯	不同年齡層學生對童話──繪本中友誼概念之詮釋研究	彰化師範大學／教育研究所／1998
14	郭恩惠	兒童與成人對兒童圖畫故事書的反應探究	臺灣師範大學／家政教育研究所／1998
15	張婉琪	洪義男、曹俊彥、趙國宗三位臺灣兒童圖畫書插畫家插畫風格之演變	臺灣科技大學／工程技術研究所設計學程／1999
16	彭桂香	說故事人與說故事活動研究──以東師實小故事媽媽團長為例	臺東大學師範學院／兒童文學研究所／1999
17	廖麗慧	約翰伯寧罕圖畫書研究	臺東大學師範學院／兒童文學研究所／1999
18	陳珮琦	1989-1999年臺灣地區兒童圖畫書中兩性角色之分析研究	臺北市立師範學院／國民教育研究所／1999
19	黃淑娟	國小學童圖畫書導賞教學及其插畫反應探討	臺南師範大學／國民教育研究所／1999
20	陳美姿	以兒童繪本進行幼兒情感教育之行動研究	東華大學／教育研究所／1999
21	蔡子瑜	故事討論對幼兒道德推理的影響之研究──以「分享」的故事主題為例	國立臺灣師範大學／家政教育研究所／1999
22	楊劓勛	繪本之圖文轉碼形構要素研究──以青少年對西遊記之主題為例	雲林科技大學／視覺傳達設計系碩士班／2000
23	劉玉玲	以動畫觀點探討互動式動畫故事書之創作特質及對圖畫書與動畫之影響	臺南藝術學院／音像動畫研究所／2000
24	黃淮麟	兒童對圖畫書插畫風格喜好發展	臺灣科技大學／設計研究所／2000

序號	研究生	專題	學校／系所／年份
25	林靜怡	我不是林小杯——我和我的圖畫書	臺東大學師範學院／兒童文學研究所／2000
26	羅婷以	西洋圖畫書中的女巫形象研究	臺東大學師範學院／兒童文學研究所／2000
27	許郁芳	圖畫作家風格研究——以昆汀布雷克及瑪夏布朗的作品為例	臺東大學師範學院／兒童文學研究所／2000
28	吳亭萱	插畫在平面設計作品上表現方式之研究與應用	臺灣師範大學／設計研究所在職進修碩士班／2000
29	劉惕君	國小單親學童對父母離異經驗之敘說——現實與繪本之間	花蓮師範學院／國民教育研究所／2000
30	梁秋月	國小教師、家長與兒童對薛佛西斯坦愛心樹之詮釋	嘉義大學／國民教育研究所／2000
31	李美麗	中國時報與聯合報童書書評的內容分析	南華大學／出版學研究／2000
32	林宛霖	臺北市幼兒對圖畫書及電子童書之調查與反應研究	臺灣師範大學／家政教育研究所／2001
33	施宜新	抒情敘事畫童趣：工筆圖畫書創作研究	市北師／視覺藝術研究所／2001
34	林杏莉	臺灣圖畫故事書得獎作品研究	市北師／應用語言文學研究所／2001
35	劉美玲	以繪本為媒介進行環境議題教學之研究	臺北市立師範學院／科學教育研究所／2001
36	翁淑姿	繪本下的空間書寫——以淡水多向文本的地誌重構為例	淡江大學／建築學系／2001
37	黃永宏	信誼基金會出版之兒童圖畫書插畫風格分析	臺灣科技大學／設計研究所／2001

序號	研究生	專題	學校／系所／年份
38	賴素秋	臺灣兒童圖畫書發展研究（1945-2001）	臺東大學師範學院／兒童文學研究所／2001
39	胡怡君	曹俊彥與臺灣畫書研究	臺東大學師範學院／兒童文學研究所／2001
40	楊雅涵	編織多元文化的拼被──波拉蔻的圖畫書	臺東大學師範學院／兒童文學研究所／2001
41	蕭蕙心	國小低年級兒童對圖畫故事書中性別角色的解讀	臺東大學師範學院／兒童文學研究所／2001
42	洪婉莉	國小推動閱讀運動之研究──以臺東縣立馬蘭國民小學為例	臺東大學師範學院／兒童文學研究所／20010
43	李俞瑾	故事在兒童休閒活動上的運用──以親子共讀讀書會為例	臺東大學師範學院／兒童文學研究所／2001
44	黃秀雲	輕度智障兒童的語言敘述──以圖畫書為媒材	臺東大學師範學院／兒童文學研究所／2001
45	陳韻仔	兒童參與網路童書創作之研究──以圖畫書為例	臺東大學師範學院／兒童文學研究所／2001
46	李培鈴	兒童圖畫書應用在幼稚園鄉土教學之行動研究	國立臺北師範學院／課程與教學研究所／2001
47	鄔時雯	以故事教學增進兒童同儕友誼之行動研究	國立臺北師範學院／課程與教學研究所／2001
48	吳惠娟	以圖畫書引導兒童審美與表現的教學研究	屏東師範學院／視覺藝術教育研究所／2001
49	洪瑜璜	近十年來西方與臺灣地區兒童圖畫書中親子角色之分析研究	屏東師範學院／國民教育研究所／2001
50	郭俐伶	幼兒圖畫故事指導活動之研究	屏東師範學院／國民教育研究所／2001

序號	研究生	專題	學校／系所／年份
51	高秀君	大班幼兒對繪本中友誼概念的詮釋	新竹師範學院／幼兒教育研究所／2001
52	柯萱玉	數位藝術在設計繪畫應用上之研究──以3D造型數位影像童書繪製為例	臺灣師範大學／設計研究所／2001
53	黃沛文	民87-89年自由時報花編副刊「自寫自畫」圖畫作品風格研究	屏東師範學院／視覺藝術教育研究所／2001
54	林楨川	國小四年級學童對 Leo Liomni 故事繪本主題詮釋之研究	嘉義大學／國民教育研究所／2001
55	王國馨	小大讀書會發展歷程之研究	國立臺灣師範大學／政教育研究所／2001
56	葉慧君	敘述性設計方法應用在繪本創作之研究	雲林科技大學／視覺傳達設計系碩士班／2001
57	龔芳慧	以兩性平等觀探討圖畫書中性別角色之呈現	臺東大學師範學院／兒童文學研究所／2002
58	陳錦雀	陳玉珠的有情世界──以圖畫故事、少年小說、童話作品為主	臺東大學師範學院／兒童文學研究所／2002
59	閔紹游	童書插畫創作應用與表現之研究	臺灣師範大學／設計研究所在職進修碩士班／2002
60	江福祐	國民小學高年級生死教育之研究──以應用繪本為例	臺東大學師範學院／兒童文學研究所／2002
61	邱瓊蓁	親子共讀繪本歷程之互動與詮釋──以岩村和朗之「十四隻老鼠」為例	嘉義大學／幼兒教育學系碩士班／2002
62	陳怡如	兒童圖畫書閱讀行為與其性別角色態度之相關研究	屏東師範學院／國民教育研究所／2002
63	鄭淑方	幼稚園教師無字圖畫書教學運用之研	嘉義大學／幼兒教育學

序號	研究生	專題	學校／系所／年份
		究——以 David Wiesner 的《7號夢工廠》為例	系碩士班／2002
64	羅秀容	臺北縣市幼兒母親伴讀狀況及對圖畫書需求之需求研究	臺灣師範大學／社會教育學系在職進修碩士班／2002
65	賴華偉	數位影像藝術在圖畫書上應用之研究——以「夢」圖畫書設計為例	國立臺灣師範大學／設計研究所／2002
66	王淑娟	兒童圖畫書創造思考教學提升學童創造力之行動研究	臺南師範學院／教師在職進修課程與教學碩士學位班／2002
67	許雅惠	傳統童話圖畫書與顛覆性童話圖畫書表現手法之比較研究——以「三隻小豬」為例	臺中師範學院／語文教育學系碩士班／2002
68	林冠玉	安東尼・布朗圖畫書中插畫之超現實主義風格研究	屏東師範學院／視覺藝術教育研究所／2002
69	蕭淑華	小太陽獎圖畫故事書入圍作品體例分析之探索研究	南華大學／出版學研究所／2002
70	陳景莉	學步兒母親以繪本為媒介的親子互動經驗	國立嘉義大學／家庭教育研究所／2002
71	蔡長衡	生死取向之生命教育研究——以國小五年級學童對死亡概念與態度之實證分析	國立新竹師範學院／輔導教學碩士班／2002
72	洪慧如	國小低年級教師圖畫書詮釋與教學設計——以 Shel Silverstein《失落的一角》為例	國立嘉義大學／幼兒教育學系碩士班／2002
73	黃瓊瑤	幾米暢銷圖畫書之分析研究	彰化師範大學／美術學系在職進修專班／2002

序號	研究生	專題	學校／系所／年份
74	陳宏淑	兒童圖畫故事書翻譯原則之探討與應用	輔仁大學／翻譯學研究所／2002
75	曾琬雯	臺中市幼稚園教師運用圖畫書之調查研究	朝陽科技大學／幻兒保育系碩士班／2002
76	陳慧卿	國小二年級學童對電子童書與紙本童書之閱讀能力研究	朝陽科技大學／幼兒保育系碩士班／2002
77	許雅婷	敘事式課程之理論與實踐——以「情緒教育主題」故事繪本為例	國立中正大學／教育研究所／2002
78	李治國	《國語日報兒童文學牧笛獎》圖畫故事書研究	臺東師範學院／兒童文學研究所／2002
79	盧貞穎	看東西說故事——現成物拼貼在圖畫書中	臺東師範學院兒童文學研究所／2002
80	黃惠婷	「我生氣了！」——生氣情緒主題之圖畫故事書探究	臺東師範學院／兒童文學研究所／2002
81	陳秀珠	圖畫書在閱讀教學上的應用——以「兩性平權」為例	臺東師範學院／兒童文學研究所／2002
82	鄭淑芬	圖畫書閱讀活動探究——以東師實小四年級美術班為例	臺東師範學院／兒童文學研究所／2002
83	蔡菁菁	以「烤箱讀書會」進行兒童關懷之歷程——一個說故事的故事	國立臺灣師範大學／人類發展與家庭研究所／2002
84	林宜利	「整合繪本與概念構圖之寫作教學方案」對國小三年級學童記敘文寫作表現之影響……	國立臺灣師範大學／教育心理與輔導研究所／2002
85	鍾敏華	兒童繪本與兒童語文創造力之教學行動研究	臺東師範學院／兒童文學研究所／2002

序號	研究生	專題	學校／系所／年份
86	王蕾雅	徐秀美插畫風格分析與其時代意義	國立臺灣科技大學／設計研究所／2002

——本文原載《兒童文學學刊》第10期，頁212-228，2003年11月

國家圖書館出版品預行編目（CIP）資料

兒童文學論集. 二 / 林文寶著；張晏瑞主
編. -- 初版. -- 臺北市：萬卷樓圖書股份
有限公司, 2021.12
　　面；　公分. --（林文寶兒童文學著作集.
第一輯）
ISBN 978-986-478-572-8(全套)
ISBN 978-986-478-563-6(第二冊：精裝)

1.臺灣文學 2.兒童文學 3.文學評論 4.文集

　　863.2907　　　　　　110021554

林文寶兒童文學著作集　第一輯　文論編

兒童文學論集（二）

作　　者　林文寶
主　　編　張晏瑞

出　　版　萬卷樓圖書股份有限公司
發行人　林慶彰
總經理　梁錦興
總編輯　張晏瑞
聯　　絡　電話 02-23216565　　　　傳真 02-23944113
　　　　　網址 www.wanjuan.com.tw
　　　　　郵箱 service@wanjuan.com.tw
地　　址　106 臺北市羅斯福路二段 41 號 6 樓之三
印　　刷　百通科技股份有限公司
初　　版　2021 年 12 月
定　　價　新臺幣 15000 元　全套十冊精裝　不分售
ISBN　978-986-478-572-8(全套)
ISBN　978-986-478-563-6(第二冊：精裝)

書號：1605001
ISBN 978-986-478-572-8（全套：精裝）
定價：新臺幣15000元